Dead
Men's
Money

J.S.Fletcher

論創海外ミステリ
Ronso Kaigai MYSTERY
164

亡者の金

J・S・フレッチャー

水野 恵 訳

論創社

Dead Men's Money
1920
by J.S.Fletcher

目次

主要登場人物

ヒュー・マネーローズ……弁護士事務所の事務員
リンゼー……弁護士。ヒューの雇用主
メイシー・ダンロップ……ヒューの婚約者
アンドリュー・ダンロップ……食料雑貨店店主。メイシーの父親
ギルバート・カーステアズ……第七代準男爵。ハザークルー館の当主
マイケル・カーステアズ……ギルバートの兄
アレクサンダー・カーステアズ……ギルバートの父親。第六代準男爵
ホリンズ……カーステアズ家の執事
ポートルソープ……カーステアズ家の弁護士
エルフィンストーン……カーステアズ家の元執事
ジェームズ・ギルバースウェイト……パナマ帰りの元船長
ジョン・フィリップス……ギルバースウェイトの知人
ギャビン・スミートン……代理商
アベル・クローン……釣具屋の店主
ナンス・マグワイア……クローンの家政婦
マレー……警察署長
チザム……巡査部長
セプティムス・リドレー……教区司祭

亡者の金

第一章　眼帯の男

　僕が知らぬ間に巻きこまれていた、他に類を見ない悪逆無道な事件の発端は、改めて考えるまでもなく、いまから十年前のあの春の宵のことだ。あのとき、イングランド最北の町、ベリック・アポン・ツィードの目抜き通りに面した客間の窓から外を見ていた僕は、わが家の前に立つひとりの男に気がついた。左目に黒い眼帯をつけ、古びた肩かけ《ブレード》をゆるく巻き、右手に太いステッキと時代がかった絨毯地の旅行かばんをさげていた。ほぼ同時に、僕に目をとめた男は、機を逃さず、わが家の玄関へ近づいてきた。当時の僕にうわべ以上のものを見抜く能力が備わっていたら、こちらへやってくる男にぴたりと寄り添う強盗や殺人者や悪鬼の影に気がついたはずだ。だが、実際のところ僕にわかったのは、その男がよそ者であることだけだった。僕は窓を開けて用件をたずねた。

「部屋だ！」ドアの上の小窓に母が掲示したばかりの貼り紙を、男は太い親指でぐいと示した。「部屋を借りたい！　独り身の紳士向けがあるそうじゃないか。わたしは独り身の紳士だ。しかも下宿先を探している。滞在期間は一ヵ月か、もう少し長くなるかもしれん。宿賃はいくらでもかまわん。自分で言うのもなんだが、理想的な下宿人だぞ。あれこれ世話を焼く必要はないし、無茶な要求もしない。もめごとはまっぴらだ。さあ、なかへ入れてくれ」

　僕は客間から出て、玄関のドアを開けた。無言で敷居をまたいだ男は、重そうな身体《からだ》を左右に揺らしながら——恰幅のいい鈍重な動きの男だった——僕が招き入れる前に、ずかずかと客間に入ってきた。旅行かばんと肩かけとステッキを脇に置き、僕に目を向けたまま、うめき声を漏らして安楽椅子にどさりと腰をおろした。

「で、おまえさんの名前は?」たずねる口調は尊大だった。まるで世界じゅうどこであろうと、他人の家に上がりこんで質問する権利が自分にはあると言わんばかりだ。「いずれにしろ、まだ嘴《くちばし》の黄色い若造だな」

「ヒュー・マネーローズです」答えながら僕は、この男に調子を合わせても害はないだろうと考えていた。「下宿のことを知りたいなら、母が帰ってくるのを待たなきゃなりません。出かけているんですよ、この通りの先に用事があって——じきに戻ってくるはずです」

「べつに急ぐ話じゃない。のんびりしたもんさ。ここは居心地のよさそうな港町だな。騒がしくないところがいい。ときに、お袋さんは未亡人なんだろう?」

「ええ」

「おまえさんのほかには——弟や妹は——いないのか。よもや、この家に小さな子どもはおらんだろうな。わたしは子どもが嫌いなんだ。我慢ならん。近くに寄ってこなけりゃいいが」

「僕と母と、それに若い女中がひとりいるだけです。あなたが静寂を求めているなら、ここはうってつけの場所ですよ」

「静寂はまさしくわたしの求めているものだ。ここは雰囲気もいいし、静かだし、申し分ない。このベリックという町で、ひと月過ごすにはもってこいの宿だ。ことによると、もっと長くいるかもしれん。実に居心地のいい、いまのわたしにふさわしい町だ。いいか、若いの、風変わりな異国の地をいやというほど見てきた年寄りにとって、安寧や静寂は、肉や酒に匹敵するご馳走みたいなものなんだ」

たしかに彼は、風変わりな異国の話を聞かせてくれそうな、節くれだった切株みたいな男だった。顔だけでなく首にも無数の皺《しわ》が刻まれ、髪はおおかた灰色。そして目は――眼帯をつけていないほうの目は――生まれてこのかた警戒を怠ったことがないかのような鋭い光を宿している。筋骨たくましい身体は見るからに屈強そうで、僕に話しかけながら腹の上で握り合わせた手は、他人の首を締めあげられるくらい、あるいは、子牛を殴り倒せるくらい大きい。それ以外に目についたのは、両耳に光る金のイヤリングと、ベストを横切る太くて重そうな金の鎖飾り。真新しい青いサージのスーツは、ごく最近、既成品を扱う店で買ったものらしく、いまひとつ身体に合っていなかった。

その見知らぬ男の言葉に僕が応じる前に、母が音もなく客間に入ってきた。礼儀やマナーを重んじるタイプらしく、男はすぐさま立ちあがり、うやうやしくお辞儀をした。そして紹介されるのを待たずに、母に向かって弁舌を振るいはじめた。

「お邪魔していますよ、奥さん。この家の女主人《レディ》――マネーローズ夫人ですな。実は下宿屋を探しておりまして。通りすがりにお宅の貼り紙と、窓辺に息子さんの顔が見えたものだから、なかに入れてもらったしだいです。わたしが求めているのは、ひと月ほど快適に過ごせる静かな部屋、それと簡単な食事、凝った料理は必要ない。それから宿賃については――いくらでも結構。言われたとおりの額をお支払いする。前払いでも、何払いでも、そちらの都合のいいように」

父が他界してからというもの、小さな身体で家を切り盛りしてきたやり手の母は、口もとに笑みを浮かべて、その下宿希望者を上から下まで眺めまわした。

「まあ、気前がよろしいのね。部屋をお貸しする前に、どこのどなたか聞かせていただけるかしら。このあたりの方ではなさそうね」

「この町を最後に目にしたのは、いまから五十年前。当時、わたしは十二かそこらの小僧だった。それはさておき、わたしがどこの誰かと言うと、名前はジェームズ・ギルバースウェイト。かつては世界屈指のすばらしい船を操る船長だった。性格は物静かで礼儀正しい。大声で悪態をついたり、酔っぱらって騒いだりしない。つねに沈着冷静だ。そして、さっき言ったとおり、金に糸目はつけん。いつでも即金で払う用意がある。これを見てくれ」

男はそう言って、ズボンのポケットから大量の金貨を無造作につかみだした。指を開き、黄金色に輝くてのひらをこちらに差しだす。倹《つま》しく暮らしていた僕らにとって、それは目を見張る光景だった。男の手の上で山をなす金貨。しかも当人はその金に無頓着で、六ペンス硬貨の山ほどにも興味を持っていないようだ。

「ひと月分、好きなだけ取ってくれ。心配には及ばん。金はたっぷりあるんだ」

しかし、母は笑って金をしまうように身ぶりで示した。

「いえいえ、そうではなくて、あたしはただ、わが家にお泊めする方の素性をうかがっているだけです。この町にしばらく滞在されるのは、お仕事の関係で?」

「一般的に言うところの仕事ではないんだがね、奥さん。この近辺にわたしの親族が眠っている墓がいくつかあって、そのひとつひとつを訪ねてみたい、ついでに彼らが住んでいた古い町を歩いてみたいと、そう思いましてね。そのあいだの逗留先として、居心地のいい静かな宿を探していたわけです」

男の感傷的な弁明が、母の心の琴線に触れたのが僕にはわかった。みずからも墓地を訪れるのが好きな母は、ジェームズ・ギルバースウェイトに向かって黙ってうなずいてみせた。

「では、さっそくですけど、宿泊設備の面で何かご要望はおありかしら」母はそうたずね、いま話している客間とその真上に当たる寝室が男の居住スペースであることを説明した。細かな取り決めを交わすふたりを残して、僕は自分の用件を片づけるべく、べつの部屋へ引っこんだ。しばらくすると、そこへ母がやってきた。「あの人に部屋を貸すことにしたわ、ヒュー」母の声は明るく弾んでいた。金に糸目はつけないというあの男の言葉に偽りはなかったのだろう。「見た目は大きな熊みたいだけど、実際は寡黙で、礼儀正しい人らしいわ。それでね、あの人、駅に衣裳箱を預けてあるんですって。これがその預かり証。だいぶお疲れの様子だから、誰かを取りに行かせてくれないかい？」

そこで僕は、小型の荷車を所有する近所の男を訪ね、預かり証を渡して駅へ取りに行かせた。しばらくして男が戻ってくると、持ち帰った荷物をギルバースウェイト氏の部屋へ運びこむのに僕も手を貸さなければならなかった。その木製の衣裳箱は、かつて見たことも触ったこともないような代物だった。駅へ取りに行った男も初めて見たという。黒っぽい木材は非常に硬く、四つの角は真鍮《しんちゅう》の金具で補強され、底に鉄の棒が二本渡してある。たかだか二・五フィート四方の木箱だが、二階へ運ぶのは骨の折れる仕事だった。ギルバースウェイト氏の指示に従って、僕らはそれをベッドの脇の頑丈な台の上に据えた。その衣裳箱はずっとそこにあった――だが、いつまでそこにあったのかを言えば、話の成り行きを先走って明かしてしまうことになる。

こうして、わが家の下宿人となった彼は、前言に偽りのないことを証明した。寡黙で礼儀正しく、酔って醜態をさらすことも、面倒を起こすこともない。毎週土曜日の朝食時には、決められた宿賃を不平も疑問も言わずにきっちりと払う。毎日の過ごし方は判で押したように同じ。朝食後は決まって外出する——埠頭や苔むした城壁《タウン・ウォール》（ベリックの町の中心部をぐるりと取り囲む中世に建造された石の壁）を訪ねたり、ボーダー橋を歩いて渡ったり、ときにはツィード川の対岸（ツィード川の対岸はスコットランド）まで足を延ばすこともあったようだ。僕の母と特別な取り決めを交わし、夜には特製のディナーを食べる。大食漢で、口の肥えた彼は、贅沢な食事を心ゆくまで楽しんだ。そうやって一日を締めくくったあと、葉巻と酒の入ったグラスをお供に、一、二時間かけて新聞に目を通す。彼は一貫して紳士的な態度を崩さなかった。つねに丁重で礼儀正しく、毎週土曜日には、好きなものを買いなさいと言って、わが家の女中に半クラウンを渡すのを忘れなかった。

　とはいうものの、ギルバースウェイト氏にはやはり謎めいたところがあった。僕らがそのことをはっきりと認識したのは、あとのことだが。彼はこの町で知り合いを作ろうとしなかった。埠頭や城壁の周辺をぶらぶらしているときも、船積みの作業を眺めているときも、誰かと短い言葉を交わす姿さえ見られなかった。居酒屋《イン》（食事や、ときには宿泊も可能）には一度も立ち寄らず、誰かを部屋に招いて酒や葉巻を一緒に楽しむこともない。初めて彼宛ての手紙が届いたのは、わが家での下宿生活を終える直前のことだった。

　一通の手紙と事の終わりは、唐突にやってきた。ギルバースウェイト氏の滞在期間は、本人が最初に予告していたとおり、すでに一ヵ月を超えていた。彼がわが家に来てから七週目、六月のある晩のこと。夕食時に帰宅したギルバースウェイト氏は、外出先でにわか雨に遭ってずぶ濡れになったと母に愚痴をこぼした。翌朝、起き抜けに激しい胸の痛みに襲われて、話すことさえままならない彼を、母はベッドに寝かしつけて介抱した。その日の昼に彼宛ての手紙が届いた。わが家に滞在中に届いた、最初にして唯一の手紙は、書留で送られてきた。配達されてすぐに、彼の枕元へ持っていったのは女中だった。あとで聞いたところによると、彼は手紙を見て、一瞬、驚きの表情を浮かべたという。しかし午後のあいだ、彼は母にも僕にもその手紙のことを言わなかったし、夕方になって僕を部屋に呼び寄せたときでさえ、話題にすることはなかった。とはいえ、すでに女中から事情を聞いていた僕は、呼ばれたのは手紙と関係があるのだろうとなかば確信していた。僕が部屋に入っていくと、枕に寄りかかっていたギルバースウェイト氏は、まずは身ぶりでドアを閉めさせ、それから近くへ来るように手招きをした。

「ここだけの話」かすれた声で言った。「折り入って、おまえさんに頼みがあるんだ」

第二章　深夜の使い

ギルバースウェイト氏が重篤な状態にあることは、ひと言聞いただけでわかった。僕が想像していたよりも、母が認識しているよりも、症状ははるかに重そうだ。呼吸さえ重労働で、言葉を発しようとすると、額やこめかみの血管が太く黒々と浮きでて見えた。薬局から取り寄せた小瓶を、求めに応じて僕が手渡すと、彼はぐいとひと口飲んで、枕元に置いてある椅子を示した。

「肺だよ」薬が効いたのか、いくぶん声が出やすくなったようだ。「深刻な欠陥がある。こんな大きな図体をして、妙な話だが、調子を崩しやすいのは子どもの時分からだ——それ以外は雄牛みたいに丈夫なのだが。それはそうと、これからする話は他言無用だぞ。ときに、おまえさんは、弁護士の助手をしているんだったな」

むろん、彼は以前からそのことを知っていた。僕が町の弁護士事務所で働いていることも、実務修習を受けてゆくゆくは弁護士になりたいと思っていることも。だから彼の質問に、僕はただ黙ってうなずいた。

「それなら、秘密を守るのは得意中の得意だろう。ひとつ頼みを聞いてくれないか」

話をしている最中、彼は大きな手を伸ばして、僕の手首を握っていた——具合が悪いにもかかわらず、その指は鋼《はがね》のようにびくともしなかった。それでも、僕の手をつかんでいるのは、病人の切実な願いを訴えたいだけで、強硬な手段に出るつもりのないことは僕にもわかっていた。

「どんな頼みごとかによります、ギルバースウェイトさん。お役に立ちたいのは山々ですが」

「無料《ただ》でとは言わん」間髪をいれずに彼は言った。「相応の礼はする。ほら、このとおり」

僕の手首を握っていた手を離し、枕の下から折りたたんだ紙幣を一枚取りだすと、僕の前で開いてみせた。

「十ポンド。この金がおまえさんのものになるんだ、わたしのためにひと働きしてくれたら――内密にな。十ポンドあれば、かなり使いでがあるぞ。どうだ、悪い話じゃなかろう」

「用件しだいです。十ポンドもらえたら、そりゃあ僕だって嬉しい。だけど、何をするのかわからないのに、引き受けるわけにはいきません」

「簡単なことさ。問題は、それが今夜でなければだめだってことだ。このとおり、わたしは寝たきりの病人だから、いかんともしがたい。おまえさんならできる。危険なことはいっさいないし、面倒なこともない――ただし――あくまでも、内密に行うこと」

「誰にも知られずに、何かをしてほしいということですか」

「そのとおり。誰であろうと知られてはならん。おまえのお袋さんにも内緒だ――たとえ、この世で一番口の堅い女性だとしても」

僕は躊躇した。この話には裏がある気がした。いまの自分には見抜くことのできない、あるいは、理解の及ばない何かがあるのではないか。

「これだけは約束します、ギルバースウェイトさん。何を頼みたいのか話してくれたら、引き受けるかどうかはべつとして、僕はそのことを絶対に口外しません」

「なかなか弁が立つじゃないか」彼はそう言って弱々しく笑った。「さすが優秀な弁護士の卵だ。よかろう。では、本題に入るとして――おまえさんはこのへんの地理に明るいかね」

「ここしか知りませんから」

「ティル川とツィード川の合流地点は？」

「わが家の玄関先と同じくらいよく知っていますよ」

「あそこに古い――なんと呼ばれているのか知らんが――礼拝堂だか、牢獄だか、そういうものがあるのを知っているかね」

「ええ、知っていますとも、ギルバースウェイトさん。半ズボンで遊びまわっていたころからなじみの場所です」

「結構。こんな無様な姿になっていなければ、今夜、その近くである男と落ち合うはずだった。ところが、この有様だ」

「つまり、代わりにその男に会いに行ってほしいと？」

「引き受けてくれたら、この十ポンドを進呈する」彼は横目で僕の反応をうかがった。「それがわたしの望みだ」

「会ってどうするんです？」

「なに、造作もないことさ。そいつに会ったら、まず合言葉を言って、おまえさんが怪しい人間でないことを証明する。そしてのち、わたしからのメッセージを伝える。伝える内容は出かける前に暗記してもらう。以上だ」

「危険な目に遭うことはないんですね？」

「危険など微塵もないさ。それを言えば、裁判所の令状を送る仕事のほうがよほど危険だ」

「それにしては、ずいぶん気前のいい謝礼ですね」僕は疑念をぬぐいきれずに言った。

「単純な理屈さ」彼はすぐさま反論した。「わたしはこの役割を引き受けてくれる人間を必要としている――そう、たとえ二十ポンドを払ってでも。誰かがわたしの友人に会いに行かねばならんのだ。それも、今夜。そう考えれば、おまえさんが十ポンドを受けとってもおかしくあるまい」

「いま言った以外に、することはないんですか」

「ない――それで全部だ」

「待ち合わせの時間は？　それと、合言葉があるんでしたよね――身元を証明するための」

「十一時。午前零時の一時間前だ。合言葉については――目的地に着いたら少し待って、誰も見当たらなければ、『ジェームズ・ギルバースウェイトの使いで来た。本人は病気で臥《ふ》せっている』と大きな声で言うんだ。で、当人が現れたら――あの男はきっと現れる――そしたら、いいか、『パナマ』と言うんだ。相手はすぐに理解するだろう」

「十一時――パナマ。そして――何か伝えるんですよね？」

「そうとも。では、こう伝えてくれ。『ジェームズ・ギルバースウェイトは一日か二日安静が必要だ。したがって、貴公は例の場所で待機し、静かに連絡を待つべし』――以上だ。ところで、足《あし》はどうする？　結構な距離だぞ」

「自転車がありますから」僕は答えたあとで、ふと疑問に思った。「あなたこそ、どうやって行くつもりだったんですか、ギルバースウェイトさん。あんな遠くまで――しかも、そんな夜遅くに」

「うむ、たしかにそうだ――だが、余裕でやり遂げられたはずさ、こんなふうに寝こんでいなければ。

最終列車で最寄りの駅まで行くとして、季節はもう夏だし、約束の時間までに自分の足でたどりつけただろう。夜の仕事には慣れているからな。だが、いまとなってはどっちでもいいことだ。引き受けてくれるかね？　秘密を守るという約束で」

「わかりました――引き受けましょう。秘密は守ります。あなたは休んでいてください」

「お袋さんにも内緒だぞ」彼は念を押した。

「もちろん。ご心配なく」

それを聞いてようやく安心したのだろう、ギルバースウェイト氏の顔が明るくなった。僕は覚えた伝言を諳《そら》んじてみせたあと、彼の寝室を出て階下《した》へ降りた。結局、厄介な頼みごとを押しつけられたわけではなかった。僕は深夜まで職場にいることが少なくない。夜間に法律書を使って勉強することが認められているからだ。したがって母親には、今日は帰りがかなり遅くなりそうだと言えば済むことだった。上階《うえ》で寝こんでいる男と交わした約束のうち、母に関する部分は守りとおす自信があった――とはいうものの、なんの安全策も講じることなく、真夜中にツィード川の川辺へ出かける気にはなれなかった。そこで僕は、ギルバースウェイト氏との詳細なやりとりについては言及せずに、行き先だけをある人に伝えておくことにした。不測の事態が生じて、行方を捜してもらわなければならなくなった場合に備えて。そのある人とは、このような状況に置かれた若者が会いに行くのにふさわしい相手――恋人のメイシー・ダンロップだった。

ここで、僕の個人的なことを打ち明けておこう。当時、僕とメイシーは交際を始めて二年が経過し、その二年が十二年に思えるほど、おたがいを信頼していた。イギリスじゅうどこを探しても、僕らほど古風なカップルはいないだろう。すでに人生の半分をともに過ごした夫婦のように、ふたりの絆は揺るぎないものだった。僕は自分の身に起きた出来事をひとつ残らず彼女に話して聞かせたし、彼女のほうも隠しごとをいっさいしなかった。生まれたときからずっと身近な存在だったから、それも当然と言えるが。彼女の父親のアンドリュー・ダンロップは、わが家から五十ヤードも離れていない場所で食料雑貨店を営んでいる。幼なじみで遊び友だちだった僕らは、いわゆる分別のつく年齢に達するや、たがいの存在を意識し、たちまち真剣に愛し合うようになった――僕は十九歳で、彼女は十七歳、初めて結婚の話をしたのもその年のことだ。あれから二年の歳月が流れた。ギルバースウェイト氏から破格の謝礼を受けとることにした理由のひとつは、メイシーとの結婚だった。僕の給料が週三ポンドを超えたら、すぐにでも一緒になるつもりだった。さほど遠くないその日に備えて、新居の家具をそろえる資金を貯めていた。だからその十ポンドは、僕らにとって大きな助けとなるはずだ。

そんなわけで、僕はその足でダンロップ家に向かうと、メイシーを呼びだし、河口近くの城壁目指して、いつもの夜のデートコースを歩きはじめた。ひとけのない一角まで来ると――そこにはふたりの未来についてしばしば語り合ったベンチがある――僕は用件を切りだした。今夜、わが家の下宿人にちょっとした使いを頼まれたこと。この件はいっさいの口外を禁じられていて、ほんとうは彼女にも話してはいけないこと。

「だけど、これくらいは知らせておいても問題ないと思うんだ、メイシー」僕は言葉を継ぐ前に周囲を見まわし、立ち聞きされる恐れのないことを確かめた。「行き先を伝えておくよ。それがね、夜遅くに訪ねるのにぴったりな、寂しい場所なんだ。深夜十一時に、ティル川とツィード川の合流地点近く、あの古い廃墟があるところへ行ってくる――きみもよく知っている場所だ」

彼女は小さく身震いした。僕には彼女の心の動きが手に取るようにわかった。メイシーはもともと想像力豊かな娘だから、あんな人里離れた場所へ、よりによってそんな夜更けに出かけていくと聞いて、想像をたくましくしているのだ。

「前から変わり者だと思っていたのよ、ヒュー、あなたのお母さまが下宿させているあの人。そんな時間にそんな場所へ出かけるなんて尋常じゃないわ。あなたの身に悪いことが起こらなきゃいいけど」

「なに、大丈夫さ、何も起こらないよ」僕は慌てて彼女をなだめた。「詳しい事情を知ったら、どうってことのない用件だときみにもわかるさ。本人が病気で臥せっているから、代わりに僕が行くだけなんだ。とはいえ、万が一の備えとして、僕らのあいだで決めごとを作っておこうと思う。十二時過ぎには町へ戻ってくるはずだ。そのとき、通りすがりにきみの部屋の窓を叩くよ。そしたら、僕は無事だとわかるだろう」

それは容易に実行できることだった。メイシーは妹と一緒に一階の通りに面した部屋で寝ているので、通りがかりに部屋の窓を叩くことができる。けれど彼女は依然として硬い表情のままで、僕は少しでも不安を和らげようと急いで言い添えた——そのときの僕は、彼女の気持ちを全然わかっていなかった。「頼まれたのは、拍子抜けするくらい簡単なことなんだ、メイシー。それに、その十ポンドがあれば、僕らが常々欲しいと言っていたあの家具を買うことができる」

彼女はさらに顔をこわばらせて、自分の腰にまわされていた僕の手をぎゅっと握りしめた。

「ヒュー！　そんなに簡単な用件に、十ポンドも払うはずないでしょう！　ああ、これで間違いないわ、その頼みごとには何か裏があるのよ。ことづてを頼んだだけの相手に、十ポンドも払う物好きがどこにいるというの？　行かないで、ヒュー。よそ者だってこと以外、あの人について知らないんでしょう。誰にも話しかけず、何かを探っているみたいに町じゅうを歩きまわっている怪しい人なのよ。それにあたし、椅子もテーブルも鍋もフライパンも欲しくないわ、あなたがそんな辺鄙な場所に、夜中に出かけていって危ないまねをしなきゃならないなら。助けを求めても、近くに誰もいないのよ。お願いだから行かないで」

「考えすぎだよ。頼まれたのはごく簡単なことで、裏なんかない――自転車でひとっ走りして帰ってくるだけさ。謝礼の十ポンドに関しては、こういうことなんだ。あのギルバースウェイト氏は、使いきれないほどの金を持っている。大量の金貨をポケットに突っこんでいるんだ、まるで六ペニー硬貨みたいに無造作に。彼にとって十ポンドは、僕らにとっての十ペニーにも値しないんだよ。しかも、わが家に下宿してから七週間が経つけど、彼のことを悪く言う人はひとりもいない」

「その人以上に問題なのは、何があなたを待ち受けているかよ――その場所で。あなたは会わなきゃいけないわけでしょう――得体の知れない誰かに。それでも行くつもり？」

「約束したんだよ、メイシー。取り越し苦労だったとあとでわかるさ。帰ってきたら窓を叩いて知らせるからね。十ポンドが手に入ったら、ふたりで有効な使い道を考えよう」

「それなら、寝ないで待っているわ。それに窓を叩く音だけじゃとても安心できない。あなたが窓を叩いたら少しだけブラインドを開けるから、顔を見せてちょうだい、ヒュー」

僕らはそれで合意し、キスをした。そのキスは多少なりとも僕を勇気づけてくれた。彼女と別れたあと、僕は自転車を取りに向かった。

第三章　赤い染み

町角の時計が午後九時半を示したとき、僕は自転車でボーダー橋を渡りきり、べつの道に折れて最初ののぼり坂に差しかかったところだった。線路沿いに走るその道はティルマウス公園へ続いている。そしてティルマウス公園は、もちろん、僕の最初の目的地である。蒸し暑い夜だった。雷雲が一日じゅう町の上空に居座り、いまにもひと雨来そうな空模様だが、まだ降りだしてはいなかった。空気はじっとりと重く、二マイルも走ると汗だくになった。湿気を含んだ空気が、濡れた布のように顔にまとわりついて息苦しく、頭が痛かった。普段なら何があろうとそんな夜に外出などしなかっただろう。だが、今夜は普段とは違う。ごく簡単な用を足すだけで十ポンドもの金が手に入る――そんな経験は初めてだった。ギルバースウェイト氏に対する親切心ももちろんあったが、まっとうな人間ならベッドに入っているべき時刻に彼の頼みを聞き入れて外出した最大の要因は、間違いなく彼の金だった。自転車で走りはじめてしばらくは、僕はその金のことばかり考えていた。その金が僕のポケットに無事におさまったら、メイシーとふたりで何をしようかと思いめぐらせた。僕らはすでに家財道具を買いはじめており、彼女の父親が営む雑貨店の裏の、使用していない倉庫に置かせてもらっていた。ギルバースウェイト氏のあの十ポンド札があれば――枕の下でじっと僕を待っているあの金があれば――必要な家財道具を一気にそろえられる。そうなれば、結婚式の日取りもぐっと近づくだろう。

けれど、こうした希望に満ちた空想からひとたび目覚めると、僕はいま担っている役割について考えはじめた。改めて考えてみると、妙な話だった。僕が把握している情報を整理すると、要するにこういうことだ――ギルバースウェイトなる男がいる。ベリックで彼を知る者はいない。有り余るほどの金を持ち、仕事はしていない。ある日一通の手紙が届き、彼はある人物に会いに行くことになった。真夜中近くに、この一帯で最もひとけのない辺鄙な場所へ。どうしてそんな夜更けに、そんな場所で落ち合わねばならないのか。この面会がギルバースウェイト氏にとってそれほど重要である理由はなんなのか。みずから出向くことができなくなると、十ポンドもの金を払って代わりの人間を行かせるほどの理由とは。ギルバースウェイト氏は使いきれないくらい金を持っているから、彼にとっての十ポンドは、僕らにとっての十ペンスにも値しないのだとメイシーには説明した。彼女の不安や疑念を払拭するために言ったことだが、もちろん、出まかせもいいところだ。弁護士事務所に勤めて六年、多少なりとも世間を見てきた僕はよくわかっていた。たとえ億万長者でも、自分の金をばらまくようなまねはしない。食べおえた豆の鞘《さや》を捨てるみたいに、無造作に誰かにくれてやったりしない。それは絶対にありえない。ギルバースウェイト氏が僕にあの金を与えるのは、弁護士の助手である僕なら、頼まれた仕事の重要性を正しく理解し、約束どおり口をつぐんでいると思ったからだ。それにしても、よほど隠しておきたいことなのだろう。よりによって真夜中に廃墟の近くで、ふたりの男が落ち合うなんて。いずれにしろ、ひとりはよそ者で、もうひとりもたぶんこの辺の住人ではない。昼間にもっと便利な場所で、誰の関心も引かずに会うこともできたのではないか。この件には腑に落ちない奇妙な点がいくつもある。あれこれ思いをめぐらすうち、間もなく僕はごく当たり前の疑問にぶち当たった。僕がこれから会おうとしているのは、いったいどんな男なのか。その男はどこからやってくるのか——そんな辺鄙な場所で、非常識な時間に行われる密会のために。

しかし、三分の一の距離を残したところで、僕はべつの見知らぬ男と出くわし、それをきっかけに自分の意志とは関係なく、その途方もない一連の事件に不用意に巻きこまれることになる。ベリックの市街地からティル川にかかるトゥイズル橋までは、最短で九から十マイルほどの距離だ。トゥイズル橋のたもとで、僕は幹線道路を外れて脇道に入った。その道は、ティル川とツィード川の合流地点にほど近い、待ち合わせ場所の廃墟へと続いている。自転車で遠出するには不快な蒸し暑い夜だったし、約束の時間までかなり余裕があった。僕はノーハムとグリンドンのあいだの交差点まで来ると、ひと休みしようと自転車を降りて道端の土手に腰をおろした。目的地まであと少しだ。そこは物音ひとつしない寂しい場所だった。最後に人を見かけたのは三マイル以上前だし、ここからコーンヒルまで村や農場へ向かう道はないに等しいから、この先も見かけることはなさそうだ。そんなことを考えながら、自転車を脇に置いて、土手沿いの密生した生け垣の下に座っていると、暗い道の向こうから近づいてくる足音が聞こえてきた。自信に満ちた早い足どりは、男のものだ。急いでどこかへ向かっているらしい。僕は——今日に至るまで、どうしてそんな行動をとったのかわからないが——かぶっていた帽子で自転車のライトを隠し、じっと息を殺していた。背後の生け垣にひそんでいるにちがいない、夜行性の獣のように。

足音はこれから僕が向う方角から近づいてくる。道の前方に小さなくぼみがあって、足音はそのくぼみに向かって力強く、着実に近づいてきた。そして間もなく——夏至を間近に控えた六月の夜空にはまだ明るさが残っていた——人影がくぼみの縁《へり》に達したとき、道沿いの松やモミの木の梢に切りとられた灰色の空に、その男の姿がくっきりと浮かびあがって見えた。がっしりとした体格の男だ。前述のとおり、足の運びは早く、自信に満ちている。上等な靴を履いているらしく、足を交互に踏みだす音に合わせて、カツカツカツと靴底の鉄鋲が地面を蹴る音が聞こえる。この夜の旅人が何者であれ、一刻も早く目的地へ到着したがっていることはたしかだ。

男は脇目も振らずに、僕が身をひそめている生け垣のほうへやってきて、数ヤード離れた場所で立ち止まった。理由はすぐにわかった。交差点に達した男の動きからして、どちらに進むべきか迷っているのは明らかだった。それぞれの道の角へ行って、きょろきょろとあたりを見まわしている。道路標識を探しているらしい。この交差点のどこにも標識がないことを僕はよく知っていた。やがて男は再び道のまんなかに立つと、決心がつかない様子で、こちらの道とあちらの道を見比べた。そしてガサガサという硬い紙を広げるような音が聞こえ——彼は僕から十二ヤードと離れていない場所に立っていた——次の瞬間、青白い光が闇を貫いた。男が懐中電灯を灯し、右手に持った地図を照らしている。

このとき、少年時代から何度も聞かされてきた人生訓が役に立った。メイシーの父、アンドリュー・ダンロップは、折にふれて若者に訓戒を垂れるのが大好きな男だった。店番をしていないとき、彼は大勢の子どもたちを男女のべつなく自宅の居間に集めて、本人が言うところの〝実用的処世術〟をとくとくとして語って聞かせた。お気に入りの教えのひとつは——とりわけ、僕ら男子に説いて聞かせたのは——「観察力を涵養せよ」だ。この箴言《しんげん》は、僕が目指していた専門的職業にぴたりと当てはまる——弁護士は、当然ながら観察眼が鋭くなければならない。アンドリュー・ダンロップの教えどおり観察力を培《つちか》ってきた僕は、生け垣に身をひそめて、男が懐中電灯の光で地図を照らすのを注視していた。そして、地図を持つ男の右手の人差し指と中指が欠けているのを見逃さなかった。だが、そのほかに確認できたのは、上背のあるがっしりとした体格と、紳士然としたグレーのツィードのスーツだけで、暗がりに立つ男の顔を垣間見ることさえできなかった。

男はその場に長居しなかった。不意に懐中電灯の明かりが消え、地図を折りたたんでポケットにしまう音が聞こえたかと思うと、藪から棒に行動を再開し、北へ向かう側道を歩きはじめた。その道がノーハムへ続いていることを僕は承知していた。さらに足を伸ばせば、ツィード川を越えてスコットランド国境の町、レディカークに達することも。男は先ほどと同じ早足でみるみる遠ざかっていく。その道は路面が柔らかく音が響かないため、足音はじきに途絶え、じっとりと蒸し暑い夜に静寂が戻ってきた。

それを機に僕は自転車にまたがると、ティル川とツィード川の合流地点に近い廃墟目指して、トゥイズル橋のたもとから続く道を再び走りはじめた。夜は深まり、川辺に低く垂れこめた雷雲が陰鬱さをいや増していた。そして、ギルバースウェイト氏の知人との待ち合わせ場所は、なおさら暗く、陰鬱そのものだった。目的地に到着したとき、自転車のライトで時計を確認すると、ちょうど十一時をまわったところだった。相手の男はまだ来ていないようだ。ギルバースウェイト氏の指示を思いだして、声を張りあげた。

「ジェームズ・ギルバースウェイト氏の使いで来た。本人は病気で来られない」二度繰り返したものの、返事はなかった。そこで合言葉を叫んでみた。やはり反応はない。誰もいない暗闇に向かって「パナマ」と叫んでいる自分がひどく滑稽に思えた。

待ち合わせの男はまだ来ていないのだろう。そう判断した僕は、自転車を押して道端へ移動することにした。そこなら、生け垣に自転車を立てかけて座って待つことができる。その刹那、自転車のライトが目の前の砂地に広がる大きな赤い染みを照らしだした。染みは広がりつづけている。見た瞬間、血だとわかった。だから一、二歩前へ踏みだして、足もとの草むらに倒れている男を見ても、僕は驚かなかった。男は微動だにせず、血の気の失せた顔は青白かった。僕は直感すると同時に確信した。その男は死んでいるだけでなく、無残にも殺されたにちがいない、と。

第四章　殺された男

世のなかには、苦悶の表情を浮かべた人間が道端に倒れ、流れでる鮮血で芝や土を赤黒く染めながら死んでいるのを発見することに慣れている人もいるのかもしれない。だが、流血沙汰を目にするのさえ――学生時代の発作的な殴り合いを除けば――初めての僕にとって、それは空前絶後の大事件だった。あたかも、これまでの人生で見るべきものなどなかったかのように、僕は青白い顔を食い入るように見つめていた。そのときの光景はひとつ残らず、まるで昨夜のことのように、ありありと記憶に残っている。押しつぶされた草むらに横たわる死んだ男。左右に力なく投げだされた両腕。まわりを囲む木々の暗い葉叢《はむら》。ふたつの川の低い水音――そこはゆるやかに流れるティル川が、激しく渦巻くツィード川に流れこむ場所だった。じっとりと蒸し暑いあの夜の空気も、乾いた道の上の血だまりも覚えている。それらはすべて、ギルバースウェイト氏の指示に従って、ベリックから自転車で訪れたあのひとけのない場所で目にしたものだ。

しかし、もちろんギルバースウェイト氏はこうした事態を予期していなかったし、僕が死体を発見するとは思っていなかったはずだ。僕は止めていた息を吸いこむと、死体を凝視するのをやめて上体を起こした。いくつもの疑問が頭のなかになだれこみ、ぐるぐるまわりはじめた。この男は、ギルバースウェイト氏が僕に会わせようとした人物なのか。もしもギルバースウェイト氏本人がここに来ていたら、彼もまた殺害されていたのか。犯行の目的は盗みだろうか。最後の疑問は、浮かぶと同時に答えが出た。違う、これは強盗の仕業ではない。僕の自転車のライトが、男のベストを飾る懐中時計の太い金の鎖に反射した。犯人が殺しもいとわぬ強盗なら、金目のものを見逃すはずがない。ひょっとすると、僕が犯人たちの邪魔をしたのではないか――この凶行には複数の人間が関わっていると僕は最初から決めてかかっていた。ひょっとすると、彼らはいまこの瞬間も下生えに身をひそめて、僕をじっと見ているのではないか。僕は勇気を奮い起こして、脈のない男の腕に触れてみた。すでに硬直が始まっていた。死亡してからある程度の時間が経過しているということだ。

そのとき、僕はふとメイシーのことを思いだした。かわいそうに、いまごろ彼女は、窓を叩く音を聞き逃すまいと、ベッドのなかで耳をそばだてているはずだ。合図が聞こえたらすぐさま起きあがって、ブラインドの隙間から恋人の無事を確認するために。だが、こんな事件に遭遇してしまった以上、朝まで家に帰れるとは思えなかった。そうなると、彼女はひと晩じゅう不安に震えながら過ごさなければならない。僕は自転車に飛び乗ると、発見したときのままの状態で死体をその場に残し、幹線道路目指して一心にペダルを漕いだ。トゥイズル橋に差しかかったところで話し声が聞こえてきた。幸運にもそれは、夜間パトロール中の巡査部長と巡査だった。僕はふたりのことを知っていた。チザム巡査部長とターンデール巡査だ。彼らのほうも、ベリックの法廷に出入りしている僕のことをよく知っていた。ふたりは僕の話を唖然として聞いていた。説明が終わると、三人そろって死んだ男のもとへ向かった。三つの明かりが死人の顔と大きな血だまりを照らしだし、チザムが忌々しげに舌打ちをした。

「純朴な村人が見たら卒倒しそうだな」そうつぶやくと、死体のかたわらにしゃがみこんで片手に触れた。「たしかに、死んでからゆうに一時間は経過しているな。触ればわかる。それで、心当たりはないんだね、ヒュー君、道を走っているとき、怪しい物音を聞いたとか」

「いいえ、何も！」

「怪しい人影を見かけたりは？」

「誰も、何も見ていません！」

「ふむ。とりあえず、遺体をどこかに移さないと。助けがいるな」チザムは振り返って巡査に言った。「こいつを運ぶ人手を集めてくれ。検死審問に備えて、最寄りの居酒屋に収容することになるだろう――法律でそう定められているからな。ところで、部下の前では訊くのを控えていたんだが、ヒュー君」ターンデールが村へ向かって走り去ると、チザムが言った。「教えてくれないか――いったいここで何をしていたのか、こんな時分に」

「不審に思って当然ですよ、チザム巡査部長。知っていることは包み隠さずお話しします。どうせ隠しとおせることじゃないし、それに僕は隠したいとも思っていない。誰に知られようと構わないんだ――僕自身は。実を言うと、わが家にはひと月半ほど前から下宿人がいて、ジェームズ・ギルバースウェイトという素性のわからない謎めいた男なのですが、いまは風邪か何かを患ってベッドで寝こんでいます。今夜、僕がここへ来たのは、そのギルバースウェイト氏に頼まれたからなんです。自分の代わりにこの場所へ行って、ある人物に会ってほしい、と。そういう事情で僕はここへ来て、その死体を発見したわけです」

「ということはつまり――あれは」巡査部長は驚きの声を上げて、死体を指差した。「あれは――きみが会うはずだった男なのか？」

「そう考えるのが妥当でしょう。別人の可能性があると思いますか？　それで、僕はずっと考えていたんですよ、いったい誰がこの男を殺したのか、犯人が何者であれ、ギルバースウェイト氏本人がここに来ていたら、彼もまた殺すつもりだったのか、と。これが行きずりの殺人でないことは、巡査部長、あなたもおわかりになるでしょう」

「それはともかく、こんな事件は初めてだよ」チザムは僕と死体を交互に見た。「きみは目撃しなかったんだね、現場近くやその周辺で――あるいは、ここへ来る道中に――見知らぬ人間を見かけていないんだね？」

その質問には答えを用意してあった。死体を発見してから、僕はずっと考えていたのだ。その夜の出来事について、当局に訊かれたらなんと答えるべきか、と。たしかに、僕はここへ来る途中で見知らぬ男を見かけたし、右手の人差し指と中指が欠損していることに気がつきもした。殺人事件の発生時刻に、その男が現場近くにいたとなれば、不審に思われても無理はない。だが、僕の記憶に残る彼は、旅先で道に迷って地図を見ている紳士以外の何者でもなかった。たぶん、フロッデンの古戦場や、この国の歴史に名を刻む辺境の地を訪ね歩いているうちに、日が暮れてしまったのだろう。十中八九、無実にちがいない相手に、疑惑の目を向けさせるのは僕の望むところではない。したがって、チザムの質問に対する答えは、僕の認識を翻す事由がないかぎり、誰に訊かれてもそう返すつもりで用意していたものだった。

「誰も見かけていないし、何も聞いていません――この近辺では。よそ者が真夜中に、こんな辺鄙なところへ来るとは思えないし」

「それを言えば、この気の毒な男も地元の人間じゃないがね」チザムは死人の顔をもう一度ライトで照らした。「とにかく、見覚えのない顔だ。わたしはこの地方に住んで二十年になるが。どうやらきみは、とんでもなく不可解な事件に出くわしたようだね、ヒュー君。真相が明らかになる前に、まだ何か奇妙なことが起こりそうな気がするよ」

一筋縄で行かない事件だと誰もが確信したのは、死体を近くの居酒屋に運びこみ、医者を含むさらなる助っ人とともに、警察が死体と着衣の詳しい検分に取りかかったときだった。そしていま僕は、明るい電灯の下でその亡骸を見ていた。よく鍛えられた、筋骨たくましい体つき。年齢はギルバースウェイト氏と同じくらい、たぶん六十過ぎだろう。身なりは紳士然として、ブーツもシャツも、旅人が好みそうなツィードのスーツも、上等なものばかりだ。ポケットには札束や金貨や銀貨など、かなりの額の現金が入っていたし、値の張りそうな懐中時計や鎖といった紳士らしい装飾品を身につけていた。殺しの動機が強盗でないことは一目瞭然だった。しかし、身元を特定する書類はひとつもない。着ていた服を隅々まで探したが、手がかりひとつ出てこなかった。見つかったのは、スコットランド南東部の都市ピーブルズと、ここから二十キロほど離れた国境の町コールドストリームを結ぶ列車の帰りの切符、それに請求書の切れ端が一枚。請求書にはスコットランド東部の都市、ダンディーの代理商の名前と住所が記されていた。

「少なくとも、捜査の取っかかりはある」チザムは遺留品を慎重に脇によけると、すでに昨日となった日付の切符を指差した（時刻はとうに真夜中を過ぎ、朝が忍び寄っていた）。つまり死んだ男は、殺される数時間前にコールドストリーム駅に到着したということだ。「ダンディーかピーブルズのいずれかで、男の情報が得られるかもしれない。とはいえ、いまひとつ腑に落ちないんだ、ヒュー君」そう言って彼は、僕を部屋の隅へ連れていった。「たとえ犯人が、被害者から金目のものを奪わなかったとしても、もっと価値のあるものを持ち去った可能性はあるんじゃないか」

「価値のあるもの?」

「書類だよ! あの男の身なりを見ればわかるだろう、明らかに平凡な一般市民じゃない。そういう男のポケットに、手紙や証明書のたぐいが一通も入っていないなんてことがあると思うか? きっと手帳を携帯していたはずだ。その手帳のなかに犯人が捜していたものが入っていて、だから財布を持ち去る必要がなかったのかもしれない」

「いずれにしろ、彼を殺したことに変わりはありませんが」そう言って僕は、死体を安置してある部屋から出た。長居したい場所ではない。医者の所見によると、死因はナイフか短剣による一撃、背後から恐るべき力で心臓を刺し貫かれているという。想像しただけで、胸が悪くなった。「それで、これからどうするつもりです?」追いかけてきたチザムに僕はたずねた。「まだ僕が必要ですか、巡査部長。用が済んだら、一刻も早くベリックへ帰りたいのですが」

「それを言おうと思って、追いかけてきたんだ。自転車は近くに停めてあるし、すぐに町へ戻ろう。なにしろ、ヒュー君、この問題を多少なりとも解明してくれる人物がそこにいるわけだからね——本人さえ、その気になれば。きみが話してくれた下宿人だよ。事件の鍵を握るその人物に会って、話を聞かなくては。少なくとも、殺された男の素性くらい知っているはずだ」

僕は返事をしなかった。自信を持って答えられることなどひとつもなく、いくつもの推測がぐるぐると頭を駆けめぐっていた。ギルバースウェイト氏は殺害された男を知っているだろうか。僕が会うはずだった男は、彼なのか。それとも待ち合わせしていた男は、あそこで殺人を目撃し、怖くなって逃げだしたのか。あるいは殺された男も、ギルバースウェイト氏に手紙をよこした人物に会いに来て、なんらかの理由で殺害されたのだろうか。どれも推測の域を出るものではない。ほどなく、巡査部長と僕はベリックへ向かって出発した。だが、出発して三十分も経たないうちに、ベリックの街灯りが見えはじめたころ、道のくぼみを覆う濃い霧の向こうから、二台の自転車がこちらへ向かってくるのが見えた。僕の名前を呼ぶ声で、メイシー・ダンロップと弟のトムだとわかった。数分後、メイシーと僕は低い声で言葉を交わしていた。

「ヒュー、無事でよかった」メイシーは息を切らせながら言った。「だけど、ぐずぐずしていられないわ。すぐに帰らなくちゃ。あの人が死んだの。あなたの家に下宿していたあの男の人。お母さまが気丈に対応されているけど、あなたを探しているのよ！」

第五章　衣裳箱

僕と同時に自転車から飛び降りたチザム巡査部長は、僕がメイシーと言葉を交わすあいだ、すぐ後ろに立っていた。そして、彼女がギルバースウェイト氏の訃報を口にすると、耳障りな口笛を吹いた。一方、僕は唖然として言葉を失っていた。ギルバースウェイト氏の病状が重篤なのはわかっていたが、こんなに急に死ぬとは夢にも思わなかった。実際、僕は驚きのあまり、夜明け前の灰色の光に包まれたメイシーを呆然と見つめることしかできなかった。先に口を開いたのは、巡査部長だった。

「彼はベッドで死んだんだね?」穏やかな口調でたずねた。「病気で臥せっているとヒュー君から聞いたよ。容体が急変したんだろうね、彼が出かけたあとで」

「十一時ちょうどに突然亡くなったそうです」メイシーが答えた。「お母さまはあなたを探してリンゼーさんの事務所へ行ったのよ、ヒュー。だけど、あなたがいないとわかって、うちへ来たの。だからあたし、話すしかなかった、ギルバースウェイトさんに使いを頼まれてあなたが出かけたこと。詳しいことはわからないけど、あなたの身に危険が及ぶことはないし、十二時過ぎには帰ってくるとあなたが言っていたことも。それからあなたの家へ行って、お母さまと一緒に待つことにした。だけど、待てど暮らせどあなたは帰ってこない。だから、トムを連れて探しに来たのよ。早く帰りましょう。お母さまが気をもんでいるわ。それでなくてもあの人が死んで気が動転しているのに——お母さまが付き添っているときに急に亡くなったんですって」

　僕らはそれぞれの自転車にまたがって家路を急いだ。並んで走っていたチザムと僕は、スピードを落として、前のふたりと少し距離をおいた。

「まったく奇妙な事件だよ」チザムは声を落として言った。「その男が急死したことで、ますます奇妙なことになりそうだ。殺された男の情報を得られると期待していたのに。ところで、そのギルバースウェイトという男の素性は？」

「知りません！」

「きみの家に七週間も下宿していたのに？」

「彼と面識があれば、巡査部長、そういうタイプの男だと納得してもらえたでしょう。七週間いようと、七ヵ月いようと、七年いようと、彼について知っていることは変わらない。僕も母も何も知らないんですよ。礼儀正しくて、弁が立って、気前がよくて、たくさんお金を持っていること以外は。名前は、本人がそう名乗ったものです。それと、以前は船長をしていたとも言っていました。でも、彼の素性や経歴について話せることは何もありません」

「きっと書類とか手紙とか、なんらかの手がかりは残っているだろう」チザムは期待のこもった口調で言った。「思い当たるふしはないか？」

「彼の寝室に衣裳箱があります。鉛で作ったみたいに重い木の箱が。たぶん鍵は、身につけているか、手近なところに置いてあるでしょう。だけど、中身については見当もつかない。開けたところを一度も見たことがないので」

「ふむ。署長を呼んでこないといけないな。きみのお袋さんをわずらわせることになるが、ギルバースウェイト氏の遺品を調べなきゃならない。ところで、その男は具合が悪くなったあと医者に診てもらったのかい？」

「ワトソン先生が――今日――つまり、昨日の午後に来ました」

「それなら、検死審問は必要ないな。死亡証明書はその医者が書けばいい。だが、あっちの殺人事件については、徹底的な審理が行われるだろう。ギルバースウェイトがきみを会いに行かせた人物が殺されたとなると――」

「ちょっと待って。そうと決まったわけじゃありません。殺害された男と僕が会うはずだった男が同一人物かどうかは、あなたにも僕にもわからない。僕が会うはずだった男が、殺人犯かもしれない。誰が犯人かわからないんですよ。だから、正しくはこう言うべきだ――ギルバースウェイトが僕をある人物に会いに行かせた場所で、殺人事件が発生した」

「弁護士っていうのは、御託を並べるのがほんとに好きだな」彼は鷹揚に言った。「わたしはね、ギルバースウェイトがきみを会いに行かせた男の正体を突きとめたいと言おうとしただけなんだ。彼がその男と会う約束をした理由と、それに、あの場所を待ち合わせに選んだ理由も。とりあえず、署長を呼びに行ってくるよ」

「では、三十分後に落ち合いましょう。簡単に片が付く問題じゃなさそうだし、僕は事件に深く関わっているから捜査に口出しする立場にない。眠っているリンゼーさんを起こして、今後の対応を相談しようと思います」

「たしかに、きみの言うことには一理ある。リンゼー弁護士はこうした問題の法律を知り尽くしているだろうしね。それじゃあ、三十分後に」

チザムは警察署の方角へ走り去った。メイシーとトムと僕は、わが家へ向かって自転車を走らせ、ほどなく到着した。僕の姿を目にすると、母は安堵の胸をなでおろし、内緒でそんな使いを引き受けた息子を叱りつけるのを思いとどまった。けれど、僕が何を見つけたかを話して聞かせると、母の顔から血の気が引いて、かぶっているナイト・キャップのように白くなった。二階をちらりと見あげ、かぶりを振った。

「ほんとにもう、部屋なんか貸さなきゃよかった。こんな恐ろしいことが起きるなら。いまさら言っても遅いけど、あの人には得体の知れないものを感じていたのよ。だけど、彼は逝ってしまった——突然、眠るように息を引きとったのよ。あの部屋のベッドに寝かせてあるわ。それで——それで、これからどうしたらいいのかしら。どこの誰かもわからないのに」

「心配いらないよ」僕は励ますように言った。「母さんは自分の義務をちゃんと果たしたんだ。このとおり、僕の無事な姿を見せられたことだし、リンゼーさんを呼びに行ってくる。僕らが今後どうすべきか、彼なら教えてくれるだろう」

メイシーとトムに母をまかせると、僕は急いでリンゼー弁護士の自宅へ向かい、ぐっすり寝入っていた彼をベッドから引っぱりだして事情を説明した。夜が明けはじめていた。僕らがひとけのない道をわが家へ向かって足を急がせていると、灰色がかった朝が、海や川の上に広がりはじめた。僕は昨夜の一部始終を話して聞かせ、彼はときおり驚きの声をはさみながら熱心に聞き入っていた。リンゼー弁護士はこの地方の出身ではない。けれど、何年か前にこの町で弁護士事務所を開業したそのヨークシャー人は、持ち前の鋭い洞察力と辣腕ぶりで、確固たる地位を築いていた。そして、この手の問題について助言を求めるのに最もふさわしい人物だと僕は知っていた。

「明らかになっているのは、事件のごく一部のようだな、ヒュー」ひととおり話しおえた僕に、リンゼー弁護士が言った。「全容を解明するのは、ひどく骨の折れる仕事になりそうだ。その被害者は、ギルバースウェイトがきみに会わせようとした男なのか、あるいは、それとはべつの人物がきみより先にそこへ到着し、われわれには想像もつかない特別な理由で殺害されたのか。ひとつだけたしかなのは――死んだ下宿人から手がかりを得なければならないことだ。それが初めの一歩であり、最も重要な一歩でもある」

警察署長のマレーは、大柄で、エネルギッシュな人物だ。僕らが到着したとき、彼はチザムと一緒にわが家の前に立っていた。短い挨拶を交わしたあと、二階のギルバースウェイトの部屋へ直行した。ベッドの上の遺体はシーツで覆われ、顔にはナプキンがかけられていた。ふたりの警察官は遺体を確認したが、僕は近づかなかった。死体を見るのはひと晩に一度で充分だ。僕は事の真相を知るヒントを求めて、じりじりしながらリンゼー弁護士の動きを目で追っていた。室内を見まわしていた彼は、ふたりの警察官が死体から離れると、椅子の上の几帳面にたたまれた衣服を指差した。

「まずは身元のわかる書類と鍵を見つけることだ。ポケットの中身を確認してくれないか、巡査部長。何が出てくるか見てみよう」

だが、殺害された男と同じく所持品のなかに書類と呼べるものは皆無に等しかった。手紙は一通もない。この近辺の地図が一枚、いくつかの村や地名の下に青い鉛筆で太い線が引いてある。そうした目印は、ベリックとケルソウのあいだのツィード川両岸に散らばっていた。散歩を日課にしていたギルバースウェイトが、わが家に下宿していたひと月半余りのあいだに訪れた場所だろうと僕は推測した。折りたたんだ地図には、新聞の切り抜きが数枚はさんであった。どの記事もこの近辺の遺跡や遺物を取りあげたものだった。あたかも彼がそうしたものに興味を寄せていたかのように。そして、べつのポケットには使いこまれたガイドブックが入っていた。しおり代わりに使っていたのか、ページのあいだにはさんであったのは書留の封筒だった。

「昨日の午後に届いた手紙だ！」僕は興奮して思わず声を上げた。「中身がなんであれ、彼がゆうべ僕に使いを頼んだのは、その手紙がきっかけであることは間違いありません。何か手がかりを得られるかも」

しかし、封筒のなかには手紙はおろか、紙切れ一枚入っていなかった。それでも、封筒には消印が押してあり、チザムが目ざとくそれを指差した。

「ピーブルズ！　きみが見つけたあの殺された男――あの男が所持していた切符はピーブルズ行きだった。とにかく、当たってみる価値はありそうだ」

彼らは再び衣服を丹念に調べはじめた。出てくるのは現金ばかり――年季の入った札入れには札束が、なめし革の袋には金貨がどっさり入っていた。それ以外に見つかったのは、懐中時計と鎖、小型ナイフのような雑多なもの、そして鍵の束。その鍵を持って、リンゼー弁護士は例の衣裳箱に近づいた。

「この男の正体を解明する手がかりがあるとしたら、この箱のなかだ。マネーローズ夫人に代わって、わたしが責任を持って開けさせていただきますよ。そのテーブルの上に移動させて、合う鍵があるか試してみよう」

鍵は難なく見つかった。束と言っても鍵は数本だったから、リンゼー弁護士は一発で正解を引き当てた。彼が重いふたを持ちあげると、僕らはそのまわりを取り囲んだ。得も言われぬ芳香が箱のなかから漂ってきた。ヒマラヤスギとショウノウとスパイスを混ぜ合わせたような、遠い異国の辺境を連想させる匂いだ。そして、リンゼー弁護士が箱から取りだしてテーブルの上に並べはじめたものは、実際のところ、異国情緒あふれる風変わりな品々ばかりだった。紐でくくられた古い葉巻の箱――なかには現金がぎっしり詰まっていて、あとで数えてみると、紙幣と金貨を合わせて二千ポンドあった――それに、葉巻の入った箱がいくつか。それ以外は、持ち主が手当たりしだいに詰めこんだと思しき珍奇なもの、僕らが初めて目にするものばかりだった。ただし、自身も珍品のコレクターであるリンゼー弁護士だけは、箱から取りだしたものを眺めて、ときおり満足そうにうなずいていた。

「この男はあちこち放浪しながら生きてきたようだな。箱の中身からして、メキシコと中米に長く滞在していたことはたしかだ。そう言えば、ヒュー、きみが彼の知人に言うはずだった合言葉は――パナマじゃなかったかね？」

「パナマ！　たしかにそうです――パナマです！」

「なるほど。では、こうしたものの多くはその周辺の国々で――パナマや、ニカラグアや、メキシコで――手に入れたのだろう。実に興味をそそるものばかりだ。しかし――ご覧のとおり、マレー署長、この箱のなかには男の身元や、いつどこからここへ来たのかを示す書類はないし、親類縁者を――いるとしたらの話だが――探すための手紙もない。文字どおり、紙切れ一枚ありません」

ふたりの警察官は無言でうなずいた。

「ということは、つまり――」リンゼー弁護士はだめを押した。「あなたがたは身元不明の死体をふたつも抱えこんだわけです」

第六章　ジョン・フィリップス氏

リンゼー弁護士は話しながら、色も形もとりどりの箱や包みを衣裳箱に戻しはじめた。僕らはみな一様に顔を見合わせていた。壁にぶち当たって途方に暮れる人々のように。まっさきに口を開いたのは、頭の回転が速く、機転の利くチザムだった。

「殺害された男が、その手紙をピーブルズで投函したと考えて、まず間違いないでしょう。その男自身もピーブルズから昨日到着したばかりのようだし、ピーブルズへ行けば何かわかるかもしれない。それを足がかりに、ピーブルズかどこかで、ふたりの接点を見つけられる可能性があります」

「理にかなった意見だね、巡査部長」リンゼー弁護士が賛同した。「ピーブルズに捜査員を派遣すべきだ。男が何者かに殺害されたのは間違いない。よって、その何者かを捕まえる一番の近道は、被害者の身元とここへ来た理由を突きとめることだ。その御仁に関して言えば」ベッドの上の遺体をうやうやしく示して、リンゼー弁護士は言葉を続けた。「どんな秘密があったにせよ、それを後生大事に抱えたまま、あの世へ逝ってしまった。ゆえに、目下、われわれの問題は、その秘密をべつの方法で探りだすことだ」

階下《した》へ場所を移してさらに話し合いを続け、チザムと僕がその朝一番の列車でピーブルズへ出向くことになった。その町でできるだけ情報を集めたあと、帰りにコーンヒル駅に立ち寄る。所持していた切符の半券からして、殺された男は昨夜その駅で下車したと思われる。一方、マレー署長は、殺害現場の徹底的かつ入念な捜索を行う予定だった。懐中電灯の明かりでは発見できなかったものを、真昼の陽射しが暴きだしてくれることを期待して。

「それと、もうひとつできることがあります」リンゼー弁護士が提案した。「例の請求書の切れ端ですが、ダンディーの住所と代理商の名前が書いてありましたね。そこに電報を打って、被害者について知っていることはないかとたずねるのです。どんなにささいな情報でも得られれば――」

「お忘れのようですね、リンゼーさん。たずねると言っても、われわれは被害者の名前を知らないんですよ」チザムが異議を唱えた。「まず名前を突きとめないことには、ダンディーだろうとどこだろうと問い合わせることはできません。だが、ピーブルズで男の名前がわかったら――」

「よし、そうしよう」マレー署長が口をはさんだ。「昼間のうちにできるだけ情報を集めてくれ。わたしは検死審問について検死官と話をつけてくる。審問の会場は、遺体が運びこまれたあの居酒屋で、日時については早くても明日の朝以降だ。ところでリンゼーさん、この家の二階に寝かされているあの男はどうしますか。マネーローズ夫人によれば、医者が二度往診に来たそうだから、死亡証明書はその医者が書くでしょう。そうなると、検死審問は開かれない。それはいいとして、彼の友人や親類縁者への連絡はどうすればいいのか。天涯孤独ということはないでしょう。それに――所持品や衣裳箱から出てきた金の問題もある」

リンゼー弁護士は頭を横に振って微笑んだ。

「この一件が内々に処理されると考えているなら、署長、わたしが思っていたほど頭の切れるお方じゃなさそうだ。いいですか、このニュースは四十八時間以内に国じゅうに広まるでしょう。そして、あのギルバースウェイトなる男に家族がいるなら、種まきあとの畑に群がるカラスのごとく、われ先にとここへ飛んでくるはずだ。ひとたび事件が明るみになれば、新聞記者みたいな連中は存在しなけりゃいいのにと思いますよ。この手の話題は格好のネタですからね。それでも事件の真相究明に、捜査の公開は不可欠です」

居合わせた母は、浮かぬ顔でこの話を聞いていた。人一倍静寂を好む母が、わが家に世間の耳目が集まることを喜ぶわけがなかった。リンゼー弁護士と警察が引きあげたあと、チザムと駅で待ち合わせた僕のために朝食を作りはじめた母は、案の定、ギルバースウェイトをわが家に招き入れ、殺人などという恐ろしい事件に巻きこまれた不運をしきりに嘆きはじめた——どうして下宿させる前に身元をちゃんと確認しなかったのかしら、そうすればどんな人間を相手にしているのかわかったのに、と。僕やメイシーがなんと言おうと——メイシーは残って母を手伝い、弟のトムはこの大事件を父親に報告すべく帰っていった——殺人事件になんらかの形で関わっているギルバースウェイトのことを、母の頭から追い払うことはできなかった。女性にありがちな、理屈を解さない癖《へき》がある母は、下宿人のせいで騒動に巻きこまれるのは理不尽だと感じていた。「あの人は死んだのよ」と母は言った。「警察は速やかに遺体を運びだして、遺されたお金は、誰かが名乗りでるまで警察で保管すればいいんだわ。むやみに騒ぎたてて、リンゼーさんが言っていたような新聞沙汰になんかしないで」

「新聞に載せずに、どうやって世間に知らせるのさ。親戚縁者に訃報を伝えるには、それしか方法がないんだよ、母さん。僕らは、彼がどこから来たのかさえ知らないんだから」

「弁護士や警察のお歴々より、あたしのほうが知っているかもしれないよ、あの人がいつ、どこからここへ来たのか」母は挑むように言って、僕とメイシーに鋭い一瞥をくれた。「いずれにしろ、あたしの目は節穴じゃありませんからね。ひと目見てぴんと来たんだから」

「ということは」僕は母の含みのある口ぶりを素早く察知した。「何か見つけたんだね？」

母は無言のままキッチンを出て二階へ上がり、すぐに戻ってきた。片手に男物のワイシャツのカラーを、もう片方にギルバースウェイトの青いサージのジャケットを持っている。母はカラーを裏返し、布地に刻印された黒い文字を指で示した。

「よくご覧なさい。あの人はこれと同じカラーをたくさん持っていた。どれも新品同然だったから、ここへ来る直前に買ったのね。ほら、ここに買った場所が書いてある。同じ店でこの既製品のスーツも手に入れたんだわ、同じくらい新しいもの。このジャケットのタブに店の名前が――〈ブラウン・ブラザーズ紳士用品店、リバプール市、エクスチェンジ通り〉。これは、彼がリバプールから来たという証しにほかならないだろう？」

「うん、たしかにそうだ。しかも、彼がリバプールに到着したとき、洋服を一式買いそろえる必要があった証しでもある――どこからリバプールに来たんだろう。きっと遠い異国の地だ。それはそうと、お手柄だね、母さん。もうひとりの男もリバプールから来たとわかれば――」

僕は言葉に詰まった。途方もなく広い世界が突如として目の前に出現し、リバプールはその出口のひとつにすぎないことに気がついた。ギルバースウェイトはどこから来たのか。いつリバプールへ到着し、洋服を買いそろえたのだろう。そして、非業の死を遂げたあの謎の男もまた――ギルバースウェイトがベリックへ来た目的がなんであれ――彼と合流するために遠い異国の地からやってきたのだろうか。さらに重要なのは、このふたりと同じく得体の知れぬ男、つまりどこかに身をひそめている殺人犯も、同様のルートをたどってきたのかということだ。

ピーブルズに到着したチザムと僕は、さしたる苦労もせずに――というか、苦労と呼べるようなことはいっさいなく――殺害された男の手がかりを得た。遺留品の切符を手に駅の窓口を訪ねると、前日の午後にその切符を売った券売係がすぐに見つかった。彼は男を覚えていて、人相風体を詳しく説明してくれたうえに、同じ男が二日前にピーブルズに到着したことを覚えている改札係を見つけだしてくれた。回収した切符の出発駅はグラスゴーだったという。改札係が男を記憶していたのには理由があった。男に問われて、お勧めのホテルを教えてやると、謝礼として二シリング硬貨を置いていったという。というわけで、僕らの聞きこみは順風を受けて快調に進み、ピーブルズに滞在していた短時間に、その追い風が止むことはなかった。得られた情報は次のとおり。男は殺害される前日の午後早くにこの町へやってきて、町で一番評判のいいホテルに宿泊した。到着日の午後から夜にかけて何度か外出し、翌日の午後のなかばに支払いを済ませて出立した。宿帳に記載されていた名前は、ジョン・フィリップス、住所はグラスゴー。

チザムは僕を連れて、情報を提供してくれたホテルを辞去すると、財布から例の請求書の切れ端を引っぱりだした。

「名前が判明したことだし、さっそくダンディーのこの住所に電報を打って、ジョン・フィリップスなる人物に心当たりがないかたずねてみよう。返事はベリックで受けとることにして――われわれが帰りつくころには届いているはずだ」

電報の宛先は〈ダンディー市バンク通り一三一A、代理商、ギャビン・スミートン〉。チザムの質問は簡潔かつ単刀直入だった。

ジョン・フィリップスなる男性の情報をベリック警察へ提供されたし。その男性は遺体で発見された際、貴殿の名前と住所を所持していた由。

「収穫があるかもしれないし」郵便局を出るときチザムが言った。「空振りに終わるかもしれない。さて次は、コールドストリームまで引き返すとしよう。その男がピーブルズからコールドストリームへ向かったことはわかっている。引き続き、ゆうべの足どりを追うんだ」

しかし、地元へ戻ると、捜査はたちまち行きづまった。コーンヒル駅の駅員は男のことをはっきりと覚えていた。男は昨夜八時半過ぎの列車で到着し、ツィード川にかかる橋へ続く道を歩いているところを目撃されていた。橋の向こうはコールドストリームだ。誰かに道をたずねた形跡はなく、まるで勝手知ったる場所のように迷わずその道へ向かったらしい。橋を渡ってすぐの居酒屋で情報を得ることができた。そのような風体の男が――居酒屋の店主が言うところの〝紳士〟が――ふらりと現れてウィスキーを注文し、ものの数分で飲み干すと、店を出ていったという。男の足どりはそこで途絶えた。僕らはすでに男が殺害された場所から数マイルの地点まで来ていた。川沿いの住民は身近で起きた大事件に興味津々で、捜査にも協力的だったが、さらなる情報を得ることはできなかった。コールドストリーム側の橋のたもとにある居酒屋を出たあと、骸《むくろ》となって僕に発見されるまで、目撃した者はひとりもいなかった。

ベリックへ帰りつくと、べつの行きづまりが僕らを待っていた――ダンディーからの電報だ。答えはそっけないものだった。

ジョン・フィリップスという人物に心当たりはありません――ギャビン・スミートン

というわけで、差し当たり、得るものは何もなかった。

翌朝早く、リンゼー弁護士と僕は、死体が収容されている居酒屋に来ていた。これから検死審問が行われるとあって、警察官のほかに物見高い人々があちこちから集まっていた。建物の前で検死官の到着を待っていると、ひとりの紳士が立派な栗毛の馬に乗って現れた。見栄えのよい年配の男だ。人々の注目を一身に浴びながら、颯爽と馬から降り立ち、居酒屋の入り口へ近づいてきた。そして、右の手袋を外したとき、僕の目はその手に釘づけになった。人差し指と中指が欠けている。そこにいるのは、間違いなく、僕が他殺体を発見する直前に、あの交差点で見かけた男だった。

第七章　ジョン・フィリップスの検死審問

　地元の名士が数名、車や馬で検死審問に駆けつけたのは、むろん好奇心からだ。指の欠けた男は、僕らから少し離れた場所で立ち話をする、そうした名士たちの輪に迷わず加わった。どれも見知った顔だが、上流階級に属しているにちがいないその指の欠けた男だけは見覚えがなかった。僕はリンゼー弁護士を振り返って、たったいま馬で乗りつけた紳士は誰かとたずねた。すると、彼は目を丸くして僕を見た。

「なんと！　彼を知らないのかね。近ごろ噂になっていた人物――ハザークルー館のサー・ギルバート・カーステアズだよ。由緒ある準男爵家の新しい後継者さ」

　僕はすぐに納得した。ノーハムとベリックのあいだ、ツィード川を見渡せる川岸のイングランド側に、絵のように美しい古色蒼然とした城と見紛う大邸宅が建っている。高い塀と、松やモミの木立によって外界から隔絶された広大な領地と建物は、カーステアズ家の子孫が代々受け継いできたものだ。前領主の第六代準男爵サー・アレクサンダー・カーステアズは重度の世捨て人で、僕は彼の姿を一度しか見た覚えがなかった。町で車を運転しているのを見かけたのだが、隠遁者と呼ぶにふさわしい風貌の、棺桶に片足を突っこんでいるような老人だった。妻を早くに亡くし、三人の子どもとは絶縁状態。長男のマイケル・カーステアズ氏は遠い昔に異国へ渡り、そこで命を落とした。次男のギルバート氏はロンドンで医者をしていたが実家に寄りつかず、ひとり娘のラルストン夫人は、十マイルも離れていない場所に住んでいるものの、父親と仲が悪かったという。聞くところによると、アレクサンダー翁は相当な変わり者で、めったなことでは満足せず、人の言うことに耳を貸さなかった。そうした噂の真偽はともかく、彼が八十歳をとうに過ぎてもひとりで暮らしていたことはたしかだ。そして、ある日ぽっくり死んだ。それはジェームズ・ギルバースウェイトがわが家に下宿する少し前のことだった。長男のマイケル氏は未婚のまま死んだので家族はいない。ゆえに準男爵の地位と財産は、次男のギルバート氏に渡ることになった。最近になってハザークルー館に移り住み、当主の座についた彼は――五十歳をゆうに超えているが――若くて美しい妻を連れてきた。ふたりは結婚したばかりで、複数の筋から聞いた話では、彼女自身もかなりの資産家らしい。

そしていま、第七代準男爵サー・ギルバート・カーステアズが、地元の名士たちと談笑しながら僕の前を通りすぎていった。殺人事件当夜、僕が路上で見かけたのは間違いなくその男だった。近くに立つ彼の手に目を凝らした。人差し指と中指が付け根からなく、残っているのは小さな丸い突起だけ。この近辺に同じ障害を持つ人物がふたりいるとは考えられない。さらにその男の背格好も、身につけているグレーのツィードのスーツも、立ち姿もすべて、僕が交差点で見かけた、懐中電灯を手に地図を見ていた男とぴたりと一致する。同一人物に違いない。確信すると同時に僕は、このことは誰にも言うまいと心に決めた。サー・ギルバート・カーステアズほどの貴い身分の紳士と殺人事件を結びつける理由はないし、彼があの交差点にいた経緯は簡単に説明できそうな気がしたからだ。大柄でスポーツマンらしい体つきは、いかにも散歩を好みそうだ。あの夜も散歩に出かけたが、土地勘のない場所で――なにしろ数十年も離れて暮らしていたのだ――帰り道がわからなくなったのだろう。やはり黙っていようと僕は決意した。口は禍《わざわい》のもと――幼いころから繰り返し聞かされてきた教えだった。

検死官が開廷を宣言したとき、居酒屋の大部屋は立錐の余地もないほど混み合っていた。本題に入る前に、おおかたの予想どおり、検死官は今後の見通しについて言及した。その日は審理すべき材料が出そろっていないため、検死官が〝明白な証拠〟と呼びそうな事柄について検討したのち、休廷となるのはやむを得なかった。「どうやらこの事件の裏には」と言って、検死官は居並ぶ警察官と、一、二名の弁護士に意味ありげな一瞥をくれた。「尋常ならざる秘密が隠されているようです。数多《あまた》の謎が解明されないかぎり、死体となって発見された男性を殺害した犯人と、犯行の動機について、陪審員はいかなる判断も下すことはできない。とりあえず今日のところは、いくばくかの証言に耳を傾け、その後、休廷とする」

僕が重要参考人として証言台に立たされることや、ギルバースウェイトがまっさきに審理の俎上に載せられるだろうことは、居酒屋へ向かう道中にリンゼー弁護士から聞かされていた。彼のこの予測が正しいことは、審問が始まってすぐに明らかになった。現時点で殺害された男について語るべきことはほとんどない。検死報告書の死因は、鋭利なナイフもしくは短剣で背後から心臓を突き刺されたことによる。チザムと僕がピーブルズやコーンヒル駅、それにコールドストリーム橋近くの居酒屋で集めた証言が取りあげられ、ダンディーのギャビン・スミートン氏から届いた電報が読みあげられた。現時点で判明しているのはそれで全部。要するにこういうことだ。ジョン・フィリップスと名乗る男がピーブルズのホテルに宿泊した。宿帳に記載された住所はグラスゴーだが、現時点で警察は該当する人物を特定できていない。この男はピーブルズからコーンヒルへ列車で移動し、近くの居酒屋で目撃されたのを最後に足どりが途絶え、およそ二時間後、ひとけのない場所で他殺体となって発見された。

「ここで疑問が生じます」検死官が言った。「被害者はそんな場所で何をしていたのか。誰かに会うつもりだったのか。この点に関して、われわれはある証言を得ています。そして――」いったん言葉を切って、正面に陣取った法の執行人と、彼のかたわらに座る陪審員に鋭い一瞥をくれた。「その証言は陪審員のみなさんの好奇心をかきたてることでしょう」

僕が最後の証人だった。チザム巡査部長と医者、それにコールドストリーム橋のたもとの居酒屋の店主が証言するあいだ、混雑した室内に抑えた興奮が満ちていたとしたら、僕が証言台に立ったとき、人々の期待と興奮は抑えがたいほどに高まっていた。もちろん僕としては、自分の見知ったことを率直かつ簡潔に証言したし、よもや質問攻めに遭うとは予想もしていなかった。ところが、警察側の弁護士は、僕が何か隠していると思ったのか、あるいは、訴訟の初期段階であっても、可能なかぎり問題を明確にしておこうと考えたのか、矢継ぎ早に質問した。

「そのギルバースウェイトという男があなたに頼みごとをしたとき、部屋にはほかに誰もいなかったのですね？」

「はい、いません」

「彼から言われたことで、まだ話していないことがあるのでは？」

「思いだせることは、すべて話しました」

「あなたが会いに行くことになった男について、彼から説明はなかったのですか」

「はい、ひと言も」

「名前も言わなかった？」

「ええ、言いませんでした」

「つまりあなたは、自分が会うはずだった男の正体も、その男がギルバースウェイトに会いに来た日的も知らないのですね?」

「はい。男に会って、メッセージを伝える。僕が彼から言われたのはそれだけです」

弁護士はしばし無言で思案したあと、今度はべつの角度から追及を始めた。

「そのギルバースウェイトなる男は、あなたのお宅に下宿していたわけですが、彼が何をしていたかご存じですか」

「ほとんど知りません」

「だが、ゼロではない。多少は知っているでしょう」弁護士は食いさがった。

「ゼロも同然ですよ。通りや埠頭で彼の姿を見かけたことはあります。城壁を散策したり、ボーダー橋を渡ったり——町の外れまで行ってきたと本人から聞いたことも。でも、それだけです」

「彼はいつもひとりでしたか」

「誰かと一緒にいるのを見たことはありません。誰かと言葉を交わしたとか、人に会いに行くという話を聞いたこともない。ついでに言えば、わが家に客を招いたこともないし、彼を訪ねてきた人もいません」

「そして、下宿中に彼宛てに届いた手紙は、すでに報告されている書留一通だけ?」

「はい。あとにも先にもその一通だけです」

弁護士は再び沈黙した。その場にいる全員が固唾を呑んで僕らを見つめていた。いいかげんに質問は打ち止めだろうと僕が思っていると、弁護士は鋭い一瞥とともに新たな疑問をぶつけてきた。

「ところで、その男は、ベリックに来たそもそもの理由をあなたに話しましたか」

「ええ、下宿したいと訪ねてきたときに。この近辺に親戚が埋葬されていて、彼らの墓や、かつて暮らしていた場所を訪ねてみたいと言っていました」

「実際のところ、彼はこのあたりで生まれたか、あるいは一時期住んでいたか、もしくは親戚が住んでいたような印象を受けましたか」

「はい、そう思いました」

「親戚の名前や、墓地のある場所などといった具体的な話は？」

「いえ――聞いていません。その話をしたのも一度きりでしたから」

「では、彼が特定の墓や家を見るために特定の場所を訪れたという話も聞いていない？」

「ええ。ですが、ツィード川の両岸――イングランド側とスコットランド側の双方を訪ねて歩いていたことは知っています」

弁護士はいっとき躊躇した。僕を見て、書類に目を落とし、それから検死官をちらりと見て、席に腰をおろした。すると検死官は、まるで暗黙の合意を交わしていたかのように弁護士に軽くうなずいてみせると、陪審員のほうへ向き直った。

「当審問とは直接関係のない事柄だと思う方もいるかもしれませんが、みなさん、件《くだん》のギルバースウェイトなる人物が、ジョン・フィリップスという名で知られる被害者の死に深く関与していることは明白ですし、いかなる関連証拠もおろそかにすべきでない。ゆえに、ある紳士を証人としてお呼びしています。司祭のセプティムス・リドレー師をここへ」

第八章　教区簿冊

近隣の紳士に混じって座るリドレー司祭の存在に、僕は気がついていた。聖職者がこんなところになんの用だろうと訝《いぶか》っていたのだ。人里離れた山中で教区司祭をつとめるリドレーは、ひょろりと背の高い神学生を思わせる風貌の男で、地面を見つめたまま、機械じかけのような早足でベリックの通りを歩いているのを、ときおり見かけることがある。まるで六ペンス硬貨を探しまわっているみたいだと、若者たちからは揶揄されていた。その彼が単なる好奇心でこの場にいるはずはないと僕は思っていた。説教台の上ではどうか知らないが、証言をするべく検死官と陪審員のあいだに立った彼は、不安げでそわそわと落ちつきがなかった。

「どんな話を聞かせてくれるんだろうな」リンゼー弁護士が僕に耳打ちした。「言っただろう、ヒュー、ギルバースウェイトについて、われわれの知らない新事実が飛びだすんじゃないかって。謹んで拝聴しよう。それにしても、あの男が何を知っているというんだ」

リドレー司祭は予想以上に多くのことを知っていることがじきに明らかになった。法的な手続きに則《のっと》って、証人の身元などの確認が行われたあと、検死官による単刀直入な質問が始まった。「リドレーさん、あなたは近ごろ、先ほどこの検死審問との関わりについて言及された御仁――すなわち、件のジェームズ・ギルバースウェイト氏――と言葉を交わす機会があったそうですね」

「ええ、話しました、わりと最近」司祭はぎこちなく答えた。

「ご自身の口から説明していただけますかな、どんな話をされたのか。それともちろん、それがいつの出来事かも」

「ギルバースウェイトが」リドレー司祭はそう切りだした。「司祭館にわたくしを訪ねてまいりましたのは、ひと月か五週間ほど前のことでございます。それ以前にも教会や教会の敷地内で、姿を見かけたことはありました。なんでも彼は、教区簿冊に、なかでも古い簿冊に興味を持っているそうで、この教区の簿冊を見せてほしい、金に糸目はつけないから、と言われました。わたくしは閲覧を許可しました。しかし、彼が興味を持っているのは、ある時代にかぎられていることに、間もなくわたくしは気がつきました。ほんとうは、一八七〇年から一八八〇年の記録を見たかったのです。はた目にも明らかなのに、彼はそのことを決して口に出さなかった。だからわたくしも調子を合わせて知らぬふりをしていた。そうは言っても、彼が簿冊を見ている最中ずっとそばにいたので、何を調べているかはわかりました」

リドレー司祭はひと呼吸おいて、検死官のほうをちらりと見た。

「お話しできることは、これで全部です」彼は証言を締めくくった。「あの方がわたくしを訪ねてきたのは、その一度きりです」

「もう少し話していただけることがあるかもしれません、リドレーさん」検死官が笑みを浮かべて言った。「いくつか質問させてください。その男が見ていたのは、具体的になんの記録ですか。出生、死没、婚姻のいずれでしょう?」

「三項目すべてです。いま申しあげた時代――一八七〇年から一八八〇年のあいだの」

「特定の記録を探していたと思われますか」

「そう思います」

「見つかったようですか」検死官は司祭に抜け目のない一瞥をくれた。

「仮に見つけたとしても」リドレー司祭は当時を思い返すかのようにゆっくりと答えた。「彼はそうしたそぶりをいっさい見せませんでした。書き写すことも、メモを取ることもなく、複写を欲しいとも言わない。わたくしの印象では――そんなものに価値があるかどうかわかりませんが――われわれの簿冊のなかに、彼が探しているものはなかった。わたくしがその考えを強くしたのは――」

リドレー司祭は言い淀んだ。先を続けるべきか迷っているようだ。それでも、検死官が励ますようにうなずいて見せると、再び口を開いた。

「つまり、わたくしが言わんとしたのは――これは証言とは言えないでしょうが――その男は、この近辺の司祭館のわたくしの兄弟《ブラザー》たちを同じ用件で訪ねていたらしいのです。先日の管区会合で話題にのぼっておりました」

「なるほど」検死官は感じ入った様子で相槌を打った。「つまり彼は、教区簿冊を調べてまわっていたということですな。あとで確認を取りましょう。本審問の事案に関係があるにちがいない。しかし、もう少し質問させてください、リドレーさん。簿冊の閲覧には手数料が定められているはずですが、ギルバースウェイトは料金を支払いましたか」

リドレー司祭は微笑んだ。

「手数料だけでなく、慈善箱に入れてほしいと言って、まとまったお金を置いていきました。ずいぶん気前のいい方だと思ったものです」

検死官は警察側の弁護士に視線を移した。

「この証人に何か訊きたいことがありますか」

「はい」弁護士はそう言って、リドレー司祭に向き直った。「ヒュー・マネーローズさんの証言をお聞きになりましたか？　ギルバースウェイトがベリックへ来たのは、この近くに親戚の墓があるからだと言っていたという話を。お聞きになりましたね？　では、リドレーさん、あなたの教会にギルバースウェイトという名の一族が埋葬されているでしょうか」

「いいえ」リドレー司祭は即答した。「それどころか、われわれの教区簿冊のどこにも、ギルバースウェイトという名前は出てきません。当方には、一五八〇年以降の簿冊を網羅する索引がございますが——簿冊への登記が始まったのはその年からです——そのような名前はどこにも存在しない。それと、手前味噌ではありますが、わたくしはこの一帯の簿冊に関してはちょっとした権威でして。出版に向けた準備と編集作業に携わっていたので、内容に精通しているのです。わたくしの記憶によれば、どの地域の簿冊にもギルバースウェイトという名前は存在しません」

「そこからどのようなことを推測されますか」

「あの男が何を探していたにせよ——何かを探していたことは間違いありません——父方の家系についてではない。言うまでもなくそれは、彼の名前が申告どおりギルバースウェイトであればの話ですが」

「たしかに。偽名の可能性もある」検死官が賛同した。

「母方の縁者について調べていたのかもしれません」弁護士が指摘した。

「いま、その可能性に言及しても、論点を曖昧にするだけです」そう言って検死官は、陪審員のほうへ顔を向けた。「みなさん、わたしがこのギルバースウェイトなる人物に関する証言を採用したのは、彼が明確な目的を持ってこの地を訪れ、特定の情報を得ようとしていたことは明白だからであります。そしておそらくは、目下、審理中の殺人事件と、ギルバースウェイトの目的は関係がある。だが、残念ながら今日はこれ以上の進展は見こめません」検死官は結論を述べた。「よって、次の検死審問は二週間後とする。そのときは、もっと多くの証拠が提示されるにちがいありません」

どんな興味深い話が聞けるかと期待して集まった人々は、来たときよりもさらに困惑を深めて家路につくことになっただろう。彼らは建物の外でいくつかのグループに分かれると、侃侃諤諤と意見を闘わせはじめた。やがて、眼光鋭い若い男がふたり、僕のもとへやってきた。審問の最中、検死官や当局の面々が座っていた大きなテーブルの端でメモを取っていた連中だ。エディンバラとニューカッスルから来た特派員を名乗るそのふたりの男は、殺人事件の夜に、僕がどう行動し、どんな経験をしたかを正確かつ詳細に聞かせてほしいと強い口調で迫ってきた。この事件はいまや国じゅうの注目の的だから、僕の証言はなんであれ、すばらしい読みものになるし、自分たちの新聞で大々的に取りあげると彼らは断言した。しかし、隣で話を聞いていたリンゼー弁護士が、僕の腕をつかんで、新聞ダネを執拗に追い求めるふたりから引き離した。

「いまはだめだよ、お兄さん」彼はおどけた口調で言った。「ネタはもう充分に集まっただろう。読者の関心をしばらく繋ぎとめておくだけの収穫はあったはずだ。何も話しちゃだめだぞ、ヒュー。それから、おふたりさん、事件の謎を解明したい、犯人に報いを受けさせたいと思っているなら、記者としてできることがある——きみたちが最も得意とすることだ」

「というと？」ひとりが勢いこんでたずねた。

「紙面を通して情報を募るんだ。親戚でも、友人でも、知人でもいい、ジェームズ・ギルバースウェイトとジョン・フィリップスのことを知る人間を探しだすこと。好きなだけ、そして、可能なかぎり噂を広めてくれたまえ。彼らがどこかに属していたのなら、名乗りでるように仕向けるんだ。というのも——」意味ありげな目配せをして、リンゼー弁護士は言葉を継いだ。「この事件は、誰もが考えている以上に謎の部分が大きい。それを少しでも解明できれば、それだけ早く事件も解決する。ここだけの話、いまは警察よりも新聞に期待している。きみたちにとっては千載一遇のチャンスだぞ」

そう言い残すと、リンゼー弁護士は僕を連れてその場を離れ、ベリックから走らせてきた二輪の軽馬車に乗りこんだ。そして、出発するなりじっと考えこんで、町が見えてくるまでひと言も発しなかった。

「なあ、ヒュー」物思いから目覚めたリンゼー弁護士が不意に言った。「この事件に一筋の光明を見いだすことができるなら、大枚をはたいてもいい気分だよ。この世界に入って二十二年、その間、実に様々な事件を見てきた。奇妙な事件、難解な事件、陰惨な事件。しかし今回ほど陰惨で、難解で、奇妙な事件は初めてだ——まさしく前代未聞だよ」

「考えていたのは、それだけじゃありませんよね、リンゼーさん」僕がそうたずねたのは、彼が人並み外れた頭脳の持ち主だと知っていたからだ。

「目に見えるもの以外のことを考えていたんだ。惨《むご》たらしい殺人事件が起きたことをわれわれは知っている——ことによると、第二の事件が起こるかもしれない。あるいは、すでに起きているのかも。古い簿冊なんぞを漁《あさ》って、ギルバースウェイトは何を探していたのか。コールドストリームの居酒屋を出たあと、きみに死体を発見されるまでのあいだにフィリップスの身に何が起きたのか。フィリップスは誰と会ったのか。誰が彼を殺害したのか。彼らがこんな辺境へ来た目的は何か。どっちを向いても謎だらけ、八方ふさがりだよ、ヒュー」

僕は返事をしなかった。サー・ギルバート・カーステアズを交差点で見かけたことを伝えるべきか迷っていた。リンゼー弁護士はなんでも話しやすい人だし、打ち明けるには絶好の機会だ。だが、わが家の家系には、やたらと用心深くて慎み深い傾向がある。父と母の双方から受け継いだそうした性癖は、僕のなかでさらに深まり、強化されていた。殺人現場の近くにいたというだけで、無実の可能性が高い男性を告発し、罪を着せるようなまねはできない。やはり、僕は黙っていることにした。

「新聞を見て名乗りでる者がいるだろうか」リンゼー弁護士が言った。「きっといるはずだ——彼らを知っている人間がいるなら」

それから三日が過ぎ、四日が過ぎても、警察や僕らのところに問い合わせはひとつもなかった。そして、ついに——たしか検死審問の四日後の午後に——リンゼー弁護士事務所の事務室で僕が机から顔を上げると、メイシー・ダンロップが中年の女を連れて入ってきた。粗末だが見苦しくない身なりをしたその女は、どうやらよそ者のようだ。

「ヒュー」メイシーは僕のかたわらに立って言った。「あなたのお母さまに頼まれたのよ、この女性をリンゼーさんに引き合わせてほしいって。南部から到着したばかりで、例のジェームズ・ギルバースウェイトさんの妹さんだそうよ」

第九章　釣具屋の店主

メイシーと見知らぬ女が訪ねてきたとき、リンゼー弁護士は自分のオフィスの戸口に立っていた。僕らの話を聞くや、彼は三人全員をオフィスに招き入れ、僕と同様に好奇心に満ちた目で女を見た。もちろん彼も、死んだ男との類似点を探しているのだ。しかし、ふたりの外見はまったく似ていなかった。大柄でがっしりとした体格のギルバースウェイトとは対照的に、目の前の女は小柄で痩せていた。色あせた黒い衣服が、実際よりもさらにみすぼらしく貧相に見せている。それでも彼女が話しはじめると、ふたりには似たところがあることに僕は気がついた。彼女の話し方はギルバースウェイトとそっくりで、国境地方《ボーダーズ》で生まれ育った僕らとは全然違うのだ。

「さっそくですがあなたは、あのジェームズ・ギルバースウェイトなる人物の妹さんだと考えていらっしゃるのですね？」リンゼー弁護士は身ぶりで客に椅子を勧め、メイシーにはそこで待つよう合図をした。「ところで、あなたのお名前は？」

「新聞で報じられていた男性は、あたくしの兄に違いないと考えております。そうでなければ、こんな遠くまで訪ねてきません。あたくしの名前はハンソン——ハンソン夫人です。リバプールの近く、ガーストンから参りました」

「なるほど、ランカシャーの方ですか。そうすると、ご結婚前の姓はギルバースウェイトだったのですね？」

「もちろんですわ――ジェームズと同じです。ほかに縁者はおりません。証明するための書類をお持ちしましたのよ。ここへ来る前に弁護士に相談に行きましたの。そしたらすぐに兄のもとへ行くようにと促されて。あたくしの結婚証明書と、ジェームズの出生証明書の写しと、ほかにも書類をいくつか持たされました。新聞に出ていた男性は間違いなくあたくしの兄です。ですから、もちろん、遺産の相続権を主張するつもりです――兄がほかの誰かに遺したのでなければ」

「当然でしょうね。ところで、お兄さんに最後に会ってからどのくらい経ちますか」

　思いがけない難題を突きつけられたみたいに、女は首を横に振った。

「正確なことは言えません。一年か、二年か、いえ、数年の誤差はあるかも。あたくしの記憶によれば、少なくとも三十年は前だと思います。あたくしがハンソンと結婚した直後、当時あたくしは二十三歳で、次の誕生日が来ると五十七になります。ジェームズは一度だけ会いに来ました。あたくしたちが新生活を始めて間もなく。それ以来今日まで、兄の姿を一度も見ていません。でも、兄だとわかるはずです」

「遺体は昨日、埋葬されました。電報で知らせていただけたらよかったのですが」

「相談した弁護士が早く行きなさいと急かすものですから。今朝一番の列車に飛び乗りましたのよ」

「書類を拝見しましょう」

　リンゼー弁護士は身ぶりで僕を呼び寄せると、女が差しだした書類に一緒に目を通した。

　最も重要なのは、ジェームズ・ギルバースウェイトの出生証明書だった。この書類によって、彼が六十二年前にリバプールで生まれたことが判明した。リンゼー弁護士がすかさず指摘したとおり、それは母と僕が本人から聞いた年齢と一致していた。

「それでは」ハンソン夫人に向き直って、リンゼー弁護士が言った。「いくつか質問をさせてください。むろん、あなたのお兄さんに関することです。それと、お兄さんが関わっていた事柄について。まずは、ご一族にこの地方出身の方はいらっしゃいますか」

「そのような話を聞いた覚えはありません。いいえ、いないはずです。父と母、どちらの家系もランカシャーの人間ですから。曾祖父と曾祖母の代まで遡ることができます」

「お兄さんは若いころにベリックへ来たことがあるかご存じですか」リンゼー弁護士はたずねるのと同時に僕をちらりと見た。

「可能性はあります。兄は身体が大きくて才気煥発な、腕っ節の強い若者でした。十歳には船で海に出ていたのですよ――その二、三年前から兄と行動をともにすることはありませんでしたが。十二、三のときサンダーランドやニューカッスルの港を行き来する蒸気船に乗っていましたから、ここへも立ち寄ったかもしれません」

「ありえますね。ですが、お兄さんの後年の人生に話を戻しましょう。三十年以上会っていなかったそうですが、消息をお聞きになったことは？」

ハンソン夫人は力強くうなずいてみせた。

「ええ、あります。一度だけですが。近所に中央アメリカ帰りの人が、たしか五年ほど前に引っ越してきて、向こうでジェームズを見かけたそうです。兄は下請けのような仕事をしていたとか。当時、開通したばかりで何かと話題になっていた、あのパナマ運河で」

リンゼー弁護士と僕は顔を見合わせた。パナマ！　ギルバースウェイトから教えられた合言葉だ。

やはり、その場所には何かあるのだ。どんなにささいなことだとしても、パナマには手がかりが隠されているにちがいない。

「ほう、パナマですか。お兄さんはそこにいたと？　それが最後の消息なのですね」

「最初で最後ですわ。もちろん、ここ数日の新聞を読むまでの話ですが」

リンゼー弁護士は抜け目のない眼差しを女に向けた。

「ジョン・フィリップスという男をご存じですか？　その男も同じ新聞に出ていたのですが」

「いいえ、存じあげません」夫人は即答した。「聞いたこともありませんわ」

「では、お兄さんが最近リバプールで目撃されたとか、古い友人を訪ねたという話も聞いていないのですね？　というのも、新聞でお読みになったでしょうが、ここ三ヵ月以内にお兄さんはリバプールを訪れて、スーツやシャツを購入したと考えられるのです」

「あたくしのところへは来ていませんわ。兄を見かけたという話も聞いておりません」

短い沈黙。そして、女はついにその質問を口にした。明確な答えを求めているのは明らかだった。

「遺言はあるのでしょうか。もしなければ、相談した弁護士の話では、遺品はあたくしのものになるとか――あたくしにはどうしてもそれが必要なのです」

「遺言のたぐいは見つかっていません。おそらく存在しないのでしょう。あなたが近親者である証拠もそろっているし、お兄さんが遺したものは全部あなたのものになりますよ。あなたは彼の妹さんにちがいないし、責任を持って彼の遺産をお渡しするつもりです。一日か二日、この町に滞在されるおつもりですよね？　ヒュー、きみの母上ならハンソン夫人の投宿先を見つけてくれるんじゃないか」

ハンソン夫人の世話は母にまかせて大丈夫だと僕は請け合った。その後、ハンソン夫人はリンゼー弁護士に書類を預けてメイシーと一緒に帰っていった。ふたりきりになると、リンゼー弁護士は僕に向き直った。

「これで少しは謎の解明が進むと思う連中もいるだろうな、ヒュー。だが、ますます謎は深まったとわたしが思っていないとしたら、吊るし首されても文句は言えまい。そこでだ、まっさきにどこから調べるべきだとわたしが考えているかわかるかね、ヒュー」

「見当もつきません、リンゼーさん。教えてください」

「パナマだよ！」彼は顔を上げて僕をまっすぐに見た。「パナマ！　それしかないだろう。そもそもの始まりはパナマだとわたしは見ている。何がきっかけで、今回の事件とどう繋がっているのか？事情を知り、説明できるふたりの男はもはやいない――有り体に言えば、墓のなかだ」

ハンソン夫人の来訪により、ギルバースウェイトの素性は判明したものの、手持ちの情報は、ジョン・フィリップスが殺害された週の終わりと変わりなかった。そして、僕がアベル・クローンの魔手にかかったのは、死体を発見してから八日後の夜のことだった。

アベル・クローンは三年前にふらりとベリックにやってきて、ツィード川の河岸へ続く裏通りで釣具屋を始めた。ヤギひげをたくわえた赤毛の小男で、色の薄い小さな目は狡猾な光を宿している。無口で争いを好まないクローンは、いっけん人畜無害だが、この近辺の噂話には誰よりも詳しく、妙な時刻に公道や釣具屋の店先で、似たようなぐうたら連中と長話に興じる姿を見かけることもある。あの晩、僕らが言葉を交わすことになった経緯はこうだ。

メイシーの弟のトム・ダンロップはウサギを飼っていて、その飼育小屋を父親の食料雑貨店の裏に造ることになった。手伝いを買ってでた僕は、鋼材や針金などの材料を安く手に入れられるクローンの店をひとりで訪れた。どういうわけかクローンは、例の殺人事件に並々ならぬ関心を示した。

「いまだに犯人の目星すらついていないんだぜ、警察の連中は。ねえ、そうでしょう、マネーローズさん」クローンは探るような目つきで僕を見た。オイルランプの揺れ動く炎が雑然とした店内を照らしている。「警官ってのは、頭の鈍い、独創性のない連中ばかりだ――あいつらの凝り固まった脳みそには想像力のかけらもない。この手の事件に求められるのは、探偵小説に登場するような天才だ。足跡のつま先の向きとか、皿の上に残っていたパンのかじり方とか、そういうものから事件を解決できる人間が必要なんだ。普通のやり方じゃあだめだ。俺の言いたいことがわかるかい、マネーローズさん」

「ひょっとして、クローンさん、犯人探しに名乗りを上げるつもりかい?」冗談のつもりで言った。

「言われてみると、そういうことが得意そうに見える」

「まあな」クローンはまんざらでもなさそうだった。「人並み以上にやれるとは思うがね。それを言えば、マネーローズさん、あんた自身は何も追求するつもりはないらしいな」

「僕が? いったい何を追求すると言うんだ。新聞に書かれている程度のことしか知らないのに」

僕がそう答えると、クローンは開け放した店の入り口をちらりと見た。次の瞬間、暗がりのなかを近づいてきて、ぎろりと僕を睨みつけた。

「あんた、本気で言ってるのか?」クローンは抜け目なく声を落として言った。「そんなら、ひとつ質問がある。なんで黙ってるんだ、サー・ギルバート・カーステアズを、死人に出くわす直前にあの交差点で見かけたことを。狙いはなんだ?」

僕は殴られたような衝撃を受けた。ショックから立ち直る前にクローンに腕をつかまれた。

「こっちへ来てくれ。ふたりきりで話がある」

第十章　もうひとりの目撃者

僕はアベル・クローンのあとについて裏手の事務室らしき部屋へ入った。心臓が早鐘を打ち、背筋がぞくぞくしていた。穴蔵のように狭くて汚い部屋には、傾いたテーブル、椅子、立ち机、戸棚、それに多種多様ながらくたが雑然と置いてあった。

不意打ちを食らった僕は、茫然自失の状態だった。僕の秘密を知る人間がいるとは、夢にも思わなかった。もちろんあのことは誰にも話していないし、この世で最も信用できない、ゴシップ好きで有名なクローンに打ち明けるはずもない。クローンの奇襲攻撃に虚をつかれた僕は、文字どおりなすべもなく、気づいたときには薄暗い部屋に連れこまれていた。僕はひたすら困惑し、頭のなかを疑問が渦巻いていた。この男はどうやって知ったのだろう。僕は監視されていたのか。あの夜、ベリックから僕を尾行していた人間がいたのか。これもまた大がかりな謎の一部なのか。僕がある事実を隠してきたことをアベル・クローンは知っている。とすると、これから何が起きるのだろう。

途方に暮れた僕が見守るなか、クローンはごちゃごちゃした炉棚の上のオイルランプの芯を調節した。明かりが大きくなると僕の顔をちらりと見やり、入り口のドアを閉めて、にんまりと笑った——まんまと獲物を罠にかけたと言わんばかりの満足そうな笑みだった。そして、再び口を開く前に、戸棚から酒のボトルとグラスを取りだした。

「どうだい」クローンは横目で僕を見た。「ひと口飲めば、気がらくになるぞ」

「いや」

「それじゃあ、ふたり分いただくとするか」クローンは大きなグラスのなかばまでウィスキーを注ぎ、申し訳程度の水を加えた。「さあ、あんたに乾杯だ。願わくば、一獲千金のチャンスをものにする才覚があんたにあらんことを！」

クローンはウィスキーをぐいとあおり、グラスの縁越しに僕にウィンクをした。その目に宿る邪悪な光は、僕の神経を逆なでし、再び背筋の毛を逆立たせる効果があった。ようやく僕は、相手にしている男がとんでもない悪党で、警戒しなければならないことを悟った。

「クローンさん」僕は彼の目をまっすぐに見つめた。「なんだい、話というのは」

「座んなよ」クローンは小さなテーブルの下に押しこまれた椅子を示した。「そいつを引っぱりだして座るといい。おたがいに腹を割って話すにゃ五分じゃ足りないだろう。腰を落ちつけて穏やかに話し合おうぜ」

僕が言うとおりにすると、クローンは椅子をもう一脚引っぱりだしてテーブルの向かい側に座り、片肘をついてこちらに身を乗りだした。クローンの鋭い目や物問いたげな唇が、狭いテーブルをはさんで、顔をそむけたくなるほど近くにあった。僕は彼をじっと睨みつけたまま、椅子に深く腰かけて、できるだけ距離を置こうとした。おそらくその姿は、敵から目を離せば即座に殺されてしまう、罠にかかった獲物のようだったろう。僕はもう一度彼に用件をたずねた。

「まだ俺の質問に答えてないぞ。もういっぺん訊く。ここなら誰かに聞かれる心配はないから、安心してしゃべっちまいな。なあ、殺しのあった晩に、サー・ギルバート・カーステアズをあの交差点で見かけたことを、なんで証言台で言わなかった?」

「あんたに関係ない、それは僕の問題だ」

「たしかに。その点は認めてやってもいい。それはあんたの問題だ。だがな、自分ひとりの問題で、ほかのやつらには関係ねえと思ってるんなら、そいつは賛成できねえな。警察だってそう言うさ」

僕らはテーブルをはさんでしばし睨み合った。そして、ずっと心に引っかかっている疑問を僕はクローンにぶつけた。われながら稚拙な問いかけだった。

「どうやって知ったんだ?」

クローンは笑った――嘲笑であることは言うまでもない。

「ああ、それなら簡単な話さ。べつに隠しだてすることじゃない。どうやって俺が知ったのか? あんたがサー・ギルバートを見ていたとき、俺はあんたから五フィートも離れていない場所にいた。だから、あんたが見たものを俺も見た。俺はあんたらふたりを見ていたのさ」

「あの場にいただって?」僕は驚きの声を上げた。

「生け垣の後ろに隠れていたんだ。あんたがあの生け垣の前に座り、俺はその裏側にいた。あんな場所で何をしていたのか興味があるなら教えてやる。密漁だよ。あんなケチな商売はもう辞めたけどね。というわけで、あんたが見たものを俺も見たのさ」

「それなら訊くけど、クローンさん。あんたこそ、どうして黙っているんだ?」

「たしかに。そう言われると思ったよ。だけど、あいにく俺は検死審問に証人として呼ばれていないんでね」

「自分から名乗りでればいい」

「そいつはごめんだ」

僕らは再び目を合わせた。クローンがグラスの酒を飲み干し、たっぷりと注ぎ足すあいだも睨み合ったままだった。腹が据わってきた僕は、クローンの意図を探りはじめた。

「あそこで見たものには、特別な意味があると言いたいのか?」

「そりゃあね」クローンはのんびりと答えた。「立場的にはよろしくないだろうな。その男がいた場所のすぐ近くで、べつの男が殺害されたとなれば」

「それなら、あんたと僕だってかなり近くにいたじゃないか」

「俺たちがあそこにいた理由はわかっているが」クローンはすぐさま反論した。「あの男の目的はわからん」

「はっきり言ったらどうだい、クローンさん」僕は正面を切って言った。「要するに、彼を疑っているんだね」

「おおいに疑ってると言っていいだろうな。いくら身分が高かろうと、所詮はただの人間だ。俺たちの知らない事情があるのかもしれん。ところで、ひとつ訊くが」クローンはテーブル越しにさらに僕に顔を近づけた。「あんた、このことを誰かに言ったのか?」

そのとき、僕は間違いを犯した。不意をつかれ、語気の鋭さに圧倒された僕は、考える前に答えを口にしていた。

「まさか! 誰にも言うもんか」

「俺もだ。俺も誰にも言っちゃいない。つまり——知ってるのは、あんたと俺のふたりだけってことだ」

「だから？」

クローンはまた酒をあおり、グラスの縁を爪で弾きながらしばし考えこんだ。

「なんとも妙な話じゃないか、マネーローズ」ようやくクローンが口を開いた。「どこからどう見たって尋常じゃない。ひとりの男が――あんたのお袋さんとこに下宿してた男のことだが――ある日ふらりとこの町にやってきて、近場の教会を訪ねては教区簿冊を読み漁り、牧師にあれこれ訊いてまわった。しかも、わざわざツィード川の向こう側まで行ってるんだぞ――こいつは俺が自分で確かめたから間違いねえ。やつの狙いはなんだったのか。金がからんでいるのか。そのギルバースウェイトって野郎が、かび臭い簿冊からなんらかの事実を探り当てることによって、影響を受ける土地だの財産だのがあるのか。ここで第二の男が登場する。そいつもまたよそ者で、その行動はギルバースウェイトに劣らず謎に満ちている。その男はギルバースウェイトとひとけのない辺鄙な場所で、常識では考えられない時間に会う約束をした。しかし、ギルバースウェイトは病気で身動きが取れなくなり、代わりにあんたを行かせ、そして、あんたが発見したとき、その男は殺されていた。そのうえ、あんたは現場のすぐ近くで第三の男を目撃した――俺たちのあいだではもう隠す必要はないだろう。その男はギルバースウェイトやフィリップスと同様、この土地になじみがなかった」

「いったい何が言いたいんだ」

「わからないのか？　じゃあ、嚙み砕いて説明してやろう。いいか、サー・ギルバート・カーステアズは、いまから数ヵ月前に爵位やら屋敷やら土地やらを相続するべく故郷に戻ってきたわけだが、それまでの三十年間、一度も実家に帰っていないし、近くへ来たことすらなかった。父親のアレク翁も、妹のクレイグのラルストン夫人も、あの男が二十一歳でハザークルー館を飛びだして以来、姿を見たことさえなかったそうだ」

「ほんとうかい、クローンさん？」僕は驚きを隠さなかった。「初耳だよ。そのあいだ彼はどこにいたんだ？」

「さあね。神様か、本人に訊いてみるんだな。噂によると、医者をしていたって話だ。ロンドンと、どこぞの異国の地で。彼と彼の兄貴は――知ってのとおり、サー・マイケルのことだが――まだ尻の青い若造のころ、父親の準男爵と口論のすえに家を飛びだし、以来、勝手気ままに生きてきた。マイケルの訃報と死亡証明書が実家に届いて間もなく、アレク翁が死んだ。マイケルは生涯独身を通したから、去年の冬に父親があの世へ逝ったとき、あとを継いだのは当然弟のギルバートだった。で、さっき言ったとおり、実家を離れて三十年以上、サー・ギルバートが何をしていたのか、どういう連中と付き合っていたのか、どんな秘密を抱えているのか、誰も知らないのさ。どうだ、わかったか？」

「ああ、よくわかったよ。そうした状況を踏まえて、サー・ギルバートを疑っているんだね？」

「俺に言えるのは、サー・ギルバートがあの殺人事件に関与しているかもしれないってことだ。そうと決まったわけじゃない。だが、あんたと俺は、あの男が犯行時刻に現場近くにいたことを――殺害現場の方角から来たことを知っている。しかも、その事実を知っているのはあんたと――俺だけだ」

「それで、どうするつもりだい？」

クローンはいま一度思いをめぐらせたあと、目に警告の色を浮かべて話を再開した。

「金持ちどもを噂のタネにするのは賢明じゃない。あの男には自分の財産に加えて――それだけでも目ん玉が飛びでるような額だが――連れてきた奥方にも莫大な資産があるそうだ。いいか、マネーローズ、確証もないのに妙な噂を流しても、なんの得にもならないからな」

「そう言う自分はどうなのさ？　知っていることは僕と変わりないじゃないか」

「まあな。ぐだぐだと説明したが、要するに俺があんたに言いたいことはただひとつ。とびきり短い警句、『待て！』だ。そのうち新たな動きもあるだろう。それまで、秘密は自分の胸にしまっておくこと。機が熟したら――その瞬間《とき》が来たら――もちろん、俺はあんたの証言を裏づける役割を買ってでる。つまり、そういうことだ」

クローンは立ちあがると、会見はこれにて終了と言わんばかりに、うなずいて見せた。ようやく彼から逃れられる嬉しさに、僕は何も言わずにそそくさとその場をあとにした。

第十一章　遺言書の署名

クローンとのやりとりで完全に平静を失っていた僕は、トム・ダンロップのウサギ小屋を作るために買った材料のことを忘れていた。トムのことも、ついでに言えば、メイシーのことさえ、すっかり頭から抜け落ちていた。

そんなわけでダンロップ家へは戻らず、物思いにふけりながら、足は自然と川辺に向かっていた。僕はこの新しい状況をうまく呑みこめずにいた。クローンの意図がわからなかった。サー・ギルバート・カーステアズに強い疑念を抱いているのは間違いない。彼がフィリップスの殺害に関与しているか、なんらかの事情を知っていると考えているのだ。しかもクローンは、サー・ギルバート・カーステアズが犯行時刻に現場付近にいたことを証言し、たがいの証言を裏づけられる人間がふたりいることを知っている。それなのに、なぜ待てと言うのか。一緒に警察へ出向いて真実を話すべきじゃないのか。いったい何を待てと言うのだろう。いま行動を起こすと、まずい理由でもあるのか。なんらかの捜査がひそかに進行していることを知っていて、僕には内緒にしているのか。あれこれ思案しつつも、クローンはよからぬことを企み、僕を操り人形として利用する魂胆ではないか、という考えが頭から離れなかった。あの男はつねに抜け目のない狡猾な雰囲気を漂わせていたし、当時の僕は世間知らずの若造だった。話の最中ずっと僕を見ていた彼の目つきが不安を煽った。ずる賢さではとてもクローンにはかなわない。夕闇のなかを当てもなく歩きまわり、さんざん考えたあと、ようやく僕の頭に閃くものがあった。ひょっとしてクローンは、ひと稼ぎするつもりではないか。僕が噂で聞いたことはあっても、実際に目にしたことのない犯罪――恐喝――に手を染めようとしているのではないか。

考えれば考えるほど、その思いつきは正鵠《せいこく》を射ている気がした。クローンが先ほどの会話のなかで、サー・ギルバートの財産と資産家の妻に言及したのも、もう少し事情が明らかになるまで待てと言ったのも、それで合点がいく。ふたりの目撃者が同じ証言をしたとなれば、その信憑性を疑う者はいないだろう。だとしたら、クローンもしくは僕が、あるいは――クローンの目論みどおり――僕らふたりが、サー・ギルバート・カーステアズを訪ねて、あの晩目撃したことを話して聞かせ、口止め料としていくら払う用意があるかとたずねるのは可能だ。ついに企みの全貌が明らかになった。アベル・クローンのことをよく知っているわけではないが、それは僕が彼に対して抱いていたイメージにぴたりと当てはまった。確信が持てるまで待って、機を見て一気に襲いかかる。それがクローンのやり方なのだ。僕はそんな悪巧みに関わるつもりはなかった。

自宅へ戻ってベッドに入ってからも考えつづけた。恐喝という行為の卑劣さや危険性については聞いたことがある。クローンの口車に乗って、そんな犯罪行為に手を貸すつもりはない。とはいえ、無視したり、適当にあしらったりできる相手でないことは、紛れもない事実だ。まっさきに警察に提供すべき情報を、僕が隠し持っていることを知られているからだ。眠れぬままに熟考を重ね、夜が明けるころには腹を固めていた。朝一番でクローンを訪ね、最後通牒を突きつけるのだ。ただちにマレー署長を訪ね、真実を打ち明けて、この一件に終止符を打つ――この提案をクローンが拒否したら、自分ひとりで職場へ直行し、リンゼー弁護士に洗いざらい打ち明けるつもりだった。

僕は普段より早く家を出て、川沿いの裏道の外れに建つクローンの釣具屋に立ち寄った。ときどきその道を通る僕は、クローンが朝早くから店を開け、ほこりをかぶったガラクタのなかに鎮座しているか、川岸に船を泊めた漁師たちと大好物の噂話に興じていることを知っていた。ところが今日にかぎって店は閉まっていて、時間ぎりぎりまで待ってみたが、クローンは現れなかった。どこに住んでいるかは知っていた。町の外れのそのまた外れだ。事務所へ行く道中に出くわすかもしれないと思ったが、クローンらしき男を見かけることはなかった。そこで、とりあえずその問題は棚上げにして、昼に家へ帰るとき、もう一度店に寄ることにした。いますぐリンゼー弁護士に打ち明けることもできるが、一緒に説明するチャンスをクローンに与えるまでは、黙っていようと心に決めた。もちろん、僕の提案を聞いてクローンが怒りだす可能性はある。その場合は、僕の決意に変わりはないことを率直に伝えて、即座に行動に移すだけだ。

しかし、昼前に新たな進展があった。出勤早々リンゼー弁護士に呼びだされた僕は、彼に付き添ってわが家に逗留中のハンソン夫人を訪ね、夫人の立ち合いのもと、ギルバースウェイトの遺品を検《あらた》める手伝いをするよう命じられた。リンゼー弁護士いわく「遺品は夫人のものになる見こみだが、ギルバースウェイトの近年の動向が謎に包まれているため、時間のかかる厄介な仕事になるかもしれない――いや、きっとなるだろう。ハンソン夫人が経済的に困窮していることは明らかだから、早急に手続きに取りかからねばならない」。そういうわけで、僕らはわが家へ出向き、ギルバースウェイトが居間として使っていた客間で、リンゼー弁護士がハンソン夫人の前で重い衣裳箱のふたを開けると、僕は中身の一覧表を作りはじめた。箱のなかの金を目にしたとたん、ハンソン夫人は小刻みに震えだした。

「まあ、先生！」夫人は声を震わせ、目に涙を浮かべている。「大金ですわね。こんなふうに無造作に放りこんでおくなんて！　どうか、これがあたくしに――あたくしのものになりますように。このお金があれば、わが家はどれほど救われるでしょう、嘘じゃありませんわ」

「全力を尽くしますよ、奥さん」リンゼー弁護士が請け合った。「あなたは妹さんですから、相続に支障はない。早急に手続きを進めましょう。それで、今朝はあなたに衣裳箱の中身を確認していただきたい。お兄さんの持ちものは、この衣裳箱と衣類だけのようです。とりあえず、このマネーローズ夫人のお宅にあるものは。そしてご覧のとおり、衣裳箱には現金を除いて目ぼしいものはほとんどない。葉巻と、旅先で手に入れたらしい珍品を収めた箱、箱、箱。コインだの貝殻だの装飾品だの、どれも珍しいものばかりだ。なかには明らかに貴重なものもあります。だが、書類はない――手紙や証明書のたぐいが見当たらないんですよ」

僕はふと思いついて言った。

「リンゼーさん、こういう小さな箱の中身は確認していませんよね。どこかに紙切れの一枚でも入っているかもしれませんよ」

「いいところに目をつけたな、ヒュー。たしかに――可能性はある。よし、じゃあ、さっそくかたっぱしから見ていこう」

衣裳箱の一番上には、一級品のハバナ葉巻を隙間なく詰めた小箱が半ダースほど、その下にそれより小さな葉巻の空き箱が一ダースほど入っていて、リンゼー弁護士の言う珍品が文字どおりぎっしりと詰めこまれていた。ひとつずつ中身を取りだして確認し、丁寧にもとに戻す作業を繰り返し、三つ目か四つ目の箱から古い硬貨――リンゼー弁護士によるとメキシコかペルーのもので、収集家が強い興味を示すかもしれないという――を取りだすと、底に一枚の紙が入っていた。折りたたまれ、肉太の力強い文字で著名がしてある。リンゼー弁護士はその紙を取りだすと、驚きの声を上げて署名を僕らに示した。

「見たまえ。あの男の遺言だ!」

裏書きは簡潔だった。〈遺言――ジェームズ・ギルバースウェイト〉。その下に記された日付は〈一九〇四年八月二十七日〉。

同席していた母を含めて四人とも言葉を発しなかった。リンゼー弁護士は折りたたまれた紙――厚手の紙で、大きさはフールスキャップ版の半分――を開き、声に出して読みあげた。

これは私こと、ジェームズ・ギルバースウェイトの遺言書である。英国国民。イングランド、リバプール市(旧ランカシャー州ガーストン)出身。現住所はパナマ共和国コロン。私が所有もしくは権利を有する全不動産並びに全財産を、私の妹であるサラ・エレン・ハンソンに遺贈する。サラ・エレン・ハンソンはマシュー・ハンソンの妻で、イングランド、ランカシャー州ガーストン、プレストン通り三七在住。妹がすでに死亡している場合は、マシュー・ハンソンとの婚姻によりもうけた子女に均等に配分する。前述のサラ・エレン・ハンソンもしくはその長子を、この遺言の執行人に任命し、これ以前の遺言書はすべて無効とする。一九〇四年八月二十七日。ジェームズ・ギルバースウェイト。本遺言者による署名は、われわれ証人の立ち合いのもとに――

リンゼー弁護士は唐突に読むのをやめた。不審に思って僕が顔を上げると、彼は手にした遺言書を食い入るように見つめていた。と思いきや、何も言わずに手紙を折りたたんでポケットに押しこみ、ハンソン夫人に向き直ると肩をぽんと叩いた。

「ご安心ください、奥さん」と力強い口調で言った。「申し分のない遺言です。署名もあるし、証人もいる。裁判所の検認も難なく通るでしょう。わたしにまかせてください。責任を持って、早急に手続きを済ませます。まずは、お兄さんにはこれ以外に財産がないか、手を尽くして調べなければ。とりあえず、いま出したものはすべて箱に戻して鍵をかけましょう」

作業を終えたのは、ちょうど僕の昼食の準備ができるころだった。リンゼー弁護士は帰り際に身ぶりで僕を外へ連れだし、ひとけのない一角まで来ると、ポケットから先ほどの遺言書を取りだした。

「ヒュー！　この遺言書の立ち合い人をひとりでも当ててごらん。そうとも、証人はふたりいる。誰かわかるかね？　たまげたよ――名前を見たとき、驚いて腰を抜かしそうになった。ほら、自分の目で見るといい」

リンゼー弁護士は遺言書を差しだし、文章の末尾を示した。僕の目がふたつの名前をとらえると――ジョン・フィリップスとマイケル・カーステアズ――驚きの声が口をついてでた。

「どうだ、驚いただろう」リンゼー弁護士は遺言書を僕の手から取り返した。「ジョン・フィリップスは、あの晩、殺された男だ。そしてマイケル・カーステアズは、ハザークルー家の現当主サー・ギルバートの兄であり、サー・アレクサンダーより先に死んでいなければ爵位と財産を相続していたはずの男だ。こんなところで名前を目にするとは。ギルバースウェイトの友人だったということか」

「マイケル・カーステアズ氏は若くして海を渡り、二度と祖国の土を踏むことはなかったそうです。ギルバースウェイトとは異国の地で出会ったのでしょう」

「なるほど」リンゼー弁護士は賛同した。「きっとそうだ。そうにちがいない。遺言書によると、マイケル・カーステアズは技師で、パナマの港町コロンのアメリカ人地区在住。そして、ジョン・フィリップスは下請け業者で、住所は右に同じ。三人ともパナマ運河の建造に関わる仕事をしていたのだろう。それにしても、なんとも奇妙な話じゃないか。マイケル・カーステアズは、遠い異国でギルバースウェイトやフィリップスと知り合った。そしてマイケル・カーステアズの死後、帰国したフィリップスとギルバースウェイトは、マイケルの出生地であるこのイングランドの辺境を訪れた。ところが、フィリップスは到着して間もなく殺害され、ギルバースウェイトはひと言の説明もなしに逝ってしまった。まったく、何がどうなっているのかさっぱりわからん。どこかに筋の通った説明をしてくれる人はいないのか。こいつは単なる殺人事件じゃないぞ」

どうしてあのとき僕は、リンゼー弁護士に洗いざらい打ち明けなかったのか、いまでも不思議に思う。実際、舌の先まで出かかっていたかもしれない。だが、折悪しく彼は僕をわが家の玄関先へと押しやった。

「昼食ができたと母上が言ってるぞ。さあ、早く行くんだ。続きは午後からにしよう」

リンゼー弁護士が大またで立ち去ると、僕は自宅へ戻って昼食をかきこんだ。事務所へ戻る前にもう一度クローンの店に寄るつもりだった。新たに判明した事実が、僕の決意をより強固なものにした。クローンと僕は正直に警察に話すべきだ。クローンが渋ったら、自分ひとりで証言するつもりだった。

彼の店へ足を急がせていた僕は、裏道に折れる角でチザム巡査部長と出くわした。

「またしても事件だよ、マネーローズ君。アベル・クローンを知っているね、釣具屋の店主の。そう
そう、あの男が溺死体で発見された。見つかってからまだ一時間も経たない。例によって遺体には不

審な傷痕があるんだ、何者かに襲われたような」

第十二章　鮭釣り用の鉤竿《かぎざお》

　この知らせを聞いて、僕は文字どおり飛びあがって驚いた。尋常でない驚きぶりに面食らったチザムは、物問いたげな目つきで僕を見た。しかし何かたずねられる前に、僕は急いで口を開いた。

「まさか、そんな！　ひょっとして、例の事件と関係が――？」

「ああ。当然、あの事件との繋がりを疑うだろうね。実を言うと、クローンの死体が上がったのは、きみがあの男を――フィリップスを――発見した現場の近くなんだ」

「どこですか、それは？　発見された時刻は？」

「いま言ったとおり、まだ一時間も経っていない。警察に通報があってね。わたしは釣具屋の近所の住民に、ゆうべクローンが不審な人物と一緒にいるところを目撃していないか訊きに来たんだ」

　僕は一秒か二秒躊躇したあと口を開いた。

「実はゆうべ、彼に会ったんです。僕が店へ行ったのは――たしか九時ごろ――トム・ダイソンがウサギ小屋の扉を作るための材料を買おうと思って。それで、十分かそこらクローンと立ち話をしました。とくに変わった様子はなかったし、誰かと一緒にいるところも見ませんでした」

「ふむ、そうか。クローンはゆうべ自宅へ戻っていない。ここへ来る前に寄ってきたんだ――あの男が住んでいる、警察署近くのあばら家に。クローンの身のまわりの世話をしている女がいたんで、今朝、クローンを見かけたかとたずねたら、ゆうべ出かけたきりだという。現時点でわかっているのは、それくらいだ」

「まだ場所を聞いていませんよ」

「遺体が見つかった場所かい？　ええと、あれはティル川がツィード川に流れこむあたり——そこからティル川を少し遡ったところだ。ジョン・マキルレイスっていう小僧を知っているかね。厄介事ばかり起こして、学校で持て余されてるっていう。授業をさぼって遊び呆けて夜になっても家に帰らないとか、矯正施設に入れる話も出ていたっけ、覚えているだろう？　うん、そうだ、そいつがゆうべ、トゥイズル橋のたもとに広がる森で夜を明かしたあと、今朝早く——警察に知らせたのはだいぶあとだが——ティル川の深みに沈んでいる男を発見した。その後、行方を探していたターンデール巡査に補導され、ジョンは死体を見つけたことを打ち明けた。ターンデールが同僚と現場へ行ってみると、そこにクローンが沈んでいたというわけさ」

「暴行を受けた形跡があると言いましたね」

「自分の目で見たわけじゃないんだ。ターンデールの報告によると、ホトケさんの身体には奇妙な痕《あと》があったらしい。まるで——ターンデールが言うには——まるで、川に落ちて溺れる前に殴られたような。複数の痣《あざ》があったそうだ」

「遺体はいまどこに？」

「例のフィリップスを運びこんだ居酒屋さ。まったく、あそこに二度もホトケさんを運びこむことになるとは。最初の事件からまだ十日も経っていないのに」

「それで、これからどうするんです？」

「言っただろう、聞きこみをするのさ。ゆうべ、クローンが行き先を誰かに言っていたかもしれない。まあ、見こみは薄いけどね。ここだけの話、クローンはケチな夜盗《ナイトバード》だった――密漁の常習犯として、前から目をつけていたんだ。とりあえず、これで二度と悪さはできなくなったわけだ。ところで、きみは出勤するところのようだね」

「一刻も早くリンゼーさんにこのことを知らせないと」

けれど僕が事務所にたどりついたとき、そのニュースはすでに、外で昼食を済ませてきたリンゼー弁護士の耳にも届いていた。戸口でマレー署長と立ち話をしていた彼は、僕と入れ替わりに署長が立ち去ると、こちらへ近づいてきた。

「クローンという男の件は聞いたかね?」

「いまそこでチザムから聞きました」

僕らはいっとき無言で見つめ合った。どちらの目にも疑問が浮かんでいたが、僕は頭をフル回転させて考えをまとめ、みずからの取るべき行動について腹を固めていた。だから、何か訊かれる前に口を開いた。

「チザム巡査部長は向こうで聞きこみをしています。昨夜、クローンが誰かと一緒にいるところを見かけた人を探しているんです。実を言うと、僕はゆうべクローンに会いました。彼の店へ行って、廃材をいくつか買いました。そのとき、クローンは普段と変わりなかったし、とくに気になることもなかった。チザム巡査部長によれば、クローンは密漁の常習犯だったそうです。あんな場所で遺体が発見されたのも、それで説明がつきます」

「ああ。だが――遺体には暴行を受けた痕跡があるそうじゃないか。それに――なんのかの言っても、ヒュー」リンゼー弁護士は急に口をつぐみ、それから怪訝な面持ちで僕を見た。「なんのかの言っても、妙な話だと思わないか。フィリップスなる男の死体をきみが発見した場所の近くで、クローンが命を落とすなんて。ただの偶然かもしれない。それにしても、奇偶であることはたしかだ。車を呼んでくれ。現場へ行ってみよう」

みずからの決意に従って、僕はリンゼー弁護士にクローンのことをそれ以上話さなかった。心に決めた計画を実行に移すまで、いまや僕だけが知っている秘密を、相手がリンゼー弁護士であろうと、恋人のメイシー・ダンロップであろうと、打ち明けるつもりはなかった。フィリップスが殺害された晩にサー・ギルバート・カーステアズを犯行現場近くで見かけたことを、僕はまだ誰にも話していなかった。居酒屋へ向かう道中、リンゼー弁護士と僕は言葉を交わさず、今朝の一件――ギルバースウェイトの遺言書を発見したことや、立ち合い人がマイケル・カーステアズだったという驚くべき奇遇――について言及することもなかった。沈黙は、クローンの遺体が収容された居酒屋へ到着するまで続いた。マレー署長とチザム巡査部長が、フィリップスのときと同じ医者を伴って先に来ていた。僕らが入っていくと、三人は低い声で話をしていた。マレー署長がリンゼー弁護士のところへやってきた。

「医者によると」マレー署長はひそめた声で言って、テーブルの上の、布をかぶせられた遺体のほうへ頭を振ってみせた。「死因を溺死とするには疑問が残るそうです。これを見てください」

署長は先に立ってテーブルに近づき、遺体の顔と頭部を覆っていた布をめくると、医者を手招きして、遺体の左のこめかみと耳のあいだ、薄い髪に覆われた部分を示した。

「ほら、見えますか」マレー署長は小声で言った。「ここに何かを突き刺したような痕《あと》がある――突き刺したんですよ！　しかし、詳細はドクターに説明してもらいましょう」

「被害者はなんらかの凶器で殴られた――殴り倒されたと思われます」医者が言った。「頭蓋を貫いた凶器は、あくまでも目視による暫定的な所見ですが、脳に達している。痣《あざ》がひとつ確認できますね――そう、しかし、これは鋭利な凶器、先端が尖った何かによるものです。ここに穴が開いている。傷の深さは調べてみないとわかりません。ですが、遺体の状態からして、リンゼーさん、川に放りこまれたとき、この気の毒な男性はすでに死んでいたか、死にかけていたと考えるのが妥当でしょう。どのみち、このような一撃を食らえば意識を失っていたにちがいない。それでも、水に呑みこまれる前に死亡していたとわたしは思いますが」

リンゼー弁護士は遺体に顔を近づけて、こめかみの痣と、その中央に開いている穴に目を凝らした。

「この傷痕を見て、凶器を思いついた人は？」身体を起こすなり、リンゼー弁護士は言った。「いないようですね。では、わたしからひとつ。このあたりで日常的に使われていて、傷痕と符合する道具――鮭釣り用の鉤竿です」

警察官ふたりは息を呑み、医者はうなずいた。

「なるほど、理にかなったご意見ですね。鮭釣り用の鉤竿で殴られたら、こんな具合になりそうだ」医者はチザム巡査部長を振り返った。「被害者は密漁の常習犯だったと言いましたね？　ゆうべもせっせと副業に励んでいた可能性は充分にある――仲間と一緒に。ところがちょっとした口論から殴り合いになって――あげくに、この有様というわけか」

「争った形跡はありましたか、現場、もしくはその周辺で」リンゼー弁護士がたずねた。

「その点に関してはこれから行って、確かめてきます」答えたのはマレー署長だった。「しかしながらターンデールの報告によると、遺体が沈んでいたティル川の深みは、川べりまで木々が繁茂している場所らしい。そのマキルレイスという少年が足を踏み入れなければ、発見されるのはひと月先だったかもしれない」

その後、リンゼー弁護士と僕はベリックへ戻った。帰りの道中も、彼は往きと同様にほとんど口をきかなかった。この事件が単なる密漁仲間の諍《いさか》いだと判明すればいいが――彼が言ったのはそれだけだった。そして夕方まで、クローンの件だけでなく、今朝の発見についても話題にすることはなかった。しかし、一日の仕事を終えて事務所を出ようとしたとき、僕はリンゼー弁護士に呼び止められた。

「例の遺言のことは他言無用だぞ。今夜ひと晩じっくり考えれば、何か閃くかもしれん。前にも言ったことだが、ヒュー、この事件の真相に到達するには、時間を遡らなければならない――おそらく遠い昔まで」

僕は何も言わずに家路についた。やらねばならない仕事があった。チザムからクローンの死を知らされたあと決意したことを実行に移すのだ。僕が秘密を打ち明ける相手は、リンゼー弁護士でも、警察でも、メイシーでもない。まわりくどい手は使わず、当事者――つまり、サー・ギルバート・カーステアズ自身に当たってみるつもりだった。単刀直入に疑問をぶつけて、この問題に決着をつけるのだ。僕は夕食を終えると自転車にまたがり、夕闇が迫るなか、ハザークルー館目指して出発した。

第十三章　サー・ギルバート・カーステアズ

たぶん、みずからの行為を正当化したかったのだと思う。僕は自転車のペダルを漕ぎながら、いまに至るまでかたくなに口を閉ざし、こうしてサー・ギルバート・カーステアズの屋敷へ向かっている理由を思い返していた。警察やリンゼー弁護士に僕が目撃したことを言わなかったわけは、すでに説明したとおり――用心深くて慎重な性格の僕は、自分の発言によって、無実の人間に疑惑の目が向けられることを恐れた。事態の推移を見守りたいという気持ちもあったし、さほど深刻な問題とは考えていなかった。

その一方で、メイシー・ダンロップには後ろめたさを感じていた。僕らは将来のことを真剣に話し合うようになってから、いっさい隠しごとをしないという約束を守りつづけてきた。なのに、どうしてこの件にかぎって彼女に話さなかったのか――あとで釈明するのに多くの言葉を要することになる。あのとき彼女に打ち明けていれば、僕は人生で最善の選択をしたことになっただろう。しかし、結局は自分ひとりの胸にしまってしまった。メイシーに話さなかったのは、当時の状況からして、僕の身を案じた彼女が恐怖と疑念に取りつかれるとわかっていたからだ。僕があのフィリップスと同じ目に遭うのではないか、ナイフが突き刺さった状態で発見されるのではないか――そんな不安に絶えず苛《さいな》まれるくらいなら、知らないほうが彼女のためだと思ったのだ。

では、そうやって一途に守っていた秘密を本人にぶつける決意をしたのはなぜか。その理由にはメイシーの父、アンドリュー・ダンロップが深く関わっている——もちろん、本人はそのことを知る由もないが。

僕たち若者に説教を垂れるのが大好きなアンドリューが、とりわけ重きを置き、ことあるごとに口にする道徳的教訓がある。いわく、「誰かに反感や疑念を抱く事由が生じた場合、おのれの胸に秘めたり、陰口を叩いたりせず、本人のもとへ出向いてその真偽を問い、心ゆくまで話し合うべし」。アンドリュー・ダンロップは誰もが認める慧眼の持ち主だし、当時の僕は、いまこそ彼の教えを実践すべきときだと感じていた。サー・ギルバート・カーステアズの屋敷を訪ね、僕が知っていることを話して、相手の反応を確かめるつもりだった。

陽はとうに沈み、僕がハザークルー館の敷地に自転車を乗り入れたとき、周囲の山や川には薄い闇が降りていた。近くで生まれ育ったにもかかわらず、一度も足を踏み入れたことのない場所を、僕はぐるりと見まわした。ツィード川を見おろす丘の上に建つ屋敷は、背後を深い森に抱《いだ》かれ、両脇には植林地が広がっている。蔦の這う高い塀に四方を囲まれた屋敷と庭園は、門の外からはごく一部しか見ることができない。薄暮に包まれたその佇まいは、ロマンティックで絵のように美しく、幽霊や妖精が姿を現しそうな気配を漂わせていた。十八世紀の大邸宅と、国境《ボーダー》地方の古い要塞の特徴をあわせ持つ建物は、中央部分がひときわ高く、外階段付きの小塔が脇を固めている。屋上に胸壁をめぐらせ、小塔には矢狭間《やざま》も備わっているが、外観はあくまでもロマンティックで、重苦しい雰囲気はどこにもない。灰色の塀と、優美な欄干で囲われた沈床園《サンク・ガーデン》のあいだを通って、僕は正面の入り口へ向かった。電灯が煌々と輝く開け放たれた窓から、ビリヤードの球を突く音と楽しげな笑い声が聞こえ、べつの窓からはピアノの調べが流れてくる。

　正面玄関のドアの前には、威厳を備えた執事が立っていて、僕が自転車を柱にもたせかけて自分のほうへやってくるのを、不機嫌な顔で眺めていた。館の主人《あるじ》に面会を申しこむと、ますます不機嫌な顔で首を横に振り、おまえなんぞの来る場所ではない、と言わんばかりに僕の全身を見まわした。

「こんな夜分に旦那さまにお目にかかることはできん。なんの用だ？」

「サー・ギルバートに伝えてもらえませんか、マネーローズというリンゼー弁護士事務所の事務員が、喫緊の案件で話をしたがっていると」僕は彼の目を見据えて言った。「そう伝えていただければ、すぐにお会いになるはずです」

　執事は僕の顔をしばし見つめ、不満げなうなり声を漏らしたあと、僕をその場に残して、さも大儀そうな足どりで屋敷へ入っていった。だが、予測していたとおり、ほどなく戻ってくると、あとについてくるようにと身ぶりで示した。すれ違う使用人はみな、胡散臭そうに僕を見ていた。まるで銀食器を盗みに来たこそ泥を見るような目つきだった。執事はぶっきらぼうな態度で、柔らかな絨毯が敷かれた廊下を進み、僕をひとつの部屋に通した。

「座って待つように。旦那さまはじきにおいでになる」無愛想に言うと、執事は僕の目の前でドアを閉めた。僕は椅子に座って室内を見まわした。床から天井まで本が壁を埋め尽くす、小ぢんまりとした部屋だった。大小を問わずどの本にも立派な革の装丁が施され、背表紙に刻印された金の文字や紋章が、中央の大きな机の上に据えられた背の高いランプのまばゆい光を受けてきらきらと輝いている。内装も家具も設備も、あらゆるものに贅を尽くした部屋だ。踏みだした足がすっぽりと埋まるほど毛足の長い絨毯やラグを始め、暮らしを快適かつ便利にするための、見たことも聞いたこともないようなものがそろっていた。富豪の屋敷を訪れるのは初めてだった。その壮大さに圧倒され、しかもそれが富の一部でしかないことに気づいた僕は、持つ者と持たざる者とのあいだには、とてつもなく大きな隔たりがあることを痛感した。人生の真理を目の当たりにしていると、不意にドアが開き、サー・ギルバート・カーステアズが颯爽と現れた。とっさに立ちあがった僕は、精いっぱい礼儀正しくお辞儀をした。彼は愛想よくうなずき、笑いを含んだ声で言った。

「やあ、マネーローズ君だね。どこかで見たことがあるな——たぶん、先日の検死審問だ。違うかね？」

「おっしゃるとおりです、サー・ギルバート。僕はあの場にいました、リンゼー弁護士と一緒に」

「そうそう、きみは証言台に立ったんだったね。覚えているとも。それで、今日はわたしになんの用かな、マネーローズ君。葉巻を一本どうだい」テーブルの上の箱を手に取ると、僕に向かって差しだした。「遠慮なく吸いたまえ」

「ありがとうございます。でも、まだ吸ったことがないので」

「そうか。では、わたしは吸わせてもらうよ」サー・ギルバートは笑いながら葉巻を一本取って火をつけた。安楽椅子にどっかと腰をおろし、向かい合わせた椅子に座るよう僕に身ぶりで示した。「さあ、言ってみたまえ。邪魔が入る心配はない。きみのために時間を割いたんだ。わたしに話したいことがあるんだろう？」

僕は本題に入る前に、相手をじっくりと観察した。サー・ギルバートは、背が高くて、筋骨たくましい、ハンサムな男だった。五十代半ばのはずだが、年齢をまったく感じさせない。きれいにひげを剃った顔には生気がみなぎり、よく動く目は油断のない光を宿している。とりわけ強く印象に残ったのは、探るような鋭い眼差しと、意志の強さを感じさせる角ばったあご、それに、頑丈そうな白い歯だった。笑みを絶やさず、話をするときは、みずからの発言を強調するように身ぶり手ぶりを欠かさない。上等な夜会服に身を包んで椅子に腰かけた姿は、堂々として優雅だった。しかし僕が何よりも戸惑い、感銘を受けたのは、第七代準男爵にして名家の当主であるサー・ギルバートが、同じ階級の人間であるかのごとく、僕に気さくに話しかけ、親しげに接してくれたことだった。

すでに心を決めていた僕は、ギルバースウェイトから始まってクローンで終わる一連の出来事を、促されるままに話して聞かせた。できるだけ詳しく、自分が取った行動の理由も含めて。サー・ギルバートは黙って耳を傾けていた。誰かがそれほど熱心に注意深く話に聞き入っているのを、僕は見たことがなかった。ときおりうなずき、たまに微笑む。そして僕の話が終わると、サー・ギルバートは即座にたずねた。

「すると、クローンを除いて——その男は、死体で発見されたと聞いたが——きみはこのことを誰にも話していないんだね?」僕の目をじっと見据えて言った。

「ええ、ギルバートさん。話していません、彼女にさえ——」

「彼女、というのは?」サー・ギルバートは間髪をいれずにたずねた。

「僕の婚約者です。彼女に隠しごとをするのは初めてなもので」

彼はちらりと笑みを見せたあと、僕の腹の底を探ろうとするかのような鋭い一瞥をくれた。

「なるほど。きみは正しい判断をした。もっとも、たとえあの検死審問できみがこの話をしたとしても、わたしは痛くもかゆくもないがね。とはいえ、疑念というのは簡単に火がついて、瞬く間に広まるものだ——まさしく野火のごとき勢いで。しかもわたしは、このあたりではよそ者みたいなものだ。

痛くもない腹を探られていたかもしれない。要するに、きみにはおおいに感謝しなくちゃいけないということだ。ところで、率直に話してくれたきみにならって、わたしも正直に打ち明けるとしよう。あの夜、あんな夜更けに、あの交差点にいたわけを。複雑な事情も何もないし、その気になれば簡単に裏を取れる話だ。実を言うと、わたしは重度のインソムニア——つまり、不眠症でね、夜遅くに長い散歩をするのが習わしなんだ。こっちに越してきてからは、ほぼ毎晩出かけている。なんなら、使用人たちに訊いてみるといい。たいてい、九時から十二時まで歩く——眠気を誘うためにね。あの晩は何マイルも歩いてイェットホルムまで行って帰ってきた。懐中電灯で地図を確認しているのを見かけたと言ったね。あのときわたしは、家に帰る近道を探していた。ボーダーの地理にはまだ疎くて」サー・ギルバートは白い歯をきらりと光らせて話を締めくくった。「地図を手放せないんだ。それで——あそこにいたってわけさ。言うべきことはこれで全部だ」

僕はそれを機に椅子から立ちあがった。サー・ギルバートの率直で明快な説明は、僕がこの世に存在するのと同様に疑う余地のない事実に思えた。

「そういうことでしたら、僕のほうもこれ以上言うことはありません、サー・ギルバート。この件は二度と口にしません。何もなかったように、きれいさっぱり忘れます。事情があるんだろうとは思っていたんですよ。では、これで失礼します」

「座りたまえ、もう少しいいじゃないか」サー・ギルバートは椅子を示して言った。「そんなに急ぐ必要はない。リンゼー弁護士のところで働いていると言ったね」

「ええ、そうです」

「実務修習生として?」

「いいえ。僕はただの事務員で——勤めて七年になります」

「事務仕事の経験がかなり豊富だということだね」

「そりゃあもう。終わりのない仕事ですから」

「数字や計算に強いのかね」

「ここ五年は、事務所の経理をすべてまかされています。複数の信託口座の管理も含めて」質問の意図を訝《いぶか》しみながら、僕は答えた。

「そうするときみは、ありとあらゆる事務仕事に精通しているわけだ。帳簿をつけたり、書類を作成したりするのは得意中の得意ということか」

「熟練の域に達していると言っても過言ではないと思います」

品定めするように、サー・ギルバートは僕の全身に素早く視線を走らせた。

「結構。突然の話で驚くかもしれないが、マネーローズ君、実は、財産を管理する者を雇いたいと思っている。それで、ふと閃いたんだ、きみこそが探していた人物じゃないかと」

第十四章　死んだ男の金

この途方もない申し出に面食らった僕は、ただ彼を見つめることしかできなかった。そして、僕が言葉を発する前に、サー・ギルバートの質問が飛んできた。

「リンゼーに邪魔されるかな。きみの後釜を見つけるのは容易じゃあるまい」

「リンゼーさんは僕の邪魔をするような人ではありません。ただ——」

「ただ、なんだね?」逡巡する僕を見て、サー・ギルバートが言った。「仕事に興味が湧かないのかね。年収五百ポンド、しかも終身雇用だぞ」

状況を考えれば奇異に思われるかもしれないが、その破格の待遇に僕が疑念を抱くことはなかった。サー・ギルバートは金で僕の口を封じようとしている、僕を買収しようとしている、そんな考えは頭をかすめもしなかった。僕の口をついてでたのは、べつの懸念だった。

「もったいないお話です、サー・ギルバート。ただ心配なのは——僕はあなたを満足させられるでしょうか」

僕の答えがおかしかったのか、彼は声を上げて笑った。

「なんだ、謙遜してみせる必要はないぞ、マネーローズ。いま話したことがひととおりできるなら、わたしとしてはなんの不満もない。きみとは馬が合いそうだし、きみは何事も完璧にやり遂げる男だという確信もある。引き受けてくれるなら、そのポストはきみのものだ」

僕はまだ気が動転していた。年収五百ポンド！　しかも、終身雇用で！　僕のような若者にとってそれは大金だった。いまの気持ちを伝える適当な言葉を探していると、またしてもサー・ギルバートに先を越された。

「いいかね。現在の雇い主に隠れて契約を結ぶようなまねはやめよう。こっそり引き抜いたとリンゼー弁護士に思われたくない。だからこうしよう。わたしが彼を訪ねて直談判する。資産の管理をまかせられる人間を探しているのだが、この事務所にたいそう有能な事務員がいると聞いた、あなたの推薦を得られるなら是非とも雇い入れたい、とそう言うんだ。彼はきみのために進んで推薦状を書いてくれるような人物なんだろう？」

「そりゃあもう、間違いありません。僕の助けになることなら——」

「では、それで決まりだ」サー・ギルバートは僕の言葉をさえぎった。「彼の事務所を訪ねるとしよう——たぶん、明日にでも。きみからは何も言わないように。ところで——きみはわたしの申し出を受けてくれるのかな」

「喜んでお受けします。もし僕の未熟さを大目に見ていただけるなら——」

「全力を尽くします、だろう？」サー・ギルバートは笑った。「それでいいのさ、マネーローズ」

彼は僕を見送りに玄関のテラスまで出てきた。自転車を押す僕の隣を歩きながら、ポケットに両手を入れ、調子外れな鼻歌をうたっている。と、不意にこちらへ向き直って言った。

「昨夜の事件について何か聞いていないかね。新たな事実が判明したとかなんとか。そのクローンという男のことで」

「いいえ、何も」

「一説によれば、鉤竿で殴られた可能性があるそうじゃないか。そうなると、ティル川に放りこまれる前に死んでいただろうな」

「医者はそう考えているようです。たぶん、警察も」

「ふむ、やはりそうか。警察が把握しているかどうかわからないが、あの近辺では夜半に鮭の密漁が横行していたんだ、マネーローズ。通報しようかと考えたこともあったが、知ってのとおり、わが家の敷地はティル川にもツィード川にも接していない。だから首を突っこむのはやめにしたんだ。しかし、たしかに密漁は行われていたし、あのふたりが——クローンとフィリップスが——そうした悪党どもの手で葬られたと聞いても、わたしは驚かない。とりあえず、その線で調べてみる価値はある。明日、町に出たときマレー署長と話してみよう」

彼は短い別れの言葉を残して屋敷へ戻っていった。僕はハザークルー館の敷地の外へ出ると、自転車にまたがって家路を急いだ。正直に告白すると、ペダルを漕ぐ僕の頭のなかを駆けめぐっていたのは、サー・ギルバート・カーステアズと別れ際に交わした会話とは関係のないことだった。フィリップスやクローンのことでもないし、サー・ギルバートが示唆した密漁グループのことでもない。僕自身と僕の将来を大きく変える、降って湧いたようなチャンスで頭がいっぱいだった。とどのつまり、僕らは自分で自分の面倒をみなければならないわけだし、僕と同年代の若者が、年収百二十ポンドの事務員から四倍を超える収入の——しかも終身雇用の——管財人への転身を打診されたら、人生最大の転機に心を奪われて、それ以外のことは眼中に置かないはずだ。五百ポンドの年収は僕の望みを一度にかなえてくれる——独立して自分の家を持てるし、何よりメイシー・ダンロップとの結婚を先延ばしにしなくて済む。帰宅した僕は、平静を装い、口をつぐんでいられるか不安だったが、せっかくの好機を逃すまいと、何度か訪れたピンチをやりすごした。その夜の終わりにメイシーと三十分ほど過ごしたとき、どうしてそんなに口数が少ないのかとたずねられ、素知らぬふりを続けるのは難しかったが、どうにか沈黙を守りとおした。

本音を言えば、僕はサー・ギルバート・カーステアズにすっかり魅了されていた。彼の気前のよい申し出だけでなく、陽気で飾りのない気さくな態度にすっかり惹きこまれていた。サー・ギルバートは僕の懸念をあっという間に払拭してくれた。殺人事件当夜のみずからの行動を率直かつ真摯に語ってくれたので、僕は彼の言葉を鵜呑みにした。そして深く考えることなく、ふたりの男が命を落とした経緯について、彼の説を易々と受け入れた。もっともらしい解釈だったし、その線で捜査を進める価値があるように思えた。何年か前に、似たような事件が起きたことを僕は思いだした。あのときは、鮭の密漁者と河川監視員のあいだで乱闘騒ぎになったのだ。くすぶっていた火種がいまになって再燃したのかもしれない。考えれば考えるほど、彼の推測は理にかなっている気がした。だとしたら、もはや事件は解決したも同然だ。フィリップスが殺害されたのも、クローンが謎の死を遂げたのも、ならず者とのいさかいが原因と判明するかもしれない。慌てて逃げた連中は、手近なところに身をひそめて、悪事が暴かれるのを恐れて震えているにちがいない。手に負えないほどこんがらかって見えた糸が、拍子抜けするほど簡単に解けそうだ。そう僕には思えた。そして翌朝には、サー・ギルバートの推測を裏づける知らせが舞いこんだ。

チザム巡査部長が事務所にそのニュースを伝えに来たのは、リンゼー弁護士が出勤した直後のことだった。僕らふたりに事情を説明するチザムの話しぶりから、警察が性懲りもなく安易な結論に飛びついたことは、リンゼー弁護士ほどではないにせよ、僕の目にも明らかだった。

「重大な糸口をつかんだとわれわれは考えています。フィリップスという男が殺された事件の糸口を」チザムの口調には満足げな響きがあった。「そして、もしわれわれが正しい糸口をつかんでいるとしたら、リンゼーさん、結局のところ、謎など存在しなかった。あれはありふれた強盗目的の殺しだったんですよ」

「その糸口というのは？」リンゼー弁護士は落ちつき払った口調でたずねた。

「それがですね」チザムはいたずらっぽく片目をつぶってみせた。「知ってのとおり、われわれ警察は、フィリップスの検死審問のあと、手をこまねいていたわけではありません。それどころか、多少なりとも見こみがありそうな場所をしらみつぶしに当たって、その結果、ある事実を発見しました――ピーブルズの銀行で」

チザムはいったん言葉を切って、感銘を与えられたことを確かめるように僕らの顔を見た。ともあれ、僕らが興味津々で聞き入っているのを見てとると、彼は先を続けた。

「どういうことかというと――順を追って説明しましょう――そもそもの始まりはいまから八ヵ月ほど前、英国リンネル銀行のピーブルズ支店にジョン・フィリップスから届いた一通の手紙でした。投函されたのは、言わずと知れた中米パナマの港町コロンです。その手紙には、ニューヨークのインターナショナル銀行が発行した三千ポンドの為替手形が入っていて、英国リンネル銀行の代理人がこの金を回収し、差出人の口座に入れるようにとの指示が書かれていた。フィリップスが故郷のスコットランドへ帰国する前にその金を用意しておくことや、帰国は手紙を書いた日から数ヵ月以内であることも。当然ながら、銀行は指示どおりに手続きを行い、フィリップスの口座に三千ポンドが入金された。コロンのフィリップスとピーブルズの銀行とのあいだで何度か文書のやりとりをしたあと、ついに彼から帰国を知らせる手紙が届いた。これからパナマを発ってスコットランドへ向かう、到着しだい銀行へ出向くつもりだ、と。そして、フィリップスが殺害された日の朝、当人が銀行に現れて、身元の確認など諸々の手続きを済ませたあと、口座から五百ポンドを引きだした。二百ポンドは金貨で、残りは少額の紙幣に換金して。おろした金は全部、小型のハンドバッグに詰めて持ち去ったそうです」

熱心に耳を傾けていたリンゼー弁護士がうなずいた。

「なるほど。五百ポンドを持ち帰ったわけだね。続けて」

「そこで次に」チザムは先を続けた。手際よく話を要約できたことに気をよくしているのは明らかだった。「われわれは——というか、わたしひとりで——コーンヒルとコールドストリーム近辺の聞きこみを再度行い、結果として、コーンヒル駅でふたりの目撃者から証言を得ることができました。殺害された晩にその駅で列車を降りたとき、フィリップスはハンドバッグを持っていたそうです。銀行の出納係が記憶していたのと特徴が一致する、小型で真新しい茶革のハンドバッグを。ふたりとも間違いないと断言しています。駅の改札係は、フィリップスがポケットの切符を探すあいだ、そのハンドバッグを小脇に抱えていたことを記憶しているし、コールドストリームの橋向こうにある居酒屋の店主は、フィリップスが店にいるあいだ片時もそのバッグを離さなかったことをはっきりと覚えている。そのバッグの中身は、当然ながら、リンゼーさん、金と考えて間違いありませんよね。銀行から引きだしたままの状態の」

「まだ先がありそうだね」リンゼー弁護士が言った。

「おっしゃるとおり。手がかりはふたつあります。ひとつ目は――問題のバッグを見つけたんです。中身は空《から》だったと言っても驚かないでしょう。発見されたのは、ティル川の岸辺、例の廃墟近くの森のなかです。瓦礫《がれき》の山の下に放りこまれていました。ご存じのとおり、あそこは瓦礫の墓場みたいな場所だから、わたしが徹底的な捜索を行わなければ、世界が終わるまで発見されなかったでしょう。しかし――それだけではありません。ふたつ目の手がかりはこういうことです。コーンヒル駅の職員が口をそろえて断言しているので間違いありません。フィリップスと同じ列車で、ふたりの見知らぬ男が到着したそうです。旅行客風情の紳士で、どちらの切符も出発地は――どこだと思いますか、リンゼーさん」

「ピーブルズだろうね」

「正解です」チザムは得意満面で言った。「ピーブルズだったんですよ。となると、今回の事件をあなたはどう見ますか。この時期、ツィードサイドには大勢の観光客がやってきますから、あの夜、彼らに特別な関心を払う者はいなかったし、彼らがどこへ行ったのかもわからない。しかし、もっと単純に考えたらどうでしょう。銀行からフィリップスをつけてきた二人組が、遺体の発見現場まで彼を尾行し、そして殺害した――金を奪うために！」

第十五章　年収五百ポンド

チザムがみずからの説に拍手喝采を送らんばかりの自信を持っているのは一目瞭然だった。それだけに、話を聞きおえたリンゼー弁護士が、彼の考えを熱烈に支持するどころか、さっそく質問を始めたことに、チザムは内心、むかっ腹を立てていたにちがいない。

「フィリップスの遺体からは相当な額の現金が見つかったんだったね？」

「ええ――大金が」チザムは認めた。「しかし、その金は財布に入っていました、コートの内ポケットの」

「もし強盗の仕業だとしたら、どうして全部持ち去らなかったのか」

「ええ、そう言われると思っていました。たぶん、邪魔が入ったんですよ。かばんを持ち去ることはできた。だが、おそらくマネーローズ君の足音が聞こえたのでしょう、その男のポケットを探る時間はなかった」

「ふむ」リンゼーは不満げに鼻を鳴らした。「それじゃあ、ふたりの男が誰の注意も惹くことなく、逃げおおせたことについては、どう説明するのかね？」

「簡単なことです。さっき言ったとおり、この時期、ツィードサイドには町の外から大勢の人がやってきます。知らない二人組を見かけたところで不審に思う人などいやしません。ふたりが別れて行動したらなおのこと。どこかに身を隠して、翌朝、街道沿いの駅から列車に乗って逃げた。そのくらい苦もなくやってのけたでしょう。われわれはこの説に基づいて、ツィード川両岸の駅を片っ端から当たっているところです」

「ほう――そうすると、大量の援軍が必要だな」リンゼーは冷静に言った。「事件の翌朝、列車を利用した全旅行客を調べるつもりなら。なにしろ、路線は四つもある。ベリック発ウーラー行き、ケルソウ行き、ボーンマウス行き、ブライス行き。大仕事になるだろうね」

「とにかく」チザムは頑として言い張った。「それが事件の真相ですよ。ピーブルズの銀行は、フィリップスが小さなバッグに詰めて持ち去った紙幣の番号を控えていることだし、必ず連中のしっぽを捕まえてみせます、リンゼーさん」

「健闘を祈るよ、巡査部長」

チザムが立ち去ると、リンゼー弁護士は僕を振り返った。「典型的な警官だな、ヒュー。酸欠で顔色が変わるくらい言って聞かせても、あの男は断固として自説を曲げないだろう」

「では、正解とは思っていないのですね？」僕は軽い驚きとともにたずねた。

「正解かもしれない。わたしはそうは思わないが。彼にはせいぜい頑張ってもらうとして――われわれも自分たちの仕事に戻ろう」

裁判の開廷日を明日に控えて、事務所は目がまわるほど忙しく、自分たちが抱えている案件以外のことを話し合う余裕はなかった。しかし午後、僕が仕事で一、二時間外出しているあいだに、サー・ギルバート・カーステアズが事務所を訪れていた。僕が出先から戻ったとき、彼はリンゼー弁護士とともにオフィスにこもっていた。やがてリンゼー弁護士が出てきて、小さいほうの待合室へ来るよう僕に手招きをした。待合室のドアを閉め、リンゼー弁護士の表情を見たとたん、彼は何も知らないのだとわかった。僕が昨夜サー・ギルバートと会ったことも、彼が言わんとしていることを僕はすでに承知していることも。

「大ニュースだぞ、ヒュー」彼はそう言って僕の肩をぴしゃりと叩いた。「どうやらきみは幸運の星の下に生まれたらしい。古い名言にもある――〝高貴を獲得する者もいれば、周囲から押しあげられる者もいる（ウィリアム・シェイクスピア作の喜劇『十二夜』からの引用）〟とね。というわけで、きみは――ある程度ではあるが――高貴な身分へ押しあげられるんだ」

「いったい、なんの話ですか、リンゼーさん。僕は高貴とは無縁な人間だと思いますが」

「いや、この場合、判断するのはきみじゃない。周囲がきみをそう見なすようになるってことさ。サー・ギルバート・カーステアズがわたしのオフィスでお待ちだ。管財人を探しているそうだ――帳簿を付け、書類を作成し、資産の管理をする人間を。誰かいないかと方々を当たっているとき、リンゼー弁護士事務所の事務員、ヒュー・マネーローズが適任だという話を耳にしたという。つまり、きみが望めば、それはきみの仕事になるってことだ。給料は年に五百ポンド――しかも終身雇用だ。きみのような若者にとっては願ってもないチャンスだぞ」

「引き受けるべきだと思いますか、リンゼーさん」僕は驚きに適度な敬意を織り交ぜて、彼の助言に重きをおいていることを示そうとした。「荷が重すぎると思いませんか、あなたがおっしゃったように、僕のような若者にとっては」

「サー・ギルバートがきみの仕事ぶりを買ったのなら大丈夫さ」励ますようにもう一度僕の肩をぽんと叩いた。「引き受けることを強く勧めるよ。将来有望な若者だと太鼓判を押しておいた。わたしのオフィスに行って、お引き受けすると、自分でサー・ギルバートに伝えなさい。ただし、具体的な条件の話になったらわたしを呼ぶように――抜かりがあるといけないからね」

　僕は心をこめてリンゼー弁護士に礼を言った。彼のオフィスへ入っていくと、サー・ギルバートは安楽椅子に悠然と腰をおろしていた。ドアを閉めるように身ぶりで示し、僕が言われたとおりにすると、探るような目で僕を見た。

「彼に知らせていないだろうね、われわれがゆうべ話したことを」まっさきにそうたずねた。

「もちろんです」

「結構――わたしも言っていない。雇い主より先にきみと話したことを知られたくないんだ――彼の目を盗んで事務員をかっさらったように見えるだろう。で、話はついたのかね、マネーローズ。管財人の仕事をする気はあるのか？」

「喜んでお引き受けします、ギルバートさん。ご期待に沿えるよう全力を尽します。初めのうちはご迷惑をおかけするかもしれませんが。仕事の内容ががらりと変わるものですから。でも、僕は呑みこみが早いので――」

「なに、心配ないさ」彼は僕の話をぞんざいにさえぎった。「頼んだことをやってくれればいいんだ。わたしは金勘定や文書の作成といったことが大の苦手でね――そうしたしち面倒なことから逃れるためにきみを雇った。むろん、困ったことがあれば、いつでも相談に来てくれて構わない――仕事の内容は初日の一時間で説明できるが。よし！　それではリンゼー弁護士に再登場願って、事務的な問題を片づけてしまおう」

　リンゼー弁護士はすぐにやってきて、僕の雇用契約にまつわるこまごました問題を処理してくれた。

交渉はとんとん拍子に進んだ。新しい主任事務員を探す期間として、僕は彼の事務所でもう一ヵ月働き、しかるのちハザークルー館で新しい仕事を始める。報酬は年五百ポンド。半年ごとに契約継続の有無をたがいに確認する。五年後も雇用関係が継続されていた場合、昇給を視野に入れた契約の見直しを行う。この場で合意に達した内容はすべて文書にする。こうした提案をしてくれたのは、言うまでもなく、リンゼー弁護士だった。サー・ギルバートはそのすべてを躊躇なく受け入れ、即座に同意した。どうやら彼は何かを提案されると、時間をかけて話し合うのではなく、とりあえず容認するタイプのようだ。そして用件が済んだとみるや、サー・ギルバートはリンゼー弁護士にあとをまかせて席を立った。が、戸口で不意に立ち止まり、こちらへ戻ってきた。

「警察に寄って、例のクローン殺しに関するわたしの見解をマレーに伝えようと思う。わたしが思うに、リンゼーさん、あの近辺では鮭の密漁が行われていた。うちの領地がツィード川かティル川に接していれば、もっと早く警察に訴えていたんだが。夜な夜なあの川原で、いかがわしい連中を見かけたものだ――というのも、わたしは夜遅くに散歩をする習慣があってね。不眠症の症状を少しでも改善できればと思って。わたしの目は節穴じゃない。おそらくクローンは悪党どもとつるんでいた。内輪もめにでも巻きこまれて命を落としたんだろう」

「可能性はあります」リンゼー弁護士が応じた。「何年か前に似たような騒動がありました。最近は聞きませんけどね。マレー署長にそうした知恵を授けるのはよいことです。それを糸口に何かを探り当てるかもしれない」

「もうひとつの事件も――フィリップス殺しも――同じ一味の仕業では」サー・ギルバートが勢いづいて言った。「あの手の連中がひとけのない場所でよそ者を捕まえたら――」

「フィリップス殺しに関しては、すでに警察は独自の説をもとに捜査を進めています」リンゼー弁護士が言った。「犯人は被害者をピーブルズから尾行し、バッグに入れて持ち歩いていた金目当てで殺害したと彼らは見ている。わたしの経験からして」リンゼー弁護士は笑いながら付け加えた。「警察というのは、自説に固執して、ほかの考えに耳を貸さないものだ——落馬するか目的地にたどりつくまで突っ走るでしょうね」

サー・ギルバートは訳知り顔でうなずいた。と、不意に探るような目つきでリンゼー弁護士を見た。

「あなたはどうお考えですか」

リンゼー弁護士は手の内を明かさなかった。自分のあずかり知らぬことだと言わんばかりに、のん気に笑って肩をすくめた。

「お聞かせするような考えなどありませんよ、ギルバートさん。答えを出すのは時期尚早でしょう。それに、わたしは詳しい事情を知らないし、刑事でもない。ただ、この手の問題は往々にして、いざ真相にたどりついてみると、驚くほど単純なものだ。目下のところ警察は、きわめて単純な事件だと考えている——単なる野蛮な強盗を目的とした、単なる野蛮な殺人。捜査の行方を見守りましょう」

サー・ギルバートが帰ったあと、リンゼー弁護士は、少し離れた場所に立つ僕が何やら考えこんでいることに気がついた。

「なんだい、ヒュー。新たな人生の幕開けに少々戸惑っているといったところかね。きみにとってまたとないチャンスでもあるんだぞ。そう言えば、結婚を約束した人がいるんだったね。そのことを考えていたのか?」

「いいえ、そうじゃないんです、リンゼーさん。ただ、ちょっと疑問に思っただけで——お知りになりたいなら言いますけど――サー・ギルバートが目の前にいるのに、どうして言わなかったのかなと思ったんです。ギルバースウェイトの遺言書に、お兄さんのサインがしてあったことを」

リンゼー弁護士はとっさに僕からドアに視線を移した。ドアは完全に閉まっていた。

「ああ、言わないつもりだ。サー・ギルバートにも、ほかの誰にも、もうしばらくは。きみもだぞ、ヒュー。わたしがよしと言うまで秘密にしておくように。独自に調べてみようと思っているんだ。だから、あの件については、きみも口をつぐんでいること」

「もちろん、絶対に言いませんよ」僕はやりかけの仕事を再開するべく自分の席に戻った。だが、ほどなく事務所のドアが開き、チザム巡査部長が顔をのぞかせて僕を見た。

「きみに訊きたいことがあるんだ、マネーローズ君。クローンに会ったと言ったね。あの男の死体が発見される前の晩、何かを買いに店へ行ったとか。とすると、きみは彼に金を払い、釣りを受けとった可能性がある。あの男の財布を見た覚えはないかい？」

「ええ、見ましたよ。だけど、どうしてそんなことを訊くんです？」

「実は、川沿いの酒場で男を捕まえたんだ。しこたま酒を飲んで、湯水のように景気よく金を使っていた。その男が風変わりな財布を持っていて、そいつを見た何人かが、アベル・クローンの財布だ、賭けてもいいと言っているんだ」

第十六章　独房の男

僕がチザム巡査部長の質問に答える前に、自分のオフィスから顔を出したリンゼー弁護士が、チザムに気がついて、なんの用かとたずねた。彼が財布のことをもう一度説明すると、ふたりはそろって僕を見た。

「たしかにあの晩、チザムの財布を見ました。使い古された財布で、ブーツの紐で縛ってあった。なかには札束がぎっしり詰まっていました」

「署まで同行してくれ。逮捕した男が所持していたのと同じ財布か確認してほしい。それと――」チザムはリンゼー弁護士を振り返って言葉を継いだ。「もうひとつ。その捕まえた男なんですが、独房に放りこんでおいたら酔いが醒めて、弁護士を呼べと騒ぎはじめたんですよ。来てやっていただけませんかね、リンゼーさん」

「何者なんだ?」リンゼー弁護士がたずねた。「ベリックの人間かね」

「いいえ、よそ者です。本人が言うには、町の簡易宿泊所に泊まって職を探しているとか。殺しとは無関係だ、弁護士を呼べと騒いでいます」

リンゼー弁護士が帽子をかぶり、僕らはチザムと一緒に警察署へ向かった。署の建物が見えてくると、入り口前の通りで騒ぎが持ちあがっていた。犯人逮捕のニュースは瞬く間に広まり、物見高い連中が好奇心丸出しで集まっていた。女や子ども、ひま人たちに混じってクローンの家政婦の姿もあった。大柄で、肉づきのいい、ぼさぼさ頭のアイルランド女だ。名前はナンス・マグワイア。ふたりの警察官に向かって太い腕を振りまわし、こぶしで殴りかかろうとしている。殺人犯を連れてこい、あたしがこの場で鉄槌をくだしてやるとわめきたて、その一方で殺されたクローンを褒めたたえていた。

「あんなすばらしい人、どこを探したっていやしないよ!」女は声も枯れよとばかりに叫んだ。「この血なまぐさい町に足を踏み入れた、たったひとりの聖人さ。ほんとに優しい人だった。あの人が命を狙われていたことを、あたしが知らないとでも? あの人はね、あたしに言ったんだよ、俺の亡骸を見るためなら、ふたつの目玉を差しだそうってやつがいるって。だから犯人を捕まえたんなら、ここへ連れてきなさいよ。このあたしが――」

リンゼー弁護士は無言で女の腕をつかみ、彼女の自宅のある方角へ引っぱっていった。

「頭を冷して、おとなしく家に帰るんだ」そして声を落として言った。「何か知っているなら、わたしが行くまで口を閉じていなさい。さあ、お帰り。あとはわたしにまかせて」

どういうわけかナンス・マグワイアは、リンゼー弁護士をひと睨みしただけで、子羊のようにおとなしく命令に従った。目にいっぱい涙をためて、しかし何も言わずに立ち去ると、野次馬の半分が彼女のあとに続いた。一方、リンゼー弁護士とチザムと僕は警察署に足を踏み入れた。出迎えたマレー署長は、やけに満足そうな面持ちで僕らにうなずいてみせた。

「とりあえず、本件については疑問を差しはさむ余地はない」署長室へ案内しながら言った。「現行犯で逮捕したのも同然だ。とはいえ、容疑者には弁護士をつける権利がありますからね、リンゼーさん。いつでも面会できますよ」

「何があったのか、まずは詳しい経緯《いきさつ》を教えてください」

　マレー署長は立てた親指でチザムを示した。

「そこにいる巡査部長がご説明しますよ。あの男を捕まえてきたのは彼ですから」

「こういうことなんです、リンゼーさん」人前で発言することに熟達しつつあるチザムが言った。「川沿いを歩いていくと、城壁の向こう側に小さな酒場があるのをご存じですね。〈タラとロブスター〉という名前の。そう、ジェームズ・マクファーレンがやってる店です。そのマクファーレンが、一時間くらい前だったかな、署に知らせに来たんですよ。どこの馬の骨とも知れない男が、朝から店を出たり入ったりしながら酒を飲みつづけ、へべれけではないにしろかなり酔っぱらっていた。で、店主のマクファーレンは、何度目かに戻ってきた客に、ほどほどにしたほうがいいと酒を出すのを断った。すると男は烈火のごとく怒りだし、罵声を浴びせはじめた。その最中に男がポケットから引っぱりだした財布を見たべつの客が、マクファーレンにこっそり耳打ちしたそうです。あれはアベル・クローンの財布だ、絶対に間違いない、と。そこで、わたしが巡査ふたりを連れて、マクファーレンとともに現場へ急行すると、店では件《くだん》の男が酒を飲ませろとわめいていた。何を注文しても払えることを示すために、片手に金を握りしめて。そのうち暴れて手がつけられなくなったので、手錠をかけて署へ連行し、独房に放りこんだというわけです。いまではすっかり酔いも醒めて、弁護士と面会する権利があると騒いでいますが」

「何者だね？」リンゼー弁護士がたずねた。

「この町の者じゃありません。弁護士以外の人間に、名前も住所も明かすつもりはないと息巻いています。ともあれ、われわれが調べたところでは、〈ワトソンズ〉という簡易宿泊所に三日前から投宿していて、ここ二晩は部屋に戻っていないそうです」

「なるほど――で、問題の財布はどこだね？　ここにいるマネーローズ君は、実物を見れば、クローンのものかどうかわかるそうだ」

チザムが引きだしを開けて財布を取りだすと、僕はひと目でクローンのものだとわかった。正確に言うとそれは古ぼけた巾着、もしくはずだ袋のようなもので、素材は獣の皮、表面の毛はまだたくさん残っており、擦り切れたブーツの紐でくくってある。中身は金貨と銀貨――おとといの夜に見たのと同じだ。あのときクローンは、五シリング硬貨を差しだした僕に釣り銭を渡すため、財布を引っぱりだした。そして、いま目の前にある財布のなかには、その五シリング硬貨が入っていた。

「クローンの財布です！」僕は断言した。「間違いない。そのクラウン硬貨は僕が払ったものだ。どちらも疑問の余地はありません」

「その男に会ってみよう」リンゼー弁護士が言った。

チザムは僕らを連れて廊下を進み、独房へ続く扉の鍵を開けると、ついてくるようにと身ぶりで示した。問題の男は、備えつけの椅子に座っていた。やたらと図体の大きい、肉体労働者といった風体の男だった。屋外で寝起きしていたらしく衣服はひどく汚れ、川辺を歩きまわっていたせいかブーツには泥や土がこびりついている。男は両手で頭を抱え、独り言をつぶやいていた。僕が鉄格子の向こうの荒くれどもを見ていると、男は顔を上げた。その目を見て、僕は思った。この男は殺人を悔いているのではなく、自分に腹を立てて、ふてくされているだけだ、と。

「ほら、望みどおり弁護士の先生を連れてきてやったぞ」チザムが言った。「事務弁護士のリンゼーさんだ」

「やあ、待たせたね」リンゼー弁護士は気さくに挨拶しつつ、風変わりな依頼人を注意深く観察していた。「きみの言い分を聞こうじゃないか」

　囚人は忌々しげにチザムを睨みつけた。

「いやだね。おまわりがどっかに行かねえかぎり、ひと言だってしゃべるもんか！　俺にだって権利ってものがあるんだよ、旦那。俺はあんたとふたりきりで話がしたいんだ」

「外してもらえるかな、巡査部長」不満げな顔のチザムが独房から出てドアを閉めるのを待って、リンゼー弁護士は被告人に向き直った。「さっそく本題に入ろう。自分にかけられた罪状を知っているのかね？　大酒を食らったようだが、もう酔いは醒めているのか、筋道を立てて話せるくらいに。それなら、結構――で、わたしにどうしてほしいのかね？」

「どうしてって弁護に決まってんだろ！」男は噛みつきそうな勢いで言った。片手をズボンの後ろにまわし、何やら手探りをしている。「金ならある。自分の金だ――少しだけど、ベルトのなかに隠してあるんだ。ちゃんと払うから」

「金の心配はあとまわしだ。まずは名乗って、それから言い分を聞かせてもらおう」

「ジョン・カーターだ。ごく普通の労働者さ。肉体労働専門の。職を求めてあちこち渡り歩いているんだ。北へ向かう途中にここへ流れついたのが、おとといの夜。あの男を殺《や》ったのは俺じゃねえ。あんたと同じくらい俺は潔白だ！」

「しかし、被害者の財布を所持していたそうじゃないか」リンゼー弁護士はにべもなく言った。「どう申し開きするつもりだね？」

「申し開きも何も、俺はくそがつくほど大馬鹿野郎だってことさ！」カーターは吐き捨てるように言った。「わかってるんだ、俺はどつぼにはまっちまった。だけど、あんたには正直に話すよ――弁護士には何を言ったっていいんだろ。誰だ、その若造は？」男は藪から棒に言って、僕を睨みつけた。

「言っただろ、サツの前ではしゃべらねえって」

「うちの事務員だ。よし、じゃあ、話を聞こう。ひとつ間違えば取り返しのつかない状況にあることを忘れるな」

「言われなくてもわかってるさ」カーターは不平を鳴らした。「だが、いまの俺は完全にしらふだからな！ つまり、こういうことなんだ――三日前の晩にこの町に流れついた俺は、次の日から職探しを始めた。川の上流に行けば何かありそうだと聞いたんで出張ってみたが、結局なんにもありつけなくて、しかたなく町へ戻ることにした――そのころにはすっかり夜も更けていたよ。トゥイズルって場所で橋を渡ったあと、近道するつもりで川っぷちにおりた。そして――言っておくが、陽が暮れたあとのことだからな、旦那――森のなかを歩いているとき、小さい川がでかい川に流れこんでる地点の少し手前で、あの死体に出くわしたんだ――けつまずいたんだよ。嘘じゃねえ！」

「それで？」リンゼー弁護士が先を促した。

「見ると、足もとにあの男が転がっていた。お望みなら案内してやってもいいぜ。ちょうど森と川岸の境目あたりだ。俺が見つけたときにゃ完全に息をしてなかったが、死んだのはそれほど前じゃない。だけど、やつは死んでいた――俺が殺ったんじゃねえ、俺はなんにもしちゃいねえんだ」

「そのときの時刻は？」

「たぶん十一時過ぎだ。コーンヒル駅に寄ったのが十時だったから。俺がそっちに足を向けたのは――森を抜けて川辺に向かったのは――その日の朝、通りかかったとき、ねぐらにできそうな掘っ立て小屋を見かけたからだ。死体に出くわしたのは、その小屋へ向かう途中だったのさ」

「なるほど――で、あの財布はどう釈明する？　嘘はなしだぞ」

カーターは首を横に振り、腹立たしげに悪態をついた。しかし、腹を立てている相手が自分自身であることは明らかだった。

「たしかに、俺はあの男のポケットを探って、財布を抜きとった。だけど、死体を川に放りこんだのは俺じゃねえ。この期に及んで嘘はつかねえよ、旦那。財布を抜きとっただけで、ほかにはなんにもしちゃいない。俺は死体を残して立ち去った――見つけたときのまんまの状態で。次の日は昼間っから酒を飲んで、夜になると小屋へ戻った。そして今日もしこたま飲んで、頭のねじがぶっ飛んだらしい、あの財布を引っぱりだして見せびらかしたってわけさ。それが真実だよ、あんたが信じようと信じまいと。だが、俺はあの男を殺しちゃいない。死体から財布をくすねたことは認める――俺は救いようのない大馬鹿野郎なのさ！」

「それで、ここにいるというわけか。話はわかった――今後は口を閉じていること。打つべき手立てを考えてみよう。明日、また顔を出すよ。おまえさんが治安判事の前に引きたてられるときに」

リンゼー弁護士が独房の扉をノックすると、廊下で待機していたチザム巡査部長が僕らを外へ出してくれた。リンゼー弁護士はチザムにもマレー署長にも何も言わなかった。そして先に立って通りへ出ると、僕の腕をぽんと叩いた。

「あの男の話に嘘はないとわたしは信じるよ」リンゼー弁護士は小声で言った。「さて、お次は――ナンス・マグワイアに会いに行くとしよう」

第十七章　アイルランド人の家政婦

リンゼー弁護士がクローンの家政婦に並々ならぬ期待を寄せているのは、はた目にも明らかだった。不思議に思った僕が、率直に疑問をぶつけると、彼は意外そうな顔で振り返った。

「聞いていなかったのかね、さっき彼女が警察署の前でわめいていたことを。クローンは言っていたそうじゃないか、俺の死体を見るためなら、ふたつの目玉を差しだそうってやつがいると。クローンは彼女に何かを話していたんだ。そして、あの独房の男は、自分がしでかしたことについて、真実を語っているとわたしは確信している。クローンがどんな話をしたか家政婦から聞きだす自信もある。いったい何者なんだろうな――クローンの死体を見たがっていたというのは。さあ、答えを確かめに行くとしよう」

僕は返事をしなかった――僕は考えていた。疑念が不吉な黒雲のように胸に湧きあがってきた。この事件は――クローンの死は、殺人は――先のフィリップス殺しと関係があるのだろうか。トム・ダイソンのウサギ小屋を作る材料を買いに行ったあの夜、クローンは僕にほんとうのことを言ったのだろうか。何か隠していたのではないか。僕が物思いにふけっていると、再びリンゼー弁護士が話しはじめた。

「あの男が申し開きをするのを注意深く観察し、その結果、真実を語っているという確信を得た。クローンを殺害したのが何者であれ、獄に繋がれているあの男ではない。いいかね、ヒュー、わたしがとんでもない思い違いをしているのでないかぎり、この事件は先のフィリップス殺しの一環と考えるべきだ。だが、まずはあのアイルランド女の話を聞こう」

クローンの住居は、貧民街の路地裏に建つ、掘っ立て小屋に毛が生えた程度のあばら屋だった。僕らがドアの前まで来たとき、興味津々といった面持ちの女や子どもが家のまわりに集まっていた。入り口のドアは固く閉ざされ、僕らが来訪を告げたときも、ナンス・マグワイアが窓の隅から客の姿を確認するまで、開けられることはなかった。僕らをなかへ招き入れると、彼女は再びドアを閉めてかんぬきをかった。

「ひと言もしゃべらなかったよ、旦那」ナンス・マグワイアが言った。「旦那が口を閉じてろって言ったから、戸外《おもて》の連中にああだこうだ言われても黙ってたんだ。旦那が力になってくれると知ってたら、おまわりの前で余計なことを口走ったりしなかったさ。あそこには、本気で罪を償わせようって人間がひとりもいやしない。それじゃあ死んじまったあの人が浮かばれないじゃないか」

「いいか、本気で罪を償わせたいなら」リンゼー弁護士が言った。「口をしっかり閉じておくことだ。近所の連中にも警察にも知らぬ存ぜぬで押し通すこと。わたしがよしと言うまで、どんなささいなことであれ、他言は無用だ。それはそうと、さっきの話、あれはいったいどういうことだ。俺の死体を見るためならふたつの目玉を差しだすやつがいるとクローンが言っていたそうだが」

「どうもこうも、その言葉どおりだよ、旦那。それも一度や二度じゃない、なんべんも言ってた。いかにも意味ありげな口ぶりでね——あの人はそういうしゃべり方をするんだ」

「それはいつから始まったのかね。ここ数日のことかい?」

「あの恐ろしい事件のあとだよ、どっかの男が殺されただろ。その直後からさ、あの人がそんな物騒なことを言いはじめたのは。夜更けに煙草を吸いながら、『殺しのにおいがする』って言うんだよ。『血なまぐせえ殺しのにおいがぷんぷんする』って。『俺も用心しなくちゃいけねえ。俺の冷てえ屍《しかばね》を見るためなら、ふたつの目玉を差しだしてもいいってやつがいるんだから。おまえが信じようと信じまいと、俺にはわかっているのさ』。そう言ってあの人は、あとであたしが何を訊こうと答えちゃくれなかった」

「用心しなきゃならない相手の正体は言わなかったんだな？」

「言わないよ。あの人は秘密主義者だからね。自分が言いたいことしか言わないのさ」

「なるほど。では、もうひとつかふたつ、正直に答えてくれ。クローンは夜に出歩くことが多かったんじゃないかね？」

「ああ、たしかに」彼女は躊躇なく応じた。「実際、暗くなるとよく出かけたものさ。しょっちゅうってわけじゃないけど」

「密漁をしていたんだろう、ずばり言えば」

「おっしゃるとおりさ」彼女は素直に認めた。「あの人はウサギを狩るのが上手だった」

「ほう。しかし、鮭を持ち帰ったこともあるだろう？　さあ、何もかも白状するんだ」

「否定はしないよ。あの人はそっちも得意だったからね」

「結構。それでは、彼が殺害されたと考えられる晩に話を移そう。事件が起きたのは火曜で、今日は木曜だ。クローンはあの夜、店を閉めたあと家に帰ってきたのか？」

静かに耳を傾けていた僕は、女の答えを聞こうと思わず身を乗りだした。僕がクローンと言葉を交わしたのは、まさにその火曜日の夜、九時ごろだ。その後、彼の身に何が起きたのか是非とも知りたかった。ナンス・マグワイアはためらうことなく答えた――あの晩の出来事をはっきりと記憶している証拠だ。

「それが、帰ってこなかったんだよ。あの晩、あの人は六時にここでお茶を飲んで、飲みおわると店番に出かけた。あたしがあの人を見たのは――生きてるあの人を見たのは――それが最後だった。ひと晩じゅう帰ってこなくて、翌日の朝食にも現れなかった。店にもいないし――どこへ行っちまったんだろうと思ってたら、おまわりが知らせに来たのさ」

それで話が繋がった。僕が店を出たあと、クローンは川沿いの道をティルマウスの方角へ走り去った――ポンコツの自転車にまたがって。クローンは密漁に出かけたと、たいていの人は考えるだろう。ナンス・マグワイアが認めたとなればなおのこと。だが、僕はそう言いきれなかった。クローンに一杯食わされたのではないか、と思いはじめた。あのときの話は全部出まかせだったのではないか。クローンの言葉には裏がある気がした――だが、どんな裏だ？　僕が帰るなり外出したクローンの目的は密漁ではなく、僕と話した結果を誰かに伝えることではないか。だとしたら、伝えたい相手とはいったい誰なのだろう。

だが、いまは物思いにふけっている場合ではない。われに返った僕は、上司とナンス・マグワイアのやりとりに意識を戻した。しかしリンゼー弁護士は、彼女の答えに満足したらしく質問を打ちきっていた。当分は口を慎むようにと彼女に再度忠告を与え、クローンの遺産の取り扱いについて指示した。そして、僕らはクローンの住居をあとにした。事務所へ帰る道すがら、大通りに差しかかったとき、リンゼー弁護士が決然とした表情で僕を見た。

「本件に関して、ひとつだけ言いきれることがある。それが正しいほうに、一ファージング（一九六一年に廃止された英国の硬貨。四分の一ペニーに相当する）に対して五ポンド賭けてもいい」

「なんですか、それは？」僕は身を乗りだして続きを待った。

「クローンはフィリップスを殺した犯人を知っていた。そして、その犯人はクローンをも殺害した。口封じのために。すなわち、ふたつの事件は同一人物の犯行である。とすると、犯人は誰だね？」

　僕が答えに窮していると、彼はすぐに言葉を継いだ。まるで独り言のような口ぶりで。

「わからないことが多すぎるんだよなあ」と彼はつぶやいた。「フィリップスとギルバースウェイトがこの地へ来た目的は何か。ギルバースウェイトとクローンはぐるだったのか。この〝フィリップス＝ギルバースウェイト事件〟には、裏で糸を引いていた、そして、いまも引いている第三の人物がいるのか。だが、弁護士としての名誉に賭けて断言しよう。フィリップスを殺害した犯人は、それが何者であれ、アベル・クローンを殺害した犯人と同一人物である。全部繋がっているんだ」

　そこが運命の分かれ目だったことは、もちろん、いまなら僕にもわかる――何年も前からわかっている。僕は取り返しのつかない、非難に値するあやまちを犯した。あのとき、リンゼー弁護士に洗いざらい打ち明けるべきだった。フィリップスが殺害された夜に交差点で目撃したことも、アベル・クローンの店で交わした会話も、ハザークルー館にサー・ギルバート・カーステアズを訪ねたことも。僕が包み隠さず話していれば、真相の解明が早まって、新たな血が流されることもなかっただろう。おりしも、リンゼー弁護士は正しい筋道の入り口に立ったところだった。僕が黙っていたせいで、彼は道をそれて、曲がりくねった先の見えない迷路に入りこんでしまった。しかし――僕は何も言わなかった。それはなぜか？　答えは簡単だ。愚かな人間の悲しい性《さが》と言い訳することもできる。あのときの僕は、管財人としての前途洋々たる未来にのぼせあがり、幸運の使者たるサー・ギルバート・カーステアズに感謝の気持ちでいっぱいだった。本音を言えば、ほかのことは何も考えられないし、考えたくもなかった。メイシーや母にまだその朗報を伝えておらず、早く知らせたくてうずうずしていた。だから僕は沈黙を守ったまま、事務所へ戻ってその日の仕事を片づけると、ビッグニュースを携えて意気揚々と家路についた。そんな晴れがましい日に、縁もゆかりもない他人の生き死に頭を悩ませられるだろうか。

僕にとってそれは人生最大の特別な夜だった。急に年を取り、身体も大きくなって、人間としての価値もぐんと上がったような気がした。ついつい母親や恋人に尊大な態度を取り、ふたりの将来を決めつけるような口のきき方をした。あげくにメイシーから、ふんぞり返って得意気に鳴きわめく雄鶏みたいね、と揶揄される始末だった。あの晩、僕が多少うぬぼれていたとしても無理はないと思う――人間として当たり前の反応だろう。しかしメイシーの父、アンドリュー・ダンロップは、店の裏で僕らの話をひととおり聞きおえると、浮かれていた僕に冷や水を浴びせかけた。アンドリュー・ダンロップは饒舌なときもあれば、寡黙なときもある。そして口数が少ないときほど、言いたいことはたくさんあるのだ。

「そうか」と彼は言った。「なるほど、この先が実に楽しみだな、ヒュー。きみの成功を心から祈っているよ。だが、今後二年間、結婚の話はなしだ――考えることもまかりならん。ふたりともだぞ。二年間、きみは腰を落ちつけて新しい仕事に取り組まねばならない。そうすれば、雇い主の期待に応えられるか判断がつくし、雇い主が仕えるに値する人物かどうかもわかるだろう。試行期間を経ることで、状況を正しく見極められるのだ。きみがどの程度貯蓄できるかも――というわけだから、結婚式の鐘を聞くのは早くて二十四ヵ月後。せいぜいいい子にしていることだ。二年のあいだには、きっといろんなことがあるだろう」

ことによると、彼はこうも付け加えていたかもしれない――二週間先だって何が起こるかわからないんだぞ、と。実際、彼に数日先を見通す力があれば、そう付け加えるべき説得力のある理由を得ていただろう。

第十八章　ピッケル

翌朝、警察はクローン殺しの容疑者として、居並ぶ治安判事の前にカーターを立たせた。法廷は立錐の余地もないほど混み合い、リンゼー弁護士と僕は人混みをかき分けて、やっとのことで弁護士席にたどりついた。カーターを留置所から連れてくる前に、軽微な事件の審理が数件行われたため、そのあいだに僕は法廷を見渡し、列席者の顔ぶれを確かめることができた。サー・ギルバート・カーステアズの姿がすぐに目にとまった。治安判事でもないのに──数日後に、彼をその名誉ある地位に任命する書類が届いたのも妙な話だが──サー・ギルバートは地元の名士たちとともに判事席に陣取っていた。フィリップスの検死審問で証言に立ったリドレー司祭が、そのなかにいることに僕は興味をそそられた。その場に集まった全員が、クローン殺しに並々ならぬ関心を抱いているのは明らかだった。あちこちから漏れ聞こえてくるひそひそ話から判断するに、リンゼー弁護士が一度ならず明言していたとおり、今回の事件は先週のフィリップス殺しの一環であると世間も見なしていて、それが人々の好奇心を刺激しているらしい。カーターをこの目で見たい、いかなる罪状で訴えられるのか知りたいと思っているのだ。

リンゼー弁護士が被告弁護人というみずからの立場を落ちついた口調で表明すると、驚きがさざなみのごとく法廷に広がった。警察側の意図は彼らの態度にはっきりと表れていた。治安判事は簡単な証拠調べに耳を傾けたのち、速やかにカーターの身柄を巡回裁判所へ移送し、故殺の罪で裁きを受けさせるべし――警察がそう考えているのは見え見えだった。警察側から提出された証拠は、当然ながら、議論の余地のない、明白なものばかりだった。クローンはティル川の深みに沈んでいるところを発見されたが、検死報告書によると、死因は鋭利な凶器による殴打であること。頭蓋骨を貫通したその鋭利な何かは、脳の前頭葉に達し、被害者は即死したと考えられること。被告席の男は、クローンの財布を所持していたことから逮捕され、警察はその男がクローンを殺害して財布を奪ったと考えていること。マレー署長以下、捜査関係者全員が、この結論に満足しているのは明らかだったし、治安判事が異を唱えることは万にひとつもなさそうだ。そんなわけで、被告弁護人のリンゼー弁護士が、証言台のふたり――ひとりはチザム巡査部長で、もうひとりはクローンの検死に駆りだされた医師――に対する反対尋問を求めると、警察側はいい顔をしなかったし、それ以外の人々も、控えめに言って、どことなく当惑している様子だった。リンゼー弁護士がどんな質問をしたか述べる前に、問いを発する彼の口ぶりには、謎めいた含みがあったことを記しておく。法廷がざわつき、リンゼー弁護士は何か知っているが、この場で明らかにするつもりはないらしい、という囁きが交わされはじめた。

リンゼー弁護士が先に質問をしたのはチザム巡査部長だった。世間話でもするような打ち解けた態度のなかに、好奇心を刺激する意味ありげな空気を漂わせていた。

「遺体が発見された付近一帯では、遺留品の徹底的な捜索が行われたのでしょうね」

「草の根をかき分けて探しましたよ」チザムが応じた。

「撲殺された正確な場所を特定できたのですか」

「そりゃあもう――血痕が残っていましたから」

「川辺の——川と雑木林のあいだでしたね」

「ええ、川と雑木林のあいだです」

「遺体は、川に放りこまれる前に、どのくらい引きずられていましたか」

「十ヤードです」チザムは即答した。

「足跡は確認できましたか」

「なんであれ痕跡を見つけるのは難しいでしょうね。あのへんは一面に雑草が繁茂しているし、まばらな場所もありますが、針金みたいに硬くて短い草なので、ブーツで踏んでも跡が残らないんですよ」

「では、もうひとつ」リンゼー弁護士は身を乗りだして、チザムをまともに見据えた。

「被告人席に立つその男性をアベル・クローン殺害容疑で逮捕したとき、彼がとっさに——反射的に示した反応は、純然たる驚きだったのではありませんか。どうか、胸に手を当てて正直に答えてください。イエスか、ノーか」

「イエスです。たしかにひどく驚いていました」

「それでいて、クローンの財布を所持していることは、すぐに認めたんですよね？　もう一度、イエスかノーでお願いします」

「イエスです」チザムが答えた。「ええ、たしかにそうです」

リンゼー弁護士がチザムにたずねたのはそれで全部だった。医師への質問はもっと少なかったが、その内容は聞く者の好奇心をかきたてた。

「先ほど、クローンに致命傷を与えた凶器に関する話がありました。鮭釣り用の鉤竿が挙げられていましたが、あなたはどう思われますか」

「可能性はあると思います」医師は慎重に答えた。

「先端の鋭い凶器で殴られたと考えて間違いないのですね？　細く尖った先端を持つ何かで殴られたと？」

「鋭く尖った凶器であることは間違いありません」医師は断言した。

「鮭釣り用の鉤竿以外にも存在すると思われますか、同様のダメージを与え得るものが？」

「ええ、もちろんです」

リンゼー弁護士はひと呼吸置くと、次の質問を思案するように、法廷をぐるりと見まわした。と思いきや、いきなり机の下に手を突っこむと、一同が固唾を呑んで見守るなか、褐色の紙にくるまれた細長い包みを取りだした。今朝、彼が事務所へ持ってきたものだ。静寂はさらに深まり、人々の好奇心はいやがうえにも高まっていく。包みから現れたのは、僕が初めて目にする、長さ三フィートほどの道具、あるいは武器だった。頑丈そうだが、よくしなる木製の柄《シャフト》、その一方に鉄の石突きが、もう一方に鉄の刃がついている。刃の片側は大工の手斧に似た形で、反対側は鋭くとがらせてある。リンゼー弁護士は、開いた両手の上にそれを載せ、しばし掲げて見せたあと、証人席のほうへ差しだした。

「さあ、先生」リンゼー弁護士は医者に言った。「見てください――最新型のピッケルです。これを使えば、被害者に同じ傷を――もしくは、よく似た傷を負わせられますか」

医者は人差し指でとがった切っ先に触れた。

「できますとも。むしろ、鮭釣り用の鉤竿よりこっちのほうが傷痕に近いかもしれない」

リンゼー弁護士は手を伸ばしてピッケルを取り返すと、包装紙ごと僕に渡してよこした。「結構です、先生。質問を終わります」そう言うと、判事席に向き直った。「ここで皆さんにおたずねしたい。いまここでお聞きになった証言に基づいて、本日、この被告人に殺人の罪を申し渡すつもりでしょうか。もしそうなら、わたしは断固として抗議しなければならない。本件について、一週間の休廷を要求する。次回は皆さんの前になんらかの証拠を提示します。その証拠は、この男性がアベル・クローン殺しの犯人でない証しとなるでしょう」

話し合いが行われた。思わぬ展開に唖然とし、初めて見るピッケルに面食らっていた僕は、気もそぞろにその光景を眺めていた。話し合いはリンゼー弁護士の要求を受け入れる形で終結し、カーターは一週間後の再審理まで引き続き拘留されることになった。そして目下、法廷から吐きだされた人々が、通りのあちこちに集まって、意見を闘わせ、リンゼー弁護士の目論みを推測し合っていた。当のリンゼー弁護士は涼しい顔で、普段より落ちついて見えるほどだ。彼は法廷から出ると僕の腕をぽんと叩き、ピッケルの包みを受けとった。

「ヒュー。今日はもうとくにすることがないし、わたしはこれから町を出て、戻りは明日になる。事務所の戸締りをしたら、ほかのふたりと一緒に早めに切りあげて構わんよ。わたしは家に寄ったあと、そのまま駅へ直行する」

リンゼー弁護士は自宅の方角へ足早に歩き去った。僕は上司の指示を実行に移すべく事務所へ向かった。彼が休暇をくれるのは珍しいことではない。とりわけ気持ちよく晴れた夏の日に、仕事が立てこんでいなければ、早じまいすることがしばしばあった。その日はすばらしい好天に恵まれたうえに、審理が早々に打ちきられたため、まだ昼前だった。事務員ふたりと小間使いの若者を送りだし、ドアに鍵をかけて帰りかけたとき、表の通りでサー・ギルバート・カーステアズと出くわした。彼はこちらへやってくるところだった。何やら一心に考えこんでいる。顔を上げて僕に気がつくと、驚いたような表情を浮かべた。

「やあ、マネーローズ君。きみに会いたいと思っていたんだ」僕の腕に手を置いて、彼は言葉を継いだ。「絶対に間違いないんだろうね、わたし以外の誰にも口外していないというのは。きみとクローンが目撃したことを――わたしの言いたいことがわかるかね？」

「心配には及びませんよ、サー・ギルバート。あのことを知る人間は、この世であなたひとりです」

「ならいいんだ」彼の表情がゆるんだ。「こんな騒動に巻きこまれたくないからな――裁判なんてまっぴらだ。リンゼー弁護士は、なんだってあのカーターとかいう男の弁護を引き受けたのかね？」

「僕にもわかりません。かといって、フィリップス殺しはピーブルズからあとをつけてきた、単独もしくは複数の男による犯行とする警察の説を、リンゼーさんが信じているとも思えない。フィリップスとクローンは同一人物に殺害されたと彼は考えているんです。僕もそう思います。いまだ正体のわからない連中が、旅行客を装ってどこかに隠れているんだ」

サー・ギルバートは一瞬躊躇したあと、弁護士事務所のドアをちらりと見た。

「リンゼーはなかにいるのか？」

「いいえ。遠出するので、僕らに休みをくれたんです」

「なんと！」サー・ギルバートが急に顔をほころばせた。「きみは休みだと言ったね、マネーローズ。それは好都合だ。ヨットで海に出ようと思っていたところなんだ。一緒に来たまえ。準備にどのくらいかかる？」

「昼食が済みしだいすぐに出られます」突然の誘いに、僕は舞いあがっていた。「一時間後でいかがですか」

「昼食を済ませてくる必要はない。ホテルでランチのバスケットを用意させる。ふたり分頼むとしよう。厚手のコートを取ってくるといい。三十分以内に船の前で落ち合おう」

僕は自宅へ駆け戻ると、行き先を母に告げて、川辺へ急いだ。その日のツィード川は、陽射しを照り返すまばゆい鏡のようだった。河口の向こうに広がる海は、空との境目がわからないくらいどこまでも青く、明るく輝いていた。楽しげに波打つ彼方の大海原で、自分の身に待ち受けていることを、そのときの僕は知る由もなかった。あの日の出来事を思いだすと、遠い過去となったいまも、恐怖と絶望がまざまざとよみがえってくるのだった。

第十九章　次の標的

サー・ギルバート・カーステアズが、川岸のボートハウスに小型のヨットを所有していることを、僕はずいぶん前から知っていた。実際、船主より先にヨットを見たことがあった。それは手入れの行き届いた美しい船だった。荒天にも耐えられる堅牢な作りでありながら、喫水三フィートと非常に軽量なため、どんなに水深が浅い港にも出入りできる。サー・ギルバートはそのヨットで頻繁に沿岸を航行し、ときには外海に乗りだすこともある。そんなとき、彼はどこかで見つけてきた若い漁師を同伴させるのが常だった。僕が待ち合わせ場所にたどりつくと、ヨットのそばにしゃがんでいたその若い漁師――ワッティ・メイスン――は、たとえ一度きりだとしても、主君の愛顧を奪われたことに気がついて、腹立たしげに僕を睨みつけた。ヨットが出航するまで、メイソンはその場を離れようとしなかった。あたかも骨を投げ与えられるのを期待して、テーブルのまわりをうろつく腹を空かせた野良犬のように。しかし、サー・ギルバートは彼を一顧だにしなかった。これまでみずからの手となり足となって働いてきたメイソンに対して、その日は川辺の石ころほどにも注意を払わなかった。当時の僕が、人間性というものをもう少し重視していれば、そのささいな出来事から未来の雇い主の人柄を見てとっただろう。サー・ギルバートはたまたま自分の目的にかなったり、役に立ったりするのでないかぎり、誰かに思いやりや共感を抱くことはないのだ。

だが、あのときの僕は、お近づきになりたいと思っていた人物と、ヨットで海に出られる喜びにひたっていた。海が大好きで、ベリックの船乗りから小型船の操縦法を教わったことのある僕にとって、この手のヨットを操るのはたやすいことだった。出航後間もなく、僕はそのことをサー・ギルバートに伝えた。陸地から吹くそよ風に乗って河口の外へ出ると、時を移さず横帆と主檣帆と前帆を張り、沖へ向かった。空はすばらしく晴れ渡り、風や波もヨットマンが望み得る最高の条件に近かった。船が風を受けて順調に進みはじめると、サー・ギルバートはホテルから持ちこんだバスケットを開けるよう僕に指示した。朝食をとったのはずいぶん前だとサー・ギルバートが言うので、さっそく僕らは飲み食いを始めた。もし僕が空腹でなかったとしても、あのバスケットの中身を見たら、たちまち腹の虫が騒ぎだしただろう。コールド・サーモンやコールド・チキンから分厚いローストビーフまで、人々が食べたいと願うものがすべてそろっていたし、それらを胃に流しこむためのフランス産の赤ワインやウィスキーもたっぷりと用意されていた。僕らは雲ひとつない空の下に並んで座り、のどかに凪いだ海を航行しながらランチを堪能した。サー・ギルバートは次々と料理を平らげ、豪快に酒をあおり、おおいにしゃべり、屈託なく笑った。あれ以来、疑問に思ってきたことがある。夕暮れ間際に起きたあの出来事は、あらかじめ計画していたことなのか、それとも、絶好のチャンスを得て、魔が差しただけなのか――いくら考えても答えは出なかった。だが、もしあの男が僕の隣に座って、豪勢な料理と上等な酒に舌鼓を打ち、その両方を僕に分け与え、もっと食べろと勧めていたとき、殺意を胸に秘めていたのだとしたら――もしそうなら、間違いなく彼は血も涙もない冷血漢である。できれば僕は信じたかった。僕を殺そうとしたのは、予期せぬ機会から生じた、予期せぬ誘惑が招いた、衝動的な行為だった、と。しかし――いまとなっては永遠の謎である。

それはこんなふうにして起きた。チェビオット丘陵の向こうに陽が沈み、西の空が赤く染まる前のこと。僕らの乗ったヨットははるか沖合に達し、水深はゆうに三十尋《ひろ》（約三百三十メートル）を超えていた。つまり、その周辺の海域に習熟した船乗りなら誰もが知っているとおり、岸から軽く七マイルは離れていたことになる。あとで計算したところ、事件が起きたとき、ベリックの突堤から船までの距離はさらに二倍に広がっていた――ひょっとするともっと離れていたかもしれない。昼前に出航してから、僕らはこれといった目的もなく、気の向くままに南へ北へと針路を変更していた。ほかの船が視界に現れることはほとんどなかった。夜の七時を少し過ぎたころ、船首を上手《うわて》まわしにして、風をとらえた。昼から風向きは頻繁に変わり、そのときはもっぱら南東からの風が吹いていた。ヨットは茫漠とした海原のただなかにいた。僕ら以外に船影はなく、水平線上に煙らしきものも見あたらない。平らな陸地が視界から消えたのはずいぶん前のことだ。ツィード川をはさんで広がるチェビオット丘陵とラマーミュア丘陵のゆるやかな稜線が、水平線の向こうにかろうじて見えるだけだ。もう一度言おう。波のない凪いだ海の三百六十度どこを見まわしても僕らのヨットしか存在しない状況で、帆がいくばくかの風をとらえはじめたとき、それは起きたのだ。次の瞬間、僕はあの世の入り口に立たされただけでなく、かつて経験したことのない絶体絶命の恐怖を味わわされることになる。

そのとき、僕は片足を船縁に、もう片方を後ろの厚板に乗せ、水平線に目を凝らしながら船の揺れに身をまかせていた。そして彼は、僕が全幅の信頼を寄せ、半日にわたって愉快な時間を共有したあの男は、僕の背後に立っていた――ある程度の距離をおいているふりをして。次の瞬間、不意に彼が僕のほうへ倒れこんできた。まるで足を滑らせたか、踏み外したかのように。驚愕しつつも僕はそう信じて疑わなかった。しかし、僕が頭から海へ落下していくとき、甲板の排水口の上に大の字に倒れている彼の姿が見えた。僕を船の外へ放りだしておきながら！　彼は船上にとどまっていた。もんどりを打って海に突っこんだ僕の身体は――当時、体重八十キロを超える、体格のいい若者だった――緑色の海の下へ下へと沈んでいった。ようやく海面に顔を出したとき、二挺身ほど離れた場所にヨットが見えた。僕が船によじのぼれるよう錨をおろしてくれると思いきや、彼はそうした行動をいっさい取らず、それどころか、一時間前にたたんだ二枚の主檣帆を猛然と広げはじめた。僕は驚きと怒りで頭が真っ白になった。一分も経たないうちに帆は張られ、ヨットの動きが速くなった。彼は舵柄に飛びつくと、巧みにヨットを操って僕から遠ざかりはじめた。

僕は瞬時に彼の意図を理解し、理解するのと同時に、半狂乱になっていたと思う。ヨットは速度を増しながらどんどん遠ざかっていく。いくら泳ぎが得意な僕でも、追いつくのは不可能だった。僕が水をひとかきするたびに、ヨットは船体の長さだけ前に進んでいた。遠ざかっていく船の上に、サー・ギルバートが立っていた。片手で舵柄を握り、もう片方をポケットに突っこんで（ポケットのなかのリボルバーをいじっていたのではないかと思うこともある）、僕から目を離さなかった。助けて、置いていかないで、と懇願していた僕は、やがて大声でわめき、口汚く罵りはじめた。そのあいだにも、双方の距離は確実に広がっていくのがわかった。新たな風を巧みにつかみ、ヨットは急速に遠ざかっていく。彼はもはや僕を見ていなかった。

サー・ギルバートは、溺れかけている僕を置き去りにした。

その日の午後、僕らは泳ぎの話をたくさんした。僕は子どものころから泳ぎが得意だが、一度に泳いだことのある距離はせいぜい一マイル、しかも川以外で泳いだ経験はない、という話をした。そのことを踏まえて彼は、陸地から十四マイル余りも離れた、船影ひとつ見えない、救助される望みのない大海原に僕を放置したのだ。僕が陸にたどりつける公算はあるだろうか——誰かが現れて僕に気づいてくれる見こみはあるだろうか。どちらも可能性はゼロに近い。あたりが闇に包まれるころには、疲労困憊して、生きる希望を失い、海の底深くに沈んでいるだろう。

急速に遠のいていくあの男とヨットを見ながら、僕の心を占めていたのは憤怒と憎悪——そして絶望感だろうと思うかもしれない。しかし、そんなときでさえ、僕はふたつのことを強く意識していた。ひとつは、あの男がフィリップスとクローン殺しの犯人にちがいないこと。サー・ギルバートが、僕を置き去りにして殺害しようとしたのは、二件の殺人事件の解明に繋がる証拠を握っている唯一の生存者だからだ。現時点では沈黙を守っているが、うっかり漏らしたり、誘導されたり、話さざるを得ない状況に陥ったりしないともかぎらない。だからサー・ギルバートは、この機会を利用して、僕を永遠に黙らせることにしたのだ。そしてもうひとつ、僕の頭にあったのは、生きるために全力を尽くさなければならない、ということだった。たとえ、僕が再びベリックの町を目にするのは、イングランド国王の座につくのと同じくらい不可能に思えたとしても。原動力はたくさんある。メイシー、母、リンゼー弁護士、若さ、生きたいという強い気持ち。そこにいま新たな動機が加わった——なんとしても、サー・ギルバートの鼻を明かしてやりたい。あの血も涙もない残酷な悪魔が、窮余の一策に打って出たことは間違いない。僕は仕返しをしたかったし、犯した罪に見合う罰を与えたかった。闘わずして負けを認めるつもりはない。

とはいえ、勝機は皆無に等しい——そのことを僕は重々承知していた。釣り船のたぐいが夜の海に現れるとは思えないし、沿岸を航行中の蒸気船がちっぽけな点でしかない僕を発見する見こみも薄い。それでも、力の続くかぎり、あごを上げつづけるつもりだった。そのためには、まずは体力の温存を図ることだ。僕は重いピーコートとその下の不要な衣服を苦心して脱ぎ捨て、ついでにブーツともおさらばした。あおむけに浮かんで休憩しつつ、あれこれ考えたすえに、陸地を目指そうと腹を固めた。うまくいけば船に出くわすかもしれない。僕は精いっぱい首を伸ばして周囲を見まわし――意気消沈した。サー・ギルバートのヨットは芥子粒《けしつぶ》のように小さくなり、それよりもさらに遠く離れた彼方に、チェビオットとラマーミュアの稜線が、黄金色の夕焼け空を背景にぼんやりと霞んで見えた。思っていたよりもずっと陸地から離れている――深い落胆が僕の心を満たした。

長い歳月を経たいま、その夜の記憶は混沌として、靄《もや》がかかったように漠然としている。いまでもときどき夢に見て、恐怖で冷や汗をかきながら目を覚ますことがある。夢のなかの僕は、穏やかな海で必死にもがいている。海はいつも穏やかで、油を流したようにつるつると滑りやすく、いっこうに前に進まない。ときには、全身の激しい痛みに耐えきれず、無力感と強烈な眠気に身をまかせて、もがくのをやめてしまうこともある。そんなとき――夢のなかの僕は――緑色に輝く不気味な洞窟のごとき深みに落ちていくことに気がつき、そうすると――夢のなかの僕は――諦めたいという気持ちをねじ伏せて、再び必死に手足を動かしはじめるのだった。

現実の自分が、どのくらいの時間、そうした奮闘を続けていたのかわからない。ときに泳ぎ、ときに海面に身を漂わせながら、何時間も耐え忍んだことは間違いないが。奇妙な考えが頭を去来した。その当時、イギリス海峡を泳いで渡ろうとする酔狂な連中がいた。そのことを思いだした僕は苦々しく笑いながら、なかば本気で願ったものだ――せいぜい楽しんで、ついでに僕のところへ寄ってくれますように、と。もうひとつ覚えているのは、ついに暗闇が訪れて、もはやこれまでかと神に祈りを捧げたときのことだ。そのときの僕は、全身の疲労だけでなく、心が無力感に蝕まれていくのを感じていた。最後の気力を振り絞り、萎えていく手足を機械的に動かして懸命に泳ぎつづけているとき、僕は救世主と出くわした。それは漂流物という形で、暗がりのなかを僕のほうへ押し流されてきた。あたかも忠実な犬のごとく、僕の手に鼻先をぶつけて、みずからの存在を教えてくれた。ただの四角い格子戸だが、適度な厚みがあって作りも頑丈だった。その格子戸にしがみつき、上によじのぼった。板切れ一枚で、生死の境にあった状況が一変したことを僕は悟った。

第二十章　善きサマリア人たる船長

疲労困憊した僕が、天から与えられた漂流物に必死でしがみついていると、やがて東の空が白みはじめた。寒さで感覚が麻痺し、身体の震えが止まらなかった。それでも僕は生きていたし、差し迫った身の危険もない。一ヤード四方の頑丈なその格子戸は、あたかも小さな浮島のごとく僕の身体をしっかりと支えてくれた。あたりが刻々と明るくなって、ついに太陽が顔を出すと――遠い水平線上に現れた火の玉のようだった――どこかに船影や、細くたなびく煙が見えやしないかと、僕は四方に目を凝らした。人間が近くにいることを知らせてくれるものならなんでもかまわない。そして残酷な現実を目の当たりにした。生きるための闘いを開始した昨夜の地点よりも、さらに陸から遠ざかっていたのだ。西の方角に陸地らしきものは見えない。すでに空はどっちを向いても明るく晴れ渡っていたが、水平線をさえぎるものは何ひとつなかった。昨夜、暗くなる前には、一方にチェビオット丘陵の、もう一方にセイズ・ロー（ラマーミュア丘陵のなかで最も高い丘）の見慣れた稜線を容易に確認できたのに。いまは、どちらも痕跡すらない。つまり、さらに沖に流されたということだ。そうなると、発見されて救助されるのを待つ以外できることはない。そこで、僕は小さな筏の上で精いっぱい手足をこすって温める仕事に取りかかった。

後にも先にも、その日の朝ほど、太陽の恵みに感謝したことはない。活力をまき散らしながら北東の空に姿を現した太陽は、放射する熱で僕の凍えた血液を温め、胸に新たな希望の火を灯してくれた。だが、その熱は純然たる恵みではなかった。すでに僕は喉の渇きを感じていた。徐々に高度を上げていく太陽の陽射しを全身に浴びるうち、その渇きは耐え難いものに変わっていった。乾いた舌が膨れあがり、口を閉じていられないほどだった。

それは、おそらく日の出から一時間ほどが経過し、激しい渇きに悶え苦しんでいたときのことだ。最初に僕の目が捕らえたのは、ぐるりと取り囲む大海原の南の縁《へり》にたなびく煙だった。雲ひとつない空に浮かぶ薄灰色の煙！　僕は文字どおり目を皿にしてそれを凝視した。徐々に大きくなっていく点は、こちらに近づいてくる蒸気船にちがいない。だが、その煙突を見分けられるまでに、波間に浮かぶ黒い船体を目視できるまでに、気が遠くなるくらい長い時間が経過した気がした。ともあれ、ようやく姿を現した船は、船首をこちらに向けて僕のほうへまっすぐに進んでいた。その光景を見て、張りつめていた緊張の糸が切れたのだろう。頬を涙で濡らしながら、嗚咽のような奇妙な声を発していたことを覚えている。たぶん安堵と感謝の表れだと思う。そのあと僕は激しい不安に襲われた。もしも乗組員に気づいてもらえなかったら、焼けつくような渇きに耐えつづけなければならないとしたら、蒸気船が針路を変更したら――。そこで僕は、船が接近するはるか前から、懸命にバランスを取って格子戸の上に立ち、彼らの注意を惹こうとした。

その船はやたらと速度が遅かった。せいぜい九ノットかそこらしか出ないらしく、僕の近くへ来るのにさらに一時間ほどかかった。しかし、ありがたいことに、船は僕から一マイル以内まで接近していた。僕は格子戸の上に立ちあがり、船に向かって必死に手を振った。すると、その直後に船は針路を変え、僕のほうへゆっくりと動きだした。かつてお目にかかったことがないほど醜い船だったが、そのときの僕にはこのうえなく美しく光り輝いて見えたし、思いやりに満ちた温かい手によって船の上に引き揚げられたときには、泥だらけの硬い甲板に感謝の口づけをしたい気分だった。

半時後、僕は乾いた服を着て、ラム酒入りの熱いコーヒーで人心地ついていた。船長室で船長とふたりきりになると、絶対に口外しないという約束を取りつけたうえで、これまでの経緯をかいつまんで説明した。船長は物分かりのよい、情に厚い男だった。僕がどんな目に遭わされたかを話して聞かせると、僕をペテンにかけた男をこの手でとっちめてやると鼻息荒く宣言した。あたかもそれが――その時点における――人生最大の願いであるかのように。

「だが、落とし前をつけるのはおまえさんだからな」と船長は言った。「なあ、いいか、その悪党を逃がしちゃだめだぞ。絶対に捕まえると約束しろ。それで、正義の鉄槌がくだされたら、新聞を送ってくれ。その男にどんな罰が与えられたか詳しい記事が載ってるやつを――頼んだぞ。俺なら八つ裂きにしてやるところだ。昔はよかったなあ、悪党どもを懲らしめる権利や自由がもっと広く認められていた。その血も涙もない人殺し野郎が、煮えたぎる油のなかに放りこまれるとか、そういうところを俺は見たいね。必ず新聞を送ってくれよ」

僕は笑った。笑うのはいつ以来だろうと思いながら。何年も前のような気がしたが、たかだか数時間前のことだった

「正義の鉄槌をくだす前に、まずは陸に戻らないと、船長。この船はどこへ向かっているんです？」

「ダンディーだよ。ダンディーまでは――そうだな、あと六十ないしは七十マイルといったところだ。もうじき七時だから、着くのは午後の早い時間になるだろう。で、おまえさんはどうする？　一番早い列車でベリックへ帰るのか？」

「まだわからないけど、船長、僕が生きていることをあの男に知られたくないんですよ——いまはまだ。きっと肝を潰すでしょうね——でも、それはあとのことだ。だけど、一刻も早く無事を知らせたい人もいるから——着いたらまっさきに電報を打ちます。とりあえず、少し眠らせてもらえませんか」

僕を拾ってくれた蒸気船は、ロンドンとダンディーを不定期に行き来する貨物船で、寝台や寝具などの設備は、船長の身なりに負けず劣らず粗末なものだが、死と隣り合わせの一夜を過ごした僕には、のびのびとくつろげる豪奢な宮殿のように思えた。船長の寝台に横たわるや否や深い眠りに落ち、午後三時に船長が僕の肩に手を置いたときも、まだうつらうつらしていた。

「テイ湾だ。あと三十分ほどで港に入る。だが、下着姿じゃ陸《おか》には上がれんぞ。それと、おまえさん、財布はどうした?」

船長は状況を正しく理解していた。僕はゆうべ、身体が沈まないように、ランニングシャツとズボン下を除いて全部脱ぎ捨てた。だから財布はそのほかの持ちものと一緒に海の底に沈んだか、あるいは海の上を漂っているだろう。

「おまえさんと俺とで作戦を立てるとしよう。服は俺の一張羅を着ていけばいいし、金が必要なら貸してやる。だが、この先どうするつもりだ?」

「ダンディーにはどのくらい滞在する予定ですか、船長」

「四日間だ。明日、荷揚げをして、あさってとしあさってで新たな荷物を積みこむ。次の日には出航だ」

「着るものと一ポンドを貸してください。勤め先の上司に——さっき話した弁護士に——電報を打ちます。服とお金を持って大至急ここへ来てほしいと。そうすれば、明日の朝一番に彼をあなたに引き合わせて、服とお金を返すことができる」

船長はためらうことなくポケットから金貨を取りだし、ロッカーから真新しいサージのスーツとリネンのシャツを選びだすと、僕に手渡した。

「うん?」ふと疑問が胸にきざしたかのように船長が言った。「その弁護士の先生とやらをここへ連れてくると言ったな。何か目的があってのことなのか」

「僕を救助したときの状況を、あなたから彼に話してほしいんです。それがひとつと――あとでお話ししますが、ほかにも理由があるんです。それと、もうひとつお願いがあります。今度のことは他言無用、乗組員全員に箝口令《かんこうれい》を敷いてください。助けていただいた皆さんには、何がしかのお礼をするつもりです」

船長は呑みこみが早かった。僕が命拾いしたことをサー・ギルバート・カーステアズに悟られまいとする意図を理解し、僕が頼んだとおりにすると約束してくれた。それからしばらくして、僕はダンディーの通りを歩いていた。船長の言うとおり、彼と僕は体格がよく似ていたので、サージのスーツはあつらえたみたいにぴったりだった。初めて訪れた町で、僕は電報局を探しつつ、船長から借りた一ポンド金貨をポケットのなかでもてあそび、もう少し考える必要のある問題について思案をめぐらせた。

母とメイシーに無事を知らせなければならない――一刻も早く。そしてリンゼー弁護士にも。ベリックでどんな騒動が持ちあがっているか想像がついた。あの冷酷非道な悪党は、僕の家をこっそり訪ねて、僕の身に起きた不幸な事故について報告したにちがいない。あの男から作り話と言い訳を聞かされ、嘆き悲しむ母とメイシーを思うと、僕は歯ぎしりするほど腹が立ち、ぬけぬけと嘘をつくあの男の舌を引っこ抜いてやりたかった。しかし、僕が命拾いしたことを彼に知られたくないし、町の人々に知られるのも避けたい。リンゼー弁護士の事務所に電話をかければ、僕の同僚が応対に出て、声で僕だと気づくにちがいない。そうなれば、噂はたちまち広まるだろう。考え抜いたすえに、リンゼー弁護士に次のような内容の電報を送った。僕の意図を正確に理解してくれるよう願いながら。

以下いっさいの他言を禁ず。着がえ一式と現金を用意して、母、メイシーとともに直近のダンディー行き列車に乗られたし。本件について電報局職員への口止めをお忘れなく。　H・M

送る前に何度も読み返した。ひどい駄文のような気もするし、それほど悪くないような気もした。いずれにしろ、言いたいことは通じるはずだ。書いた紙を職員に手渡し、船長から借りた一ポンドで支払いを済ませると、僕は釣銭を手に電報局を出て、通りを見まわした。

おかしな話だが、僕は晴れ晴れとした気分だった。不思議と心が浮きたって、自然と笑みがこぼれた。実のところ僕は——そのときの心境をあえて分析するなら——知り合いと連絡が取れたことに心の底から安堵していた。あと一時間以内に、ひょっとするともっと早く、彼らのもとへ知らせが届くだろう。そうしたら、取るものも取りあえず駆けつけてくれることを僕はよく知っていた。いつの間にかノース・ブリティッシュ鉄道駅の近くまで来ていたので、列車の到着時刻を確かめて行くことにした。電報が事務所に届いたとき、リンゼー弁護士が在席していて、迅速に行動してくれたら、一行は今夜遅くの列車でダンディーに到着するはずだ。そうとわかって、僕の心がさらに明るくなったのは言うまでもないが、僕が上機嫌で悦に入っていた理由はもうひとつあった。サー・ギルバート・カーステアズにしっぺ返しを食わせる瞬間が刻々と近づいていた。もはや謎は謎ではなくなったのだ。

僕はいったん船に戻ると、まるで実の兄のように僕の計画の首尾を気にかけてくれる船長に、町で何をしてきたかを報告した。それが済むと、再び彼と別れて市内見物に出かけた。午前中たっぷり寝たので疲れも取れ、清々しい気分だった。ダンディーの町中を当てもなく歩きまわり、足がくたびれたので時計を見ると、間もなく夕方の六時になるところだった。そのときバンク通りにいた僕は、軽く食事ができる場所はないかとあたりを見まわした。そこは会社の事務所が軒を連ねる一画で、どのドアにも似たような真鍮のプレートが掲げられていた。そのうちの一枚に刻まれた名前が、偶然、僕の目に飛びこんできた。ギャビン・スミートン。その名前にぴんと来た僕は、後先を考えずにギャビン・スミートン氏の事務所へ至る長い階段を駆けあがった。

第二十一章　ギャビン・スミートン氏

僕が最上階にある部屋に足を踏み入れると、三十前後の男が机の上で大量の手紙をまとめているところだった。脇に立つ若者がこれから投函に行くようだ。整った顔だちの男は、目つきが鋭く、やり手のビジネスマンといった風情。値の張りそうなスーツに身を包み、表情は自信にあふれている。すなわち、人目につく人物だった。初対面の印象は強烈だった。僕がドアをノックしてオフィスに入っていくと、彼はちらりと視線を上げたものの、目の前の仕事が片づくまで、その場に突っ立ったままの僕に注意を払うことはなかった。すべての手紙を若者に渡し、大至急投函してくるようにと命じたあと、ようやく僕に再び鋭い眼差しを向けると、詰問口調で言った。

「何か？」

「ギャビン・スミートンさんはいらっしゃいますか」

「わたしですが、ご用件は？」

そう問われるまで、長い階段を昇ってきた目的を考えていなかった。本音を言えば、衝動的に足が向いただけだった。だからいま、愛想のかけらもない事務的な態度の男を前にして、僕は気まずさに舌がもつれて言葉が出てこなかった。その様子を男は訝しげに見ていたが、僕がなかなか答えられずにいると、いらだたしげに椅子の上で尻を動かした。

「本日の業務は終了したので、仕事《ビジネス》の話でしたら――」

「通常の仕事《ビジネス》ではないのですが、スミートンさん」そう言って僕は、出口へ足を向けた。「だけど、厄介な問題《ビジネス》ではあります。実は――何日か前にベリック警察から、ジョン・フィリップスという名の男を照会する電報が届いたのを覚えていますか」

スミートンはにわかに興味を示し、口もとに笑みを浮かべて僕を見た。

「きみは警察官じゃないだろう？」

「ええ、違います――僕は弁護士事務所の事務員です。ベリックから来ました。上司であるリンゼー弁護士がこの事件に関わっているもので」

スミートンは新聞の束をあごで示した。デスクの近く、サイドテーブルの上に積みあげられ、てっぺんに分厚い本が一冊乗っている。

「このとおり、新聞は読んでいるよ。フィリップスとクローン、どちらの事件の記事にも残らず目を通している。フィリップスなる男が、わたしの名前と住所を携帯していたと聞いてからずっと。捜査に進展があったのかい？　言うまでもなく、その男の所持品からわたしの名前や住所が見つかったことに深い意味はない。ほかの誰かから見つかったとしても同じことだ。見てのとおり、わたしは様々な舶来品を扱う代理商を営んでいる。さしずめその男もわたしに何かを売りこもうと考えていたのだろう。とりわけ、アメリカ帰りなら、その可能性は高い」

「あの事件に新たな進展はありません、スミートンさん」と答える僕に、彼はデスクの横の椅子を身ぶりで示した。僕らはたがいを観察し合っていた。「捜査は膠着状態にあります」

「では――手がかりを求めて、わざわざここへ？」

「いいえ、違います。たまたまこの通りを歩いているとき、ドアにあなたの名前があるのを見て、そしたら、自然と足がここへ向いてしまったんです」

「ほう」彼は拍子抜けした顔で僕を見た。「ダンディーには——休暇か何かで？」

「僕がダンディーに来た方法は二度と経験したくない。ある男性がこのスーツとお金を貸してくれなかったら、僕は下着姿で一ペニーも持たずに、陸に上がることになったでしょう」

彼は狐につままれたような間の抜けた顔で僕を見ていた。そして、唐突に笑った。

「これは謎かけか何かかい？　まるで物語の——冒険物語の一部を抜きだしたようだね」

「ええ、たしかに。だけど、僕が経験したことは、事実は小説よりも奇なりという言葉を地で行くものだった。あなたは、一連のベリックの怪事件に関する記事をすべて読んでいるのですね？」

「ひと言漏らさず読んでいるよ——新聞に書かれていることは」

「では、最新のニュースをお聞かせしましょう。僕の名前に聞き覚えがあるかもしれません。ヒュー・マネーローズ、フィリップスの死体の第一発見者です」

徐々に関心を示していた彼は、僕の名前を聞いて、ぐいと身を乗りだした。そして藪から棒に煙草の箱を引き寄せると、一本抜きだしてから、その箱を僕のほうへ押しやった。

「よければどうぞ、マネーローズ君。それで、先を続けてくれたまえ。そういうことなら腰を落ちつけて聞かせてもらおう」

僕は首を横に振って煙草を断り、クローンが殺害されたあとの出来事を、細大漏らさず話して聞かせた。スミートンは聞き上手だった。静かに紫煙をくゆらせながら、いっさい口をはさむことなく、細部にわたって正確に理解してくれた。そして僕が話しおえると、物思わしげな面持ちで大きくひとつうなずいた。

「たしかに、どんな小説にも負けない冒険譚だ。とりあえず無事でよかった。きみの母上や恋人もさぞかし喜ぶだろう」

「ええ、それはもう。お気遣い感謝します、スミートンさん」

「その男はほんとうにきみを溺れさせようとしたのかい？」

「あなたはどう思いますか、スミートンさん」僕は問い返した。「事故だとしたら――遠ざかっていくヨットの上に立つ彼の顔を、僕は見ていないでしょう。あの男は人殺しですよ」

「実に奇妙で、不可解な事件だ」スミートンは小さくうなずきながら言った。「そうすると、フィリップスとクローン殺しも、当然、その男の仕業だと考えているんだね」

「ええ、そう思います。そうとしか考えられませんよね。彼が僕の口を封じようとしたのは、あの夜、交差点で彼を見かけたことを口外する恐れがあるうえに、クローンも彼を目撃していたことを証言し得る、唯一の人間だからだ。僕の印象ではおそらく、クローンは僕と話したあと、その足で彼のもとへ向かい――そして、しっぺ返しを食らった」

「ありそうな話だ」スミートンは同意した。「しかし、彼が突然心変わりした理由に心当たりはあるのかい？　昨日になって急に殺そうとするなんて。彼の狙いどおりに進んでいたように見えるが。きみを管財人に抜擢したのは、当然、口止めのためだろう？」

「それはですね、リンゼー弁護士が悪いんですよ。裁判所で余計なことを言うから。その場に居合わせたカーステアズを――治安判事の席に座っていたんです――怖気づかせてしまった。たぶん、あのピッケルのせいだ。リンゼーさんはとっておきの切り札を持っているらしいんです、そのピッケルに関して——それが何かはわからないけど。でも、いまなら確信を持って言える。昨日の朝の裁判で、にわかに不安に駆られたカーステアズは、僕を始末しようと考えたにちがいない。リンゼー弁護士に説得されて、彼に不利な証言をする前に」

「たぶん、きみの言うとおりなのだろう。それにしても、まったく奇妙な事件だ。しかも、まだすべてが明らかになったわけじゃない。さらに驚くべき事実が隠されているのかも。そのリンゼー弁護士にお目にかかりたいものだ。彼がこの町へ来るのはたしかなのか？」

「必ず来ます。ここと ツィードのあいだで大地震でも起きないかぎり。あと数時間もすれば、リンゼーさんはこの町に到着して、きっとあなたに会いたがるでしょう、スミートンさん。ところで、殺されたフィリップスが、あなたの名前を記した紙切れを所持していた経緯なり理由なりに、いまも心当たりはないんですよね？　ちょうど、そんな感じの紙に」僕は彼の机の上、ケースに入った用紙の束を示した。「いや、まさにそれですよ」

「覚えはないな。しかし——べつに珍しいことじゃないんだ。うちの取引先の誰かが渡したのかもしれない——わたしが送った書類から破りとって。あちこちの港や市場に取引相手がいるからね。ことアメリカの両方に」

「そう言えば、フィリップスとギルバースウェイトは、中央アメリカ帰りのようです。ここ数年、新聞でさかんに取りあげられている、あのパナマ運河関係の仕事をしていたらしい。その手の記事を読むことはありますか、スミートンさん」

「ああ。興味を持って読んでいるよ。何を隠そう、わたし自身、そっちの出だからね。生まれは向こうなんだ」

まるで世間話でもするように彼は言った。僕はにわかに耳をそばだてた。

「詳しく聞かせてください。どこですか、場所は？」

「ニューオリンズだよ――中米ではないけど、そのすぐ近くだ。でも、十歳のときこっちへ移住させられてね。ちゃんとした教育を受けて、身を立てるために。それ以来、ずっとこっちなんだ」

「だけど――あなたはスコットランド人ですよね？」僕は単刀直入にたずねた。

「ああ、両親ともにね。わたしが生まれたのはスコットランドじゃないが」スミートンは笑いながら言うと、椅子から立ちあがった。「聞けば聞くほど、実に興味深い話だ。とはいえ、わたしには家庭があるし、妻が夕食のしたくをして待っている。どうだろう、明日の朝、リンゼー弁護士を連れてきてもらえないか――もし彼がこっちへ来るなら」

「彼は来ますよ。僕が連れてきます。彼もあなたに会いたがるはずです。ひょっとすると、スミートンさん、例のあなたの書類の切れ端から何かわかるかもしれない」

「だといいが。わたしで役に立てることがあるなら、協力は惜しまないつもりだ。いずれにしろ、すべての謎を解き明かすには、まだ当分、曲がりくねった暗い道を進むことになりそうだね」

僕らは一緒に通りへ出た。今夜のうちに自分にできることはないか、と彼がたずね、お気持ちだけで結構です、と僕は答えた。明日の早い時刻に僕とリンゼー弁護士が彼のオフィスを訪ねる約束をして、僕らは別れた。彼が立ち去ったあと、僕は適当な店に入って腹を満たし、南からの列車が到着する時刻まで当てもなく町を歩きまわった。そして、列車がホームに滑りこんできたとき、僕はプラットフォームに立っていた。母とメイシーとリンゼー弁護士が列車から降りたった。僕を見た三人が、驚きのあまり言葉を失っているのがひと目でわかった。まっさきに母が僕の腕をつかんだ。

「ヒュー！　こんなところで何をしているの？　いったいこれはなんのまね？　さんざんみんなを心配させて、ちゃんと説明してちょうだい」

予想外の母の言葉に、僕は虚をつかれた。カーステアズは僕の家を訪ねて、息子さんは事故で海に転落しましたと嘘の報告をしたものと確信していたのに！　僕は三人の顔を順番に見つめることしかできなかった。訝しげな面持ちのメイシー。母と同様、探るような目つきで僕を見るリンゼー弁護士。

「母上の言うとおりだ」と彼は言った。「どういうことかね、ヒュー。われわれはきみの指示に従ってここへ来た——しかし——理由を聞かせてもらおうか」

僕はようやく口がきけるようになった。

「まさか、そんな！　サー・ギルバート・カーステアズに会っていないのですか？　てっきり彼から聞いていると——」

「サー・ギルバート・カーステアズについては何も知らない」リンゼー弁護士がさえぎった。「いいかね、ヒュー、今日の午後きみの電報が届くまで、きみと彼の消息を知る者はいなかった。昨日、ヨットで海に出たあと、きみたちは行方知れずになっていたんだよ。サー・ギルバートも彼のヨットもベリックに戻っていない。彼はいまどこにいるんだね？」

第二十二章　自分の死亡記事を読む

　僕は呆然として、再び三人の顔を順繰りに見つめた。すぐには言葉が見つからなかった。つねに鋭い観察眼を光らせている母が口をはさんだ。

「その新しいスーツはどうしたの？　昨日のお昼に出かけたとき着ていた一張羅は？　例の管財人の仕事が原因じゃないのかい、こんなおかしなまねをしたのは」

「僕の一張羅は、いまごろ北海のどこかだよ、母さん」僕は皮肉っぽく言った。「海面を漂っているか、海の底に沈んでいるかはわからないけど。僕よりそっちが心配なら探しに行くといい。では、カーステアズは訪ねてこなかったのですね？」僕はリンゼー弁護士に視線を移してたずねた。「それじゃあ、僕にも見当がつきません、彼と彼のヨットがいまどこにいるのか。僕が知っているのは、ゆうべ彼が、陸地から二十マイル以上離れた沖合で、海に落ちた僕を残してヨットで走り去ったことだけです。僕がこうして生きていられるのは、神の御加護以外の何ものでもない。いまどこにいるにせよ、あの男は人殺しだ。僕はそう確信しています、リンゼーさん」

　この話を聞いた女性陣が、驚きの声を上げて身震いし、矢継ぎ早に質問を始めると、リンゼー弁護士はいらだたしげに首を横に振った。

「ひと晩じゅう、駅で立ち話をするつもりかね。さあ、ホテルへ行こう。ヒュー、みんな、まだ夕食にありついていないんだ。きみは元気そうだな、そんなひどい目に遭ったにしては」

「このとおり、ぴんぴんしていますよ、リンゼーさん」僕は明るく答えた。「危うく命を落としかけましたが、善きサマリア人に救われました（『新約聖書』所収「ルカによる福音書」――善きサマリア人のたとえ」に拠る）。それはそうと、清潔で居心地のよさそうなホテルを予約してあります、すぐに行きましょう」

散策中に見つけたホテルへ案内し、彼らが食事をするあいだ、僕は隣に座って、九死に一生を得た冒険譚を詳しく語って聞かせた。母とメイシーが発する驚嘆の声を随所にはさみながら。しかし、黙って耳を傾けていたリンゼー弁護士が最も興味を示したのは、僕がギャビン・スミートンに会ったことだった。

「だけど、無事に陸へ戻ってきたとき、どうしてまっすぐ家に帰ってこなかったんだい？」そうすれば余計な出費をせずに済んだのに、と母は思っているのだ。「どういう了見であたしたちをこんな遠くまで呼びつけたりしたの？怪我もなく元気でいるっていうのに」

僕はリンゼー弁護士をちらりと見た――たぶん、心得顔で。

「それはね、母さん」僕は母に視線を戻して言った。「カーステアズはヨットでベリックへ戻って、僕が不慮の事故で海に転落し、溺死したとみんなに報告したにちがいないと思っていたからさ。それなら、彼には僕が死んだと思わせておこう、そう考えて、僕はベリックへ帰らないことにした。もし彼が生きているなら、僕は溺死したと思わせておくのが最善の策だ――リンゼー弁護士なら理解してくれると思う。カーステアズが生きているとしたら、僕が取るべき行動は、彼やうちの近所の人々の視界から消えることなんだ」

「たしかに！」呑みこみの早いリンゼー弁護士が言った。「その考えには一理あるな、ヒュー」

「あら、あたしには何がなんだかさっぱり」母が言った。「もとをたどれば、あたしがあのギルバースウェイトに部屋を貸したのが悪かったのよ。だけど、あたしとメイシーは先に休ませてもらいますからね。リンゼーさんとおまえはもっと知恵が働くだろうから、この恐ろしい事件を早いとこ解決して、あたしたち善良な市民が枕を高くして寝られるようにしてほしいものだわ。こんな遠くへ呼びだされて、大枚をはたかされるのはもうたくさん」

母とメイシーが部屋へ行く前、ほんの短いあいだだが、僕はメイシーとふたりで話をすることができた。誰も本気で僕の身を案じておらず、騒ぎにもなっていないことをそこで改めて知らされた。ゆうべ僕が帰宅しなくても、サー・ギルバートのことだからヨットでべつの場所へ向かったのだろう、そのうち戻ってくるはずだ、と誰も深刻に受けとめなかった。当然、大がかりな捜索も行われていない。そこへ僕からの電報が届いたものだから、びっくり仰天、取るものも取りあえず北へ向かう列車に飛び乗ったという。とはいえ、リンゼー弁護士はダンディーへ発つ前に、カーステアズも彼のヨットもベリックの港に戻っていないことを抜かりなく確認していた。僕とリンゼー弁護士がまっさきに注目したのはその点だった。すでに女性陣はベッドに入ったあとだったので、パイプと少量のウィスキーを手にしたリンゼー弁護士と一緒に喫煙室へ向かった。

僕は彼に洗いざらい告白した。交差点で目撃したこと、クローンの店で交わした会話、ハザークルー館にサー・ギルバート・カーステアズを訪ね、管財人として雇いたいと言われたこと。話を聞きおえたリンゼー弁護士が、僕を静かに諭し、最初にわたしに相談していれば、状況は大きく変わっていたかもしれない、と言うにとどめたことに、僕は心の底から安堵した。

「だが、ようやくわれわれはスタートラインに立ったわけだ」リンゼー弁護士は言った。「サー・ギルバート・カーステアズは二件の殺人事件に関与している――いまならそう断言できる。だが、どのように関与しているかは謎のままだ。ただ、昨日の朝の法廷で、わたしがピッケルを提示して医者に質問をしたとき、彼が怖気づいたことは間違いない」

「僕もそうと思います。あのピッケルがなぜ彼をおびえさせたのか、ずっと考えていました。あなたはもちろんご存じなんですよね？」

「ああ。だけど、教えられないんだ。捜査の進展を待たねばならない。さあ、今夜はもうベッドに入って、明日の朝一番でギャビン・スミートン氏に会いに行こう。なんとも奇妙な話じゃないか、彼から謎を解く鍵を得られたとしたら。いずれにしろ、彼が大西洋の反対側で生まれたというのは実に興味深い。というのも、この謎めいた一連の事件の根っこは、向こうにあるとわたしは考えているんだ」

彼らは僕の着がえ一式と金を持ってきてくれた。そこで僕は翌朝一番で埠頭へ向かい、僕の善きサマリア人である船長に、借りていた金と青いサージのスーツを返却した。ありったけの感謝の言葉を伝えるとともに、彼がしかつめらしく事件《ザ・ケース》と呼ぶこの騒動の顚末を、余すところなく手紙で報告することを約束した。それからホテルに戻ってみんなと一緒に朝食をとると、さっそく今後の問題が浮上した。母は一刻も早く家に帰りたがっていたので、結局、母とメイシーは直近の列車に乗ることにした。旅立つ前にリンゼー弁護士は、ふたりに厳粛に誓いを立てさせた。僕が生きていることを含めて今回の一件について、いっさい他言しないこと。当然ながら、信頼に値するメイシーの父親、アンドリュー・ダンロップを除いて。僕の母は承知したものの、そうしたやり方を好まないし、妥当だとも思っていなかった。

「こんな厄介事を背負わされるなんて、女には耐え難いことですわ、リンゼーさん」列車に乗りこむ間際に母が言った。「家に帰ったら、息子の生死がわからないふりをしろだなんて。演技なんて得意じゃないし、真実とは異なる話をいくらもっともらしく語ったところで、信憑性や真実味があるとは思えません。もっとも、すべての謎を解き明かして、息子が仕事に専念できるようにしてくださったら、先生には格別に感謝しなくちゃなりませんけど。本人とは関係のない問題でうちの息子が振りまわされるのはもうたくさん」

列車が発車すると、僕とリンゼー弁護士は顔を見合わせて、やれやれと頭を横に振った。メイシーは窓辺で手を振り、母は不機嫌な顔で身じろぎもせずに座席の隅に座っていた。

「ヒュー、聞いたかね、きみとは関係のない問題だとさ」そう言ってリンゼー弁護士は笑った。「まあ、しかし、きみの母上は失念しているようだね。この手の事件では、大勢の人間が、自分とは関係のない場所へ引きずりこまれるものだってことを。渦を巻く潮の流れの端っこにいるようなものさ。知らぬ間に巻きこまれているんだ。さて、それじゃあスミートン氏に会いに行くとしよう。その前に、この駅の電報局はどこだい？　マレー署長に電報を打って、ヨットに関する情報が入ったら知らせるように頼んでおこう」

リンゼー弁護士が電報を打つあいだに、僕は〈ダンディー・アドバータイザー〉紙の朝刊を買った。熱心な新聞愛読者ではないので、ニュースを求めてというよりも、ちょっとしたひまつぶしのつもりだった。ページをめくったとたん、自分の名前が目に飛びこんできた。僕はそこに突っ立ったまま、人々が忙しなく行き交う駅のまんなかで、自分の死亡記事を読む衝撃を味わっていた。

昨夜遅く、ベリック・オン・ツィードの本紙通信員から届いた電文によると、ハザークルー館の準男爵サー・ギルバート・カーステアズとヒュー・マネーローズ氏が、海で遭難した恐れがあるとして、町には両氏の安否に関する深刻な懸念が広がっている。一昨日の正午、サー・ギルバートはマネーローズ氏を伴って、サー・ギルバートが所有するヨット（軽量の小型船）で帆走に出かけ、出帆時に近くにいた漁師の証言によると、数時間で戻ってくる予定だった。ところが、ヨットは夜になっても戻らず、出航後の消息は杳として知れない。昨日は朝から、ベリックの漁船が総出で広範囲にわたる捜索を行ったが、両氏の発見につながる手がかりは得られなかった。昨夜九時の時点で、ハザークルー館のサー・ギルバートからの連絡、並びに目撃情報はなく、昨日午後、マネーローズ氏の母親が急きょ町を出た――息子についてなんらかの知らせを受けた可能性がある――という事実に、一縷の望みを託すばかりである。しかしながら、突風に煽られてヨットが転覆し、ふたりは命を落としたのではないかという見方が広がっている。サー・ギルバート・カーステアズ（第七代準男爵）は、ごく最近、この地に移り住み、爵位と資産を引き継いだ。マネーローズ氏は、ベリックに事務所を構えるリンゼー弁護士の主任事務員。才気煥発な、将来を嘱望される若者であり、昨今、ジョン・フィリップス及びアベル・クローン殺害事件の証人として注目を集めている。

僕はその新聞を、電報局から出てきたリンゼー弁護士の手に押しつけた。彼は無言で記事を読み、読み進むにつれて顔に笑みが広がった。

「なるほど。自分の町で何が起きているか知りたきゃ、町を出ろってことか。まあ、しばらくは紙面を賑わすことになりそうだな。マレー署長に電報を打ってきたよ。とりあえず、夜までこっちにいるから、ヨットやカーステアズに関する情報が入ったら、至急知らせるよう頼んでおいた。それでは、スミートン氏に会いに行くとしよう」

僕らが事務所へ入っていくと、来訪を心待ちにしていたスミートン氏は、ちょうど〈アドバータイザー〉紙の記事を読んでいた。死ぬ前に死亡記事を書かれるのは大物だけだよ、と冗談めかせて言ったあと、早くも値踏みにかかっていたリンゼー弁護士に向き直った。

「ゆうべ、マネーローズ君と会ってからずっと考えていました。とりわけ、これまで思いをはせることのなかった問題について。ひょっとすると、わたしの名前と住所を所持していたジョン・フィリップスという男には、表面上はわからない何かがあるのかもしれません」

「ほう?」リンゼー弁護士の口調は冷静だった。「それはどういうことでしょう」

「いや、あるとかぎったわけではないのです。単なる偶然かもしれない。実を言うと、わたしの父はツィードサイドの、しかもベリックからさほど離れていない場所の出身なのです」

第二十三章　家族の歴史

僕はリンゼー弁護士を注意深く観察していた。彼がギャビン・スミートン氏にどんな印象を受け、どんな評価をくだしたのかを知りたかった。思わぬ告白に耳をそばだてたところを見ると、相手に興味を持ったのは間違いない。

「ほう。お父さまはベリック近辺のご出身だったと？　正確な場所はわからないのですか、スミートンさん」

「ええ、残念ながら」スミートンは即答した。「実を言うと、奇異に思われるかもしれませんが、わたしが父について知っていることはほんのわずかで、その大部分が人づてに聞いた話なのです。面影もまったく記憶にないし、しかも——さらに驚かれるでしょうが——生死すらわからない始末で」

謎が謎を呼ぶとは、まさしくこのことだった。最近、この手の展開に慣れているリンゼー弁護士と僕は、ちらりと視線を交わした。スミートンは僕らの顔を交互に見たあと、不意に口もとをゆるめて言葉を継いだ。

「ひと晩じゅう考えて、ふと思ったのです——わたしの名前と住所を所持していたジョン・フィリップスという男は、父に代わってわたしに会いに来たのかもしれない、あるいは——夢物語みたいな陳腐な話だし、その男の身に起きたことを考えれば、喜ばしいことではないが——ひょっとして、彼はわたしの父親なのではないか、と」

　しばしの沈黙が訪れた。目の前に新たな景色が広がり、それは暗い影にすっぽりと覆われていた。僕は状況を整理しようとした。チザム巡査部長がピーブルズの英国リンネル銀行から得た情報によると、ジョン・フィリップスはたしかにパナマからやってきた。今回の旅の目的地がツィードサイドであったことも間違いない。そしてもうひとつ、事件は大々的に報道されたにもかかわらず、フィリップスの知人や親族がひとりも名乗り出ていないことも事実である。例えば、ギルバースウェイトが死んだときは、すぐに妹が現れた——遺産目当てで。フィリップスの名はギルバースウェイトと同様に新聞で何度も取りあげられたし、相当の額の金がピーブルズの銀行で近親者の登場を待っている。だが、問い合わせは一件もない。彼はいったい何者なのだろう。

　リンゼー弁護士は明らかに考えこんでいた。あるいは、推理に没頭していたと言うべきか。そして僕と同じ地点——ひとつの疑問——に行きついたようだ。その疑問とは、もちろん、スミートンが先ほど口にしたものだ。フィリップスはスミートンの父親なのだろうか。

「お父さまについて知っていることを話してくれたら、あなたの疑問に少しは答えられるかもしれません、スミートンさん」リンゼー弁護士が言った。「それと、あなた自身のことも」

「喜んでお話ししますよ。正直に言うと、わたしは今回の一件を重く受けとめていなかった。わたしの名前や住所を殺された男が所持していたと聞かされても、マネーローズ君が昨夜訪ねてくるまでは、所詮、他人事だと思っていた。彼から事情を聞いたあと、ようやく真剣に考えはじめて、この事件には表に現れていない部分がたくさんあるのではないかと思うようになりました」

「その点は間違いありません」リンゼー弁護士は平然と応じた。「たくさんあるのです」

「それで、わたしの父についてですが」スミートンは話を続けた。「わかっているのは、これからお話しすることが全部で、しかも、人づてに聞いた話ばかりです。父の名前は――少なくとも、わたしが教えられた名前は――マーティン・スミートン。生まれはベリックの近辺で、ツィード川沿いのイングランド側かスコットランド側かはわかりません。父は若くして妻とともにアメリカへ渡り、ニューオリンズに居を構えて、そこでわたしが生まれた。お産のときに母が死んだので、わたしは母の顔を知りません」

「母上の結婚前の名字をご存じですか」

「知っているのはメアリーという洗礼名だけです」スミートンが答えた。「というわけで、ほんとうに何も知らないんですよ――謙遜でもなんでもなく。母が死んだあと、父はニューオリンズを離れて、あちこち渡り歩く生活を始めたそうです。生涯、根無し草の生活を送ったにちがいないと思っていました。一ヵ所にとどまることのできない人間だったのだ、と。しかし、父は僕を連れていかなかった。父には、ニューオリンズで出会ったスコットランド人の夫婦がいて――ワトソンという名前の一家です――わたしは彼らに預けられて、十歳までニューオリンズで暮らした。養育費として父はかなりの額を払っていたにちがいありません。わたしの口座にはつねに金が入っていましたから。やがて、わたしはワトソン夫妻を父母として見るようになった。ほかに知り合いもいないし、当然ですよね。わたしが十歳のとき、一家はスコットランドへ戻りました――わたしも一緒に、ここ、ダンディーへ。当時、父から届いた手紙が残っています。一通か、二通。内容はわたしの将来について指示するものでした。わたしは自分の望みと能力に見合った最高の教育を受けられることになっていた。詳しいことは当時も今もわからないが、父がわたしのためにワトソン夫妻に多額の金を預けていたのは間違いない。わたしたちはダンディーに移り住み、わたしはハイスクールへ入学し、十八歳で卒業、その後二年間ユニバーシティ・カレッジに通った。いまにして思えば妙な話ですが、その間、父は定期的に多額の金をワトソン夫妻に送っていたのに、わたしの将来について希望なり忠告なりを伝えてくることは一度もなかった。それはともかく、わたしは商売をしたかったので、カレッジを卒業したあと、この町のとある事務所に就職し、対外貿易のノウハウを学んだ。すると、二十一歳の誕生日に父から大金が送られてきました。二千ポンド。起業資金として使うように、と。その先はご存じのとおりです、リンゼーさん。十年前のその日を最後に、父からの連絡は途絶えました」

リンゼー弁護士は注意深く聞き入っていた。仕事柄つねに集中して話を聞く人だが、これほど熱心に耳を傾ける姿を見るのは初めてだった。そしていつものように、さっそく質問を始めた。

「ワトソン夫妻は、いまもご健在ですか」

「いいえ、ふたりとも亡くなりました、数年前に」

「それは残念だ。しかし、ご夫妻が記憶をもとに、あなたのお父さまについて語ったことを覚えているのでは？」

「父の話をすることはめったにありませんでした。実を言うと、彼らもよく知らなかったのです。背が高くて、見栄えがよくて、上流階級の出身で、高い教育を受けている——せいぜいその程度で、母についていて知っていることはさらに少なかった」

「お父さまからの手紙が残っているんですよね？」

「短い走り書きが数枚あるだけです。父は用件だけを、それも、できるだけ簡潔に書く人でした」スミートンは笑いながら付け加えた。「実物を見たら唖然としますよ。いま言ったとおり、父は大金を送ってきたとき、わたしに短い手紙を書いてよこしました――一字一句間違えずに諳《そら》んじられます。『ワトソンに二千ポンド送金した。その金で商売を始めるといい。おまえはそっちの方面が得意だと聞いている。いつか仕事ぶりを見に行くとしよう』。それだけです」

「そして、その手紙を最後に連絡も消息も途絶えたのですね?」リンゼー弁護士が言った。「なんとも不可思議な話だ。ところで、当時、お父さまはどこに住んでいたのです? 金はどこから送られてきたのでしょう」

「ニューヨークです。それ以外の手紙は、北アメリカから届いたものもあれば、南アメリカから届いたものもある。父は一ヵ所に長くとどまらず、つねに転々としているようでした」

「その手紙を見せていただけないでしょうか。とくに最後の一通を」

「自宅にあるので、今日の午後、持ってきましょう。もう一度来ていただければ、お見せします。それはそうと――そのフィリップスという男が、わたしの父親の可能性はあると思いますか」

「ふむ」思案顔でリンゼー弁護士が言った。「フィリップスが何者であれ、ピーブルズの英国リンネル銀行で五百ポンドを引きだし、その大金を持ってツィードサイドへ――あなたのお父さまの出生地へ――やってきたのは、奇妙なめぐり合わせではある。フィリップスはその金で何かをするつもりだったのか、あるいは誰かに渡すつもりだったのか」

「フィリップスの人相風体は新聞で読みました。むろん、読んだところで、何も感じるところはありませんでしたが」

「お父さまの写真は?」

「いいえ、ありません、一枚も。証明書のたぐいも残っていないんです、あるのはその手紙だけで」

リンゼー弁護士は口をつぐみ、しばし考えこんだ。ステッキで床をコツコツ叩き、絨毯を見つめている。

「あのギルバースウェイトという男が、ベリックとその周辺へ何をしに来たかわかるといいんだが」

「しかし、それは明らかになっているのでは？」スミートンが疑問を唱えた。「彼は教区簿冊を調べに来たのでしょう。かく言うわたしも、その近辺の簿冊を調べてみたいと思っています、父に関する記録が残っているかもしれない」

リンゼー弁護士は彼に鋭い一瞥をくれた。

「ほう」その言い方には意味ありげな響きがあった。「ですが、お父さまの本名はスミートンとはかぎりませんよ」

スミートンと僕ははっとして顔を上げた。その可能性は考えてもみなかった。スミートンは強烈なパンチを食らったような顔をしていた。

「たしかに」ひと呼吸置いて、スミートンが言った。「違う名前かもしれない。だとしたら、どうやってほんとうの名前を突きとめたらいいのでしょう」

リンゼー弁護士は立ちあがって頭を横に振った。

「大仕事だ。非常に厄介な、骨の折れる仕事になるでしょう。遠い過去まで遡って調べなければならない。しかし、不可能ではない。ところで、今日の午後は何時にうかがえばよろしいですか、スミートンさん、手紙を見せてくださるとのことですが」

「三時にお待ちしております」スミートンは事務所のドアまで僕らを見送りに出てきた。そして別れ際に笑顔で僕に言った。「きみは元気そうだね、命がけの冒険から生還したばかりとは思えない。それで、問題のカーステアズという男は——消息はつかめたのかい？」

「のちほど何かお話しできるかもしれません」答えたのはリンゼー弁護士だった。「情報はあちこちから入っているんですがね、まだ精査できていないものですから」

事務所を出たあと、リンゼー弁護士の希望で、親切な船長に会うべく港へ向かった。船長は僕の救出劇を嬉々として語ってくれた。船で船長の話を聞きながら午前中の残りの時間を過ごし、昼食をとるためにホテルに戻ったころには正午を大幅に過ぎていた。まっさきにフロントで確認すると、リンゼー弁護士宛ての電報が一通届いていた。彼はその場で封を切り、僕は断りもせずに肩越しにのぞきこんだ。

ラーゴ警察から届いた電文によると、カーステアズのものと特徴の一致する小型船がラーゴ湾に漂着しているのを今朝早く漁師が発見した。船はもぬけのからだった。

僕らは顔を見合わせた。そして、藪から棒にリンゼー弁護士が笑いはじめた。

「もぬけのからか。思ったとおりだ。だからと言って、あの男が死んだことにはならないが」

第二十四章　ひとそろいのスーツ

昼食を半分ほど食べおえるまで、リンゼー弁護士はそれ以上何も語らなかった。ようやく口を開いたとき、話しかけた相手は僕ではなく、近くにいたウェイターだった。

「三点ほど用意してもらいたいものがある。われわれの勘定書と、鉄道の時刻表と、スコットランドの地図だ。まずは地図を頼む」

ウェイターが立ち去ると、リンゼー弁護士は身を乗りだして言った。

「ヨットが発見されたラーゴは、ここから南へ下ったファイフ（スコットランド東部の旧州）の港町だ。そこへ行ってみよう。この目でヨットを確認したいし、発見した漁師から直接話を聞いてみたい。さっき言ったとおり、無人のヨットが発見されたという事実だけで、カーステアズが溺死したことにはならないからな。ここの精算が済んだら、スミートンを訪ねて手紙を見せてもらう。それから列車でラーゴへ行って、少しばかり聞きこみをするつもりだ」

僕らが訪ねていくと、スミートン氏は手紙をデスクの上に広げた。リンゼー弁護士はそれらに目を通した。半ダースにも満たない数の手紙は、彼の言葉どおり紙切れ同然で、半分に切った紙に数行の文字が並んでいるだけだった。リンゼー弁護士が並々ならぬ興味を示したのは最後の一通――今朝、スミートンの話に出てきた手紙だった。彼は手紙に顔を近づけて、しばし無言で見入っていた。

「これを一日か二日、貸していただけませんか」ようやく顔を上げると、スミートンに言った。「取り扱いには細心の注意を払います。わたしが責任を持って保管し、返却の際は書留で送ります。というのも、スミートンさん、ある文書と文字を比べてみたいんですよ」

「構いませんよ」スミートンは手紙を差しだした。「お役に立てるなら、なんでもするつもりです。お察しのとおり、リンゼーさん、もはや自分がこの事件に無関係だとは思えない。経過を知らせていただけますか」

「では、さっそくお知らせしましょう」リンゼー弁護士は電報を取りだした。「ご覧のとおり、また謎が増えました。というわけで、マネーローズとわたしはこれからラーゴへ出向いて、そのままベリックへ戻ります。そうこうするうちに、サー・ギルバート・カーステアズの行方もわかるでしょう」

時を移さず、スミートンの事務所を辞去した。僕らは経過を随時報告することを約束し、彼は必要があればベリックへ行くと約束した。そして、ただちに次の目的地へ向かった。ラーゴへの道のりは遠く、現地にたどりついてベリックに電報を打った警察官を探しだしたときには、すでに陽もとっぷり暮れていた。改めて事情を訊いたが得るべきものはなかった。発見されたヨットはロウワー・ラーゴの港に係留されているという。漂流していたヨットを港まで運んだアンドリュー・ロバートソンという漁師のもとへ、その警察官が案内してくれた。目当ての漁師は港近くの小さな居酒屋にいた。むっつりとした陰気な男で、口を開くのも億劫そうだった。警察官が同伴していなかったら、まともに話すらできなかったかもしれない。もっとも、リンゼー弁護士が謝礼の用意があることをほのめかすと、にわかに男の口が軽くなったのだが。

「ヨットを発見したのはいつのことだね？」リンゼー弁護士がたずねた。

「今朝の八時から九時のあいださ」

「場所は?」

「七マイルほど沖——ちょうど湾を出たあたりだ」

「無人の状態で?」リンゼー弁護士は男を見据えてたずねた。「船内には誰もいなかったんだな?」

「人っ子ひとりいなかったよ。生きてるのも、死んでるのも」

「帆は張られていたかね?」

「いいや。漂っていたんだ、どこへ向かうでもなく。それで、俺は自分の船にロープでくくりつけて、港まで引いてきたのさ」

「そのとき、ほかに船はいなかったのかい?」

「いないよ、少なくとも数マイル以内には」

そのあと、僕らは問題のヨットを見に行った。それは港の静かな一角に係留されていた。見張りについていた老人が、ロバートソンが運びこんで以来、警察関係者以外の出入りはないと断言した。もちろん、僕らはその船に乗りこんだ。間違いなくサー・ギルバート・カーステアズのヨットだと僕が請け合うと、それさえ確認できれば、ここにとどまる意味はないとリンゼー弁護士は言った。しかし、船内の捜索を始めてすぐに、僕は重大な発見をした。小さいながらもそのヨットには船室が備わっている。天井は低くて、背の高い人ならまっすぐに立てないほどだが、そのサイズの船にしては充分に広く、棚やロッカーなどの収納もたっぷりある。そうしたロッカーのひとつに、その服はあった。グレーのツィードのノーフォーク・ジャケットとそろいのズボン。僕を乗せてベリックから出帆したとき、カーステアズが身につけていたものだ。

見つけた瞬間、僕は小さな叫び声を上げ、ほかの三人は何事かと振り返った。

「リンゼーさん、これを見てください。最後に姿を見たとき、彼が着ていたスーツです。あのとき身につけていたシャツと靴もある。彼がどこにいるとしても、彼の身に何が起きたとしても、ヨットを降りる前に、上から下まですっかり着がえていった。これは疑問の余地のない事実です」

それは事実であり、ほかの人間がどう受けとめようと、僕には意味のある発見だった。例えば、自殺の可能性は消えた。海に身投げするつもりなら着がえたりしないだろう。そして、いっけん不可解なこの行動もまた、周到な計画の一部のように思えるのだった。少なくとも、興味をそそられる遺留品であることはたしかだ。

「たしかなのか?」ロッカーに放りこまれたスーツを見ながらリンゼー弁護士がたずねた。

「断言できます！　見間違いようがありません」

「とすると、彼はヨットに乗りこむとき、大きな旅行かばんか何かを持っていたのか」

「いえ。でも、着がえはロッカーのどれかにしまってあったのかも」僕はそう言って手近なロッカーの扉を開けた。「見てください。ここにブラシやくしなんかがあります。サー・ギルバートはヨットから降りたのか、落ちたのか、何が起きたのかわかりませんが、その前に、頭のてっぺんからつま先まで着がえたんですよ。かぶっていた帽子もあります」

その場にいる全員がたがいの顔を見まわした。リンゼー弁護士の鋭い視線は、最終的にアンドリュー・ロバートソンのところで止まった。

「何か思い当たるふしがあるんじゃないかね」

「なんで俺が?」ロバートソンが不機嫌な顔で訊き返した。「ヨットは発見したときのまんまだ。指一本触れちゃいねえ」

船室のテーブルの上には、昼食のバスケットが置いてあった。僕が最後に見たままの状態で。けれど、僕らが残した食べものはきれいに平らげられていた。その瞬間、リンゼー弁護士と僕の頭に、同じ考えが浮かんだ気がした——大海のまんなかに僕を置き去りにしたあと、彼はどのくらいヨットにとどまっていたのか。あれから四十八時間が経過している。四十八時間あれば、ひとりの人間が姿を消すのは簡単なことかもしれない。サー・ギルバート・カーステアズはヨットを捨てて行方をくらました。もはやそれは明白な事実のように僕には思えた。とはいえ、具体的なやり方や動機は、僕らの想像を超えていた。

「このヨットの目撃情報は入っていないのかね。昨日、もしくは昨夜、漂流しているのを見かけたという話を聞いた者は？」リンゼー弁護士は警察官と漁師の双方にたずねた。「近所で話題になったりしなかったのか」

警察官もアンドリュー・ロバートソンも、そうした噂を耳にしていなかった。彼らからこれ以上の収穫を見こめないことは明らかだった。不審者の目撃情報もなし——もっとも、同行した警察官によれば、ラーゴは近年、海辺のリゾート地として人気が高く、ビーチには観光客が大勢いるため、誰もよそ者に注意を払わなくなったという。いまは夏で、休暇のシーズンだからなおさらだ。

「誰かがこの近くの海岸に上陸したとして」リンゼー弁護士がたずねた。「あくまでも、ひとつの仮説にすぎないが——市街地には入らず、海沿いを歩いていったとしたら、たどりつくのはどこの駅かね？」

湾の右、左どちらへ行っても駅があります、と警察官は答えた。上り線に乗ればエディンバラへ、下り線に乗ればセント・アンドルーズへ簡単に行くことができます。そう言ったあとで、警察官はもっともな疑問を口にした――とするとリンゼー弁護士は、サー・ギルバート・カーステアズがヨットで上陸し、それを係留せずに置き去りにしたため、再び沖に流れでたと考えていらっしゃるのですか？

「とくに考えはないんだ」リンゼー弁護士が答えた。「ひとつの可能性として訊いただけで。それはそうと、ここで立ち話をしていても埒《らち》が明かない。まずは、このヨットをどこかのボート小屋で厳重に保管する手はずを整えることだ。それも、いますぐ手を打つ必要がある」

ボート小屋の持ち主と交渉してヨットを運びこみ、鍵をかけたあと、小屋の前に見張りを置き、ベリック警察から指示があるまで船内のものには手を触れないという約束をラーゴの警察官と交わした。そして、僕らは列車に飛び乗った。だが、ラーゴに長居しすぎたせいで、エディンバラに到着したとき、ベリック行きの最終便は出発したあとだった。ホテルにもう一泊せざるを得なくなった僕らは、当然ながら、口を開けば、今回の旅で明らかになった事柄について話し合った。リンゼー弁護士によれば、この二日間の出来事により謎はますます深まったという。そして、サー・ギルバート・カーステアズがなぜヨットを放棄したのかは――放棄したのは間違いないとしても――答えの出ない疑問として、膨らんでいく一方の謎に付け加えられることになった。

「それと、あのロバートソンという男の話は、いまひとつ信用できない」とリンゼー弁護士は言った。「僕らはベッドに入る直前まで、思いつくかぎりの観点から議論を戦わせた。「ヨットを港まで曳航してきた話はほんとうだとしても、カーステアズが乗っていなかったとはかぎらない。服を着がえたのはなぜか。おそらく、失踪時の服装が公表されることを知っていたから、べつの格好で上陸したかったのだ。わたしが思うに、彼は無事に陸地《おか》に上がり、どこか近くの駅から――あるいはラーゴの駅かもしれない――列車に乗って、ここエディンバラへやってきた。そして誰にも気づかれることなく、人混みに紛れこんだ」

「ということは、つまり、なんですか、リンゼーさん、彼は逃亡を図ったということですか」

「ここだけの話、そう考えるのが妥当だとわたしは思っている。逃亡した理由もわかっているつもりだ。だが、あと数時間もすれば、もっと多くの情報が入ってくるだろう。ことによると、わたしの思い違いかもしれない」

翌朝早く僕らはベリックへ戻り、その足で警察署の署長室へ直行した。部屋に入っていくと、チザム巡査部長とマレー署長の助けを求めるような眼差しに出迎えられた。

「謎は深まる一方ですよ、リンゼーさん」マレー署長が悲鳴に近い声を上げた。「もはや何がどうなっているのか見当もつかない。サー・ギルバートの消息は依然として不明。おまけに、カーステアズ夫人の姿が見当たらないんですよ、昨日の昼から」

第二十五章　第二の失踪

　どんな衝撃的なニュースにも動じないリンゼー弁護士は、このときも驚きの声すら漏らさず、ただうなずいて手近な椅子に腰をおろした。

「そうですか」彼は冷静に言った。「奥方も姿を消したのですね。その知らせが入ったのはいつですか」

「三十分ほど前に」マレー署長が答えた。「ハザークルー館の執事がひどく慌てた様子で駆けこんできましてね、奥さまが行方知れずだと言うんです。この事態をあなたはどう思われますか」

「その質問に答える前に、わたしの留守中に起きたことを教えてください。あなたの管轄区域で起きたこと――つまり警察が把握していることを」

「たいしてないが。サー・ギルバートのヨットのことを漁師たちが噂しはじめたのは一昨日の夜。知ってのとおり、その日の正午に、サー・ギルバートはマネーローズと一緒に海へ出るのを目撃されている。そして――そのマネーローズがいま目の前にいる！　何か知っているんじゃないのか。サー・ギルバートはどこにいるんだ？」

「彼は何もかもお話ししますよ――その時機《とき》が来たと、わたしが言えば」リンゼー弁護士はそう言って僕をちらりと見た。「まずは、そちらからどうぞ」

マレー署長はやれやれと言わんばかりに首を横に振った。

「まあ、いいでしょう。ですからね、噂になりはじめたんですよ。浜辺の連中が大のゴシップ好きなのは知ってのとおり。ヨットは出航したきり戻ってこない、多くの船が沖に出ていたのに、当のヨットを目撃した者はひとりもいない、そうした噂が瞬く間に広まった。わたしは真偽を確かめるべくチザムをハザークルー館へ行かせた。巡査部長、きみが聞いたことをリンゼーさんに話したまえ」マレー署長は巡査部長に命じた。「たいして役に立つとは思えんが」

「なんの役にも立ちゃしませんよ」チザムが自嘲気味に言った。「カーステアズ夫人に会いに行って、笑い飛ばされました。主人が遭難などするわけない、長年にわたってヨットを、大小を問わず、操縦してきた人なのよ、今回は当初の予定より遠くへ行ってしまっただけに決まっているわ、と。それで、わたしはマネーローズ君が同行していることを指摘した。彼が翌朝早く仕事に行かねばならないことも。すると、夫人はまたもや笑いながら——そうした問題はきっと、ふたりのあいだで解決したんでしょう、妻が心配していないのだから、ベリックの人々が気をもむ必要はないのよ。そう言われたら、自分としては引きさがるしかない」

「そして昨日、あなたの電報がダンディーから届くまで、新たな情報が寄せられることはなかった」マレー署長があとを引きとって言った。「ラーゴの警察からヨットが発見されたという連絡が入ったのは、その少しあとのことです。その件はお知らせ済みですね」

「ひとつ重要な質問があります」何か閃いたかのように、リンゼー弁護士が性急に口をはさんだ。「ラーゴからの知らせはハザークルー館に伝えたのですか」

「ええ、まっさきにね。わたしがみずからカーステアズ夫人に電話をかけて、ラーゴ警察からの報告を伝えました」

「そのときの時刻は?」リンゼー弁護士は語気鋭くたずねた。

「十一時半過ぎです」

「ということはつまり、あなたと電話で話した直後に、夫人は出かけたのですね?」

「今朝、執事から聞いた話では、夫人は昨日の正午きっかりに自転車で出かけて——それきり姿を見た者も、声を聞いた者もいないそうです」

「書き置きのようなものは?」

「ありません。しかも」署長は重々しく付け加えた。「わたしから電話が来たことを執事に伝えていなかった。伝えてしかるべきなのに、妙な話ですよね、リンゼーさん。しかし——あなたから何か報告はないのですか。サー・ギルバートについて、マネーローズ君からわれわれに話すべきことがあるのでは?」

リンゼー弁護士はその質問を無視した。何やら考えこんでいる様子だったが、不意に顔を上げると、署長のデスクの上の電報発信用紙を示した。

「ただちに実行すべきことがあります、マレー署長。わたしが責任を持って行います。いますぐカーステアズ家の弁護士全員と連絡を取らなければなりません」

「連絡しようとしたんですよ、カーステアズ夫人の件を執事から知らされてすぐに。しかし、誰が弁護士なのか知らないもので」

「わたしは知っています。ニューカッスルのホルムショーとポートルソープです。ほら」と言って、リンゼー弁護士は僕に電報発信用紙をよこした。「これから言うことを書くんだ。『サー・ギルバートとカーステアズ夫人の両名が、不可解な状況においてハザークルー館から失踪。権限ある人物を至急派遣されたし』。わたしの名前で署名をしたら、ひとっ走りして電報局に行ってきてくれないか、ヒュー。済んだらここへ戻ってくること」

　僕が戻ってきたとき、リンゼー弁護士がサー・ギルバートとの顛末を話して聞かせたらしく、僕を見るマレーとチザムの目つきが変わっていた。興味深げな眼差しは、突如として僕が最重要人物にでもなったかのようだ。そしてマレー署長は、僕が黙っていたことをまっさきに非難した。

「いいかね、きみは重大なあやまちを犯したんだぞ。フィリップスの検死審問で証言すべきだった事柄をずっと隠していたなんて」署長は語気を荒げた。「ほんとうは、審問の前に言うべきだったのに――われわれに報告すべきだったのに」

「まったくです！　それだけ多くのことが事前にわかっていれば」チザムが嵩《かさ》にかかって攻めたてた。

「きっとわたしは――」

「きっと彼と同じことをしたさ！」リンゼー弁護士がさえぎった。「黙って最後まで話を聞きたまえ。それと――この件は大目に見てくれないか。よかれと思ってやったことなんだ。いずれにしろ、あなたがたはふたりとも、サー・ギルバートが事件に関わっているなんて微塵も思っていなかった。だから、もういいじゃないですか」

「おや、それを言うなら、リンゼーさん」最後の行《くだり》が気に障ったらしく、マレー署長が反論した。「あなただって疑っていなかったでしょう。あるいは、もし疑っていたとしたら、珍しく口に出さずにいたのですな！」

「リンゼー弁護士はいま、彼を疑っているのでしょうか」チザムが厭味ったらしく言った。「もしそうなら、捜査に協力してくださるのでしょうね」

リンゼー弁護士はふたりの警察官を見た。救いがたい無能な人間を見るときの目つきで――しかし、このときはそこに多少の寛大さが含まれていた。

「まあ、こうなった以上は」リンゼー弁護士が言った。「ほんとうのことを話しても構わないでしょう。なにしろ、サー・ギルバートがマネーローズ君を排除しようとした――端的に言えば、殺害しようとした――事実があるわけですから。クローン殺しの犯人はサー・ギルバートではないかとわたしは見ている。先日の裁判で、ピッケルを提示したのはそれが理由です。そして――あのピッケルを見たサー・ギルバートは、わたしに疑われていることを悟った。だからこそ、マネーローズをヨットに誘ったのです。自分に不利な証言をし得る人間を始末するために。マネーローズが彼と一緒に出かけるとわかっていたら、あの場で彼を告発したかもしれない。とにかく、マネーローズを行かせはしなかった」

「なんと！ では、やはり何か知っているんですね？」マレー署長がせっかちに言った。「われわれの知らない証拠を握っているんでしょう」

「わたしが知っているのは――こういうことです。ご存じのとおり、わたしは登山が趣味で、休暇のたびにスイスを訪れて山に登っている。おのずと、登山杖やピッケルなどの道具に詳しくなるわけです。それで、クローンが殺害された状況について、つらつらと考えているとき――たしか事件の直後だった――たまたま川沿いを歩いていてサー・ギルバート・カーステアズと出くわしたのです。彼は最新型のピッケルをステッキ代わりに使っていた。あれを使うと、歩きやすくなりますからね。散歩にゴルフのクラブを持っていく人がいるように、玄関でそれを手に取ったのかもしれない。わたし自身そういう経験が幾度もあります。しかも、彼のピッケルは、わたしの自宅にあるものとまったく同じ型だった。そこで、わたしはそのピッケルを法廷で医者の鼻先に突きつけて、クローンの頭蓋に開いた穴は、この刃によるものではないかとたずねた。なぜだかわかりますか？　カーステアズが法廷に現れるとわかっていたからです。彼がわたしの予想どおりの反応を示すか確かめたかった」

「それで――反応はありましたか？」署長は性急にたずねた。

「わたしは目の端でずっと彼の様子をうかがっていました」リンゼー弁護士はしたり顔で答えた。「期待どおりの反応を示してくれましたよ。サー・ギルバートは抜け目のない男だ――だが、化けの皮がはがれた一瞬をわたしは見逃さなかった」

ふたりの警察官は驚きのあまり、口をぽかんと開けてリンゼー弁護士を見つめていた。

「なんということだ」マレー署長がため息交じりに言った。「それはつまり、何を意味していると思われますか、リンゼーさん」

「真相が明らかになりつつある」リンゼー弁護士が即答した。「そういうことですよ。そして、目下、すべきことは何もない。ホルムショーとポートルソープのところから誰かが来るのを待つしかありません。ホルムショーは高齢だから――おそらくポートルソープが来るでしょう。彼なら何か知っているかもしれない。カーステアズ家の弁護士を長くつとめていますからね。しかし、おそらくサー・ギルバート・カーステアズは行方をくらまし、奥方は夫のあとを追った。黙って待つのが苦手なら、夫人がどこで自転車を降りたか調べてください。最寄りの駅から列車に乗った可能性が高いと思いますが」

リンゼー弁護士と僕はそのまま事務所へ出勤し、ほどなくニューカッスルから電報が届いた。ポートルソープ氏がベリックへ向かっているという。そして午後のなかばに当人が到着した――神経質そうな中年男だ。僕は巡回裁判所で二、三回見かけたことがあった。親しげに言葉を交わしているところを見ると、リンゼー弁護士とは気心が知れた仲らしい。

「いったいどういうことだね、リンゼー」ポートルソープ氏は事務所へ現れるなり、前置きなしにたずねた。「サー・ギルバートと夫人が失踪したと電報にあったが、つまり――」

「昨日の新聞を読んだかね？」リンゼー弁護士は話をさえぎってたずねた。〈ダンディー・アドバタイザー〉紙で僕らが読んだのと同じ記事が、〈ニューカッスル・デイリー・クロニクル〉紙にも掲載されたことを彼は知っていた。「読んでいないらしいな、ポートルソープ。あの記事を読んでいれば、わたしの電報が意味するところを多少なりとも理解しているはずだ。それはいいとして、百文字以内で説明するよ。そしたら、詳しい話をする前にいくつか質問に答えてくれ」

リンゼー弁護士が現在の状況をかいつまんで説明し、ポートルソープ氏は最後まで熱心に耳を傾けた。そしていっさいのコメントをはさまず、「で、質問というのは？」とたずねた。

「ひとつ目は、最後にサー・ギルバート・カーステアズを見た、もしくは、声を聞いたのはいつか」

「一週間前に――手紙が届いたよ」

「ふたつ目は、非常に重要な質問だ。心して答えてくれ。ポートルソープ、きみはサー・ギルバート・カーステアズの何を知っている？」

ポートルソープ氏はたじろいだ。が、すぐに気を取り直して悪びれもせず率直に答えた。

「実を言うと、彼がサー・ギルバート・カーステアズであること以外、何も知らないんだ」

第二十六章　クレイグのラルストン夫人

この答えに対してリンゼー弁護士は何も言わず、一、二分ものあいだ、ふたりは見つめ合っていた。やがてしびれを切らしたポートルソープ氏が、両手を膝の上に置いてわずかに身を乗りだし、探るような、しかし、真剣な目つきでリンゼー弁護士を見た。

「さて、どうしてそんな質問をしたのか、わけを聞かせてくれないか」たずねる口調は穏やかだった。

「何か意図があるんだろう？」

「こういうことなんだ。ある男が爵位と領地を相続するべくこの地へやってきた。たしかな筋の話によると、彼は三十年間一度もこの地を訪れたことがなかったそうだ。さてここからが本題だが、その男のここ数日の行動は、怪しいというレベルを超えている――ヨットから転落したうちの事務員を、救助される見こみのない大海原に置き去りにしたのだよ。これは誰にも否定できない事実であり、意図的な殺人以外の何ものでもない。だから、彼の弁護士であるきみに訊いたんだ。あの男はどういう人間で、故郷を離れていた三十年間、どこで何をしていたのか。そして、きみの答えは――何も知らない、とは！」

「ほんとに知らないんだ。このあたりの住人はみんなそうさ。彼がサー・ギルバート・カーステアズであることを除けば誰も何も知らない。当然だろうね。誰よりも詳しいはずの弁護士が、ごくわずかな公然たる事実しか把握していないのだから」

「その公然たる事実とやらを、わたしに話すべきだと思うがね。それと、ここにいるマネーローズにも。彼にはあの男を告発する明確な事由がある。わたしがちょっと背中を押せば、彼は行動に出るだろう。告発してしかるべきなんだ、カーステアズの行方さえわかれば。だから、洗いざらい話したほうが身のためだぞ、ポートルソープ。隠しごとはなしだ」

「べつに構わないさ、きみとマネーローズ君にわれわれが知っていることを話すのは。それはある意味、周知の事実だからね――少なくとも、一部の人々にとっては。そもそも、カーステアズ一族がたどった近年の歴史が数奇なものだということは、おそらくきみも承知しているだろう。知ってのとおり、いまは亡きサー・アレクサンダーには、息子ふたりと娘ひとりがいた。娘は兄たちよりずいぶん歳が下だった。ふたりの息子、マイケルとギルバートは、二十一から二十三歳のあいだに、ふたりとも父親と大げんかをしたあげく家を飛びだし、それきり姿を消してしまった。サー・アレクサンダーは、長男のマイケルに二度と顔を見せるなと申し渡して多額の金を与えたと言われている。おたがいに相手の交友関係を毛嫌いしていて、その後、マイケルはアメリカに渡ったという話だ。一方、ギルバートに関しては、同時期に彼もまた金を手に入れて、南へ向かった。噂によると、医学を学び、のちにロンドンや海外で医者をしていたそうだ。ふたりの息子が金を――まとまった額の金を――受けとったことはまず間違いない。というのも、彼らが家を出たあと、仕送りをした形跡はいっさいないし、サー・アレクサンダーは息子たちといかなる関わりも持たなかったからだ。いさかいの原因は誰も知らない。ただ、その大げんかと、それに次ぐ別離を最後に、父と息子の関係が再び結ばれることはなかった。そして、成長した娘が結婚するときも――クレイグのラルストン夫人として、いまもこの近くで暮らしているが――亡きサー・アレクサンダーは同様の先払い方式を採用した。結婚式の当日に三万ポンドを贈与したうえで、娘にこう言い渡した。おまえには金輪際一ペニーたりともやるつもりはない、と。間違いなく、サー・アレクサンダーは変わり者だった」

「ああ、筋金入りの変わり者だな！」

「そして、実に興味深い」

「ああ、非常に興味深い人物だったよ」声に笑いをにじませてポートルソープ氏は同意した。「深すぎて底が見えないくらいさ。で、そうした状況がずっと続いていたんだ。一年ほど前に――正確には十四ヵ月前に――サー・アレクサンダーが亡くなるまで。話は前後するが、サー・アレクサンダーが他界するおよそ六年前に、マイケル・カーステアズの死亡通知が届いた。言うまでもなく、彼は準男爵の後継者だった。その通知は、マイケルが死んだ場所、ハバナの弁護士から送られてきたもので、証明書のたぐいはすべてそろっていた。それによると、マイケルは未婚のまま遺言を作成せずに亡くなり、千ポンド相当の不動産を残したという。サー・アレクサンダーはその処理をわれわれに委ねたわけだが、当然ながら、彼が一番の近親者だから、長男が残したものはすべて彼のものになった。そのとき、われわれはサー・アレクサンダーに指摘したんだ。マイケルが他界したいま、爵位はいずれ次男のギルバートが受け継ぐことになると。そして、是非とも遺言書を作成すべきだと強く勧めた。サー・アレクサンダーもその気になっていたのだが、ついに実行に移すことなく、遺言を残さずに逝ってしまった。そこへサー・ギルバート・カーステアズが現れて――」

「ちょっと待った」リンゼー弁護士がさえぎった。「父親が死んだとき、息子の居場所を誰か知っていたのかね？」

「少なくとも、この近辺に知る者はいなかった。父親も、妹も、そしてわれわれも、長らく彼の消息を聞いていなかった。ところが、父親の死から丸一日と経たないうちに、当人がわれわれを訪ねてきた」

「当然ながら、本人であることを証明する書類を持参したんだろうな？」

「もちろん、言わずもがなさ――書類は完璧だった。各種の証明書や手紙のたぐいが全部そろっていた。一、二年ほど前からロンドンで暮らしていて、本人の説明によると、故郷を離れていた三十年間に世界じゅうを旅してまわったそうだ。船医をしていたんだ。外国の軍艦で軍医として働いたことも、探検の旅に同行したこともあるし、すべての大陸に住んだことがあるらしい。ずいぶん冒険に満ちた人生を歩んできたものだ。そして最近になって、アメリカ人の富豪の女相続人を妻に迎えた」

「ほう、カーステアズ夫人はアメリカ人なのか」

「そうとも――彼女に会っていないのかね」

「いまだ拝顔の栄に浴しておらずさ、わたしの知るかぎりでは。だが、話を続けてくれ」

「そういうわけだから、サー・ギルバートの身元に疑念を差しはさむ余地は微塵もない」ポートルソープ氏は請け合った。「しかも、サー・アレクサンダーが遺言を残さなかったのは周知の事実である。よって、われわれはただちに遺産相続の手続きを開始した。サー・ギルバートは、当然ながら、すべての土地及び家屋を相続し、それ以外の財産はラルストン夫人と折半した――ちなみに、莫大な金額だよ。ひとり当たり十万ポンドに近い額を現金で受けとった。それから――あとは知ってのとおりだ」

「ほかに話すことはないのか」リンゼー弁護士がたずねた。

ポートルソープ氏は一瞬躊躇したのち、横目で僕を見た。

「マネーローズは口が堅いから大丈夫だ」リンゼー弁護士が言った。「もしそれが秘密の話だとしたら」

「まあ、よかろう」ポートルソープ氏は重い口を開いた。「秘密というわけでは全然ないんだ。ただ、ちょっと、状況がね——騒ぎたてるほどのことじゃないんだが——なんとなく気になるんだ。サー・ギルバート・カーステアズが土地を相続して一年余りが経過した。そのあいだに、彼はハザークルー館を除くほぼすべての土地を売り払ってしまったんだ」

リンゼー弁護士は短く口笛を吹いた。彼が初めて表に出した驚きの反応だった。とっさに僕が彼を振り返ると、なんとも形容しがたい狡猾そうな表情が彼の顔をよぎった。しかし、それは表れたのと同時に消え、彼はいかにも驚いているように、ただうなずいてみせた。

「なんと！」と感嘆の声を上げた。「仕事が早いな、ポートルソープ」

「いや、彼にはもっともな理由があってね」弁解するように言った。「当初から、そのつもりだと言っていたんだ。こんな北の果てにこま切れの土地を持っていてもしかたない、早々に売却して、イングランド南部で住み心地のよい物件を購入したい——それがサー・ギルバートの望みであり、奥さまの望みでもあった。ハザークルー館は、いわば休暇に訪れる別荘として所有したまま。あそこを売ろうとしたことは一度もない。だが——それ以外はほぼすべて売り払ってしまった。それは紛れもない事実だ」

「土地を売りに出していたとは初耳だよ」

「ああ、取引はどれも内々に行われたからね。カーステアズ家の土地はあちこちに点在していて、先代と先々代の準男爵が、よその場所で大量に買い入れたものなんだ。利用価値のある土地ばかりでね

──近隣の地主に話を持ちかけたら、ふたつ返事で買ってくれたよ」

「それだけの土地を売ったなら、サー・ギルバートは莫大な金を手にしたにちがいない。きみが言うように、新しい不動産を購入したなら話はべつだが」

「彼は何も買っていない──わたしの知るかぎりでは。だから、彼の銀行口座には、かなりの金が──目玉が飛びでるような大金が──入っているはずだ。だからこそ」と言ってポートルソープ氏は、挑むような目つきでリンゼー弁護士を見た。「わたしにはとても信じられないんだ、先ほどのきみの話を。きみがサー・ギルバートの関与を疑っているのは、極刑に値する重罪だぞ、リンゼー。どうして彼がそんなふうにふたりの男を抹殺しなくてはならんのかね？　確固たる地位と、莫大な富を手にした男が──」

「ポートルソープ！」リンゼー弁護士が口をはさんだ。「さっき、きみはこう言わなかったか？　その男は、本人が語ったところによると、世界各地を渡り歩いて、冒険に満ちた人生を送ってきた、と。そうしたなかで風変わりな連中と出会う可能性は──そしておそらく、彼自身も変わり者だった可能性は──充分にあるだろう。彼が爵位と土地を相続して一年余りのあいだに、素性の知れない男ふたりがこの地を訪れ、しかも、犯罪が立てつづけに発生している事実を重く受けとめるべきだと思わないか？　ギルバースウェイトとフィリップスがここへ来たのは、サー・ギルバートがいたからだ。もはやそのことに疑念を差しはさむ余地はない。もしも、事件にまつわる記事に残らず目を通していれば、そして、先ほど話して聞かせたヨットでの計画的殺人と逃亡劇をそこに加味すれば、きみも異を唱えることなどできないはずだ」

「実に奇妙だ、何から何まで奇妙な話だ」ポートルソープは反論しなかった。「かくいうきみも、筋の通った説明ができるわけじゃあるまい、リンゼー」

「ある程度はできるさ。ギルバースウェイトとフィリップスは、サー・ギルバート・カーステアズに関する秘密を握っていて、釣具屋のクローンはその秘密を嗅ぎつけたんじゃないかとわたしは見ている。知ってのとおり、ギルバースウェイトは頓死した。カーステアズがフィリップスとクローンのふたりを殺したのかもしれない。ここにいる若者を殺害しようとしたのは間違いないからね。さて、きみはこの筋書きをどう思う？」

ポートルソープ氏が答えに窮してかぶりを振っていると、うちの事務員がクレイグのラルストン夫人を連れてきた。夫人の名前が告げられるや、リンゼー弁護士はぐいと身を乗りだした。ラルストン夫人は、抜け目のない才気走った顔つきの、中年をとうに過ぎた未亡人だ。夫を亡くしたのは四、五年前。このあたりでは、お節介で、なんにでも嘴《くちばし》をはさみたがる人物として知られている。もっぱら慈善活動や社会奉仕事業に打ちこみ、委員会や役員会では一目置かれる存在だ。ふたりの弁護士を値踏みするラルストン夫人は、さながら受験生を前にした試験官のようだ。

「警察に行きましたのよ。サー・ギルバート・カーステアズについてどんな話が出ているのか知りたかったものですから」ラルストン夫人はいきなり本題に入った。「あなたのほうが詳しいそうね、リンゼーさん。それで、どんな話を聞かせてくださるのかしら。それに、ポートルソープさん、あなたも。あなたはほかの誰よりも知っているはずよ。いったい何がどうなっているのか説明してくださらない？」

ラルストン夫人を見てにわかに顔を曇らせたポートルソープ氏は、助けてくれと言わんばかりにリンゼー弁護士を振り返った。夫人の質問に戸惑い、怖気づいているようだ。だが、何者も恐れぬリンゼー弁護士は、自分を訪ねてきた客とすぐに向き合った。

「質問に答える前に、ラルストン夫人。ひとつおたずねしたいことがあります。父上が亡くなられてサー・ギルバートが戻ってこられたとき、お兄さんだとわかりましたか?」

ラルストン夫人はいらだたしげに、あごをつんと上げた。

「愚にもつかぬことをお訊きになるのね、リンゼーさん。いったい全体どうして見分けられるというのです? 兄を最後に見たとき、あたくしはまだ七歳だったし、それ以来、少なくとも三十年間、一度も会っていないのですよ。無理に決まっているわ、絶対に!」

第二十七章　預金残高

今度はポートルソープ氏と僕が顔を見合わせる番だった——胸に同じ疑問を抱きながら。リンゼー弁護士の質問は、何を暗示し、意図しているのか。すると、不意にポートルソープ氏がリンゼー弁護士を振り返り、単刀直入にたずねた。

「狙いはなんだ、リンゼー？　何か考えがあるんだろう」

「考えならたくさんあるさ。それを明らかにする前に、ラルストン夫人に洗いざらい話したほうがいいだろう。これまでに起きたことを全部、現在の状況を含めて。こういうことなんですよ、ラルストンさん」それからリンゼー弁護士は、ついさっきまでポートルソープ氏と議論していた事柄を、要点を漏らすことなく簡潔に話して聞かせた。「おわかりいただけたでしょうか」そう言って、彼は話を締めくくった。説明が進むにつれて、ラルストン夫人の顔つきは尊大さを増し、それ見たことかと言わんばかりの勝ち誇った表情に変わった。「それで——ラルストンさん、あなたはどう思われますか？」

ラルストン夫人は語気鋭く言い放った。

「まさしく、あたくしが言いたいと思っていたことですわ。ここ最近、一度ならずそう思っておりましたのよ。疑念を抱きはじめていたところです、サー・ギルバート・カーステアズを名乗るあの男は、サー・ギルバート・カーステアズなどではなく、ペテン師ではないか、と」

僕はその会談に同席することを特別に許可された、立場も地位も最も低い人間だった。にもかかわらず、その瞬間、思わず驚きの声を上げてしまった。僕は心底から驚いていた。ペテン師！　あの男が偽者？　まさに青天の霹靂だった。ポートルソープ氏も寝耳に水の話だったらしく、僕と同様に驚きの声を上げ、引きつった笑い声が動揺の大きさを際立たせていた。

「マダム」彼はおもねるように言った。「ご冗談を。ありえませんよ、そんなこと」

一方、リンゼー弁護士は平静そのもので、自信たっぷりにうなずいた。

「わたしはラルストン夫人の意見に全面的に賛成するよ。彼女の言うとおり、あの男はペテン師だ」

ポートルソープ氏は顔を紅潮させ、居心地が悪そうにそわそわしはじめた。

「ご冗談を」馬鹿のひとつ覚えのように同じ言葉を繰り返した。「冗談はよせ、リンゼー。わたしが入念に身元の確認を行ったことを忘れたのか。すべての書類に残らず目を通したんだぞ――手紙やら証明書やらに。したがって、失礼を承知で言わせていただけば、ラルストン夫人、馬鹿げています。本人以外の人間が、ああした書類を所持しているわけがない。彼は正真正銘の本物です。実のところ、マダム、提出された書類のなかには、あなたが幼少時にお書きなった手紙や、それに――それに――ごくごくプライベートな私信も含まれていた。いかなる不正も入りこむ余地はありません――わ、わたしの名誉にかけて、絶対に！」

「きみより賢い人間が騙されてきたんだよ、ポートルソープ」リンゼー弁護士が言った。「それに、きみの言う手紙や書類は盗まれたものかもしれない。だが、まずはラルストン夫人の話を――その男に不信感を抱いた理由を聞こう。きっと確たる理由があるにちがいない」

ポートルソープ氏がいらだちを示したのとは対照的に、ラルストン夫人はリンゼー弁護士の挑戦に迷わず応じた。

「明確な理由があってのことですわ、ここ最近、あたくしが強い不安を感じているのは」そう言って、夫人はポートルソープ氏を見た。「覚えていらっしゃるでしょう、あたくしがあの男に初めて会ったときのことを。爵位と土地を要求しに来た男と、ニューカッスルのあなたの事務所で会ったのよ、彼があなたの前に初めて姿を現した数日後に。あのとき、ハザークルー館にはまだ行っていないと言っていたけど、あとになってわかったの。あの人がハザークルー館を――厳密に言えば、館の近くを――訪れていたことを。しかも、自分の素性を伏せて。不審に思って当然でしょう、ポートルソープさん」

「お言葉ですが、マダム、わたしはそう思いません」ポートルソープ氏が反論した。「同意いたしかねます」

「同意していただかなくて結構！　どう考えても怪しいわ。妹であるあたくしが、存命している唯一の肉親が、すぐ近くに住んでいるのに。なぜまっさきに訪ねてこないの？　あの男はこの町に来ていた。自分の正体を明かす前に、こっそり下見してまわっていた。あたくしが彼を怪しいと思う理由のひとつがそれよ。あなたがなんと言おうと、まったく筋の通らない不審な行動だわ。しかも、その件で嘘をついた。この町には来ていないと彼は言ったのよ、実際には訪ねていたくせに。それだけじゃないわ。本物のサー・ギルバート・カーステアズはね、リンゼーさん、ポートルソープさんもご存じのとおり、二十二歳までハザークルー館に住んでいた。エディンバラ大学で医学を学んでいた期間を除いて、ずっとあの屋敷で暮らしていた。生まれ育った土地のことを隅々まで知り尽くしていた。なのに、あの男は何も知らなかった。屋敷を訪ねたときに――あの男もその妻も好きになれないから、めったに行かなかったけど――ここは彼にとってなじみのない土地だとわかったわ。無知も同然だった――あれでも必死で覚えたのでしょうけど――このあたりの風物にも、歴史にも、暮らしている人々についても。二十二歳までボーダーで暮らした人間が、三十年間離れていただけで、何もかも忘れてしまうなんて、そんなことがあり得ると思って？　兄のギルバートが家を出たとき、あたくしはまだ七つか八つだったけど、とても利発な子どもでしたのよ。ハザークルー館を囲むあの一帯について、兄が隅々まで知り尽くしていたことをはっきりと覚えていますわ。でも――あの男は違う」

往生際の悪いポートルソープ氏は、三十年前のことを驚くほど忘れているのは、可能性として充分にあり得ると反論を試みたものの、ラルストン夫人とリンゼー弁護士に一蹴された。一方、僕は、疑う余地のない事実を思いだしていた。サー・ギルバート・カーステアズと思われる男が、僕の目の前で地図に見入っていたことを。まさにあのとき、自宅から二マイルも離れていない場所で、彼は現在地を確認していたのだ。

「それだけではありません」ラルストン夫人は話を続けた。「あの男がハザークルー館に移り住んでから、あたくしが訪ねたのはほんの数回ですけど、その際に気づいたのです。あの男は、一族の歴史についてはやたらと詳しく知っているのに、家族以外の人々のことはまるで覚えていない。覚えていてしかるべきなのに。説明がつかないわ。それからもうひとつ、気づいたことがあるんですのよ。あの男は、おのれの無知を嗅ぎつけられる恐れのある話題を避けていた。それと気取られないように、細心の注意を払いながら、実に狡猾に。とはいえ、あの男が狡猾だからこそ、あたくしは一度ならず不信感を抱いたわけですけど。ですから、率直に申しあげて、ポートルソープさん、あなたがおっしゃられたように、あの男が土地を景気よく売り払っているのなら、状況も状況ですし、この際、確かめておくべきだと思いますわ、手に入れたお金がどのような状態にあるのか。途方もない大金を手に入れたことは、当然、本人も承知しているでしょう。それはいまどこにあるんですの？」

「彼の銀行口座ですよ、マダム——ニューカッスルの」ポートルソープ氏はむっとして答えた。「ほかのどこにあると言うんです？　温暖な土地に家を買うという計画はまだ実行に移されていない。ゆえに、必要な資金は手つかずのままだ。あなたとリンゼー弁護士は思い違いをしているとしかわたしには思えない。そうやって疑問に思われていることも、きっと理にかなった、妥当な説明がなされるでしょう——」

「ポートルソープ！」リンゼー弁護士が声を荒げた。「いいかげんに目を覚ませ。そんな悠長なことを言ってる場合じゃない。その男がサー・ギルバート・カーステアズにしろ、ペテン師にしろ、わたしの部下を殺害しようとしたことは紛れもない事実だ。しかも、クローン殺しの真犯人ではないかとわれわれは睨んでいる。ゆえにその男は、法の下で裁きを受けることになるだろう——百パーセント確実に。よって、目下のきみの責務は、われわれに協力することだ。ラルストン夫人の忠告を受け入れて、いま現在、金がどうなっているか確かめるんだ。彼女の言うとおり、土地の売却によって、莫大な額の金が貯まっているにちがいない。その男が自由に使える金がな、ポートルソープ！　われわれは真実を知らなければならない」

「わたしにどうしろと言うんだね？」ポートルソープ氏は不安といらだちを募らせていた。「サー・ギルバート・カーステアズの私的な銀行口座は、わたしの関知するところではない。銀行を訪ねてまわって、サー・ギルバートはおたくの口座にいくら預けていますかね、などと訊いてまわるわけにはいかん」

「なら、わたしがやる」リンゼー弁護士が宣言した。「ニューカッスルのどの銀行に預けているかはわかっているし、支配人とは顔見知りだ。今夜のうちに自宅を訪ねて、これまでの経緯を包み隠さず話すとしよう――ラルストン夫人とわたしが抱いている疑念を率直に打ち明けて、金のありかをたずねるつもりだ。わかったか？」

「適切な対応ですわ」ラルストン夫人が賞賛の声を上げた。「何をおいてもそうすべきです」

「結構、そういうことなら、わたしも同行したほうがいいだろう」ポートルソープ氏が言った。「むろん、銀行を訪ねても無駄だ。到着したころには閉店時刻を過ぎているからね。でも、きみの言うとおり、支配人を個人的に訪ねるという手はある。それで、サー・ギルバート・カーステアズが現れて、すべての謎に納得のいく説明がなされれば、われわれはのっぴきならない立場に追いやられることになる」

リンゼー弁護士は僕を指差した。

「説明などできるわけないさ。その男は、海で溺れかけているこの若者を置き去りにしたんだぞ。殺人以外の何ものでもない。言っておくが、わたしはその男を必ず被告席に座らせてみせる――そいつが何者であろうと。ヒュー、鉄道の時刻表を取ってくれ」

ポートルソープ氏とリンゼー弁護士が、次のニューカッスル行きの列車に乗って、銀行の支配人に会いに行くことですぐに話がついた。僕も同行すべきだとリンゼー弁護士は主張した。この若者は事情に通じているし、これから会いに行く人物にみずからの体験を語ることによって、われわれの疑念には根拠があることを理解してもらえるはずだ、と。ラルストン夫人もその考えを支持した。そしてポートルソープ氏が、われわれは先走りすぎているし、些末なことを寄せ集めて大げさに騒いでいるだけだと苦言を呈すると、ラルストン夫人は辛辣に言い放った。そもそも、最初の手続きに抜かりがなければ、こんな騒ぎにはならなかったのよ、と。

僕らはその夜、銀行の支配人に会うべくニューカッスル郊外の自宅を訪ねた。ふたりの弁護士と面識のある支配人は、代弁者であるリンゼー弁護士の説明だけでなく、僕が海に置き去りにされた話にも熱心に耳を傾けてくれた。頭の切れる老人で、瞬時に判断をくだすことのできる人物だった。ひととおり説明を聞きおえた彼が、リンゼー弁護士やラルストン夫人と同じ結論に達したことは、ポートルソープ氏に対する態度や目つきから見てとれた。

「よからぬことが起きているようだな、ポートルソープ君」彼は穏やかに言った。「実を言うと、わたしも最近、不審に思っていたところなんだ」

「まさか、そんな!」ポートルソープ氏は悲鳴に近い声を上げた。「いったいどういうことですか?」

「サー・ギルバートが土地を売りはじめてからというもの」支配人は言葉を継いだ。「莫大な額の金が、うちの銀行の口座に振りこまれるようになった。それ以前から、相当な額の金が入っていた口座に。しかし現時点では、ごくわずかな――つまり、もとの残高に比べれば、ほんのわずかな金しか残されていない」

「なんですと? まさか、そんな。何かの間違いでは?」

「ここ三、四ヵ月、サー・ギルバートはまとまった額の小切手をジョン・パーリー氏宛てに定期的に振りだしていた。彼らがうちの銀行に口座を作ったのは、エディンバラのスコットランド・アメリカ銀行を介してだった。したがって」支配人は深刻な眼差しをリンゼー弁護士に向けた。「エディンバラへ行くべきだと思います――行って、ジョン・パーリー氏を見つけだすことです」

ポートルソープ氏が立ち上がった。血の気が失せた顔を恐怖に引きつらせている。

「いくら残されているのですか、おたくの口座には」たずねる声はかすれていた。

「二千ポンドに満たないでしょう」支配人は即答した。

「そうすると、彼はいくら引きだしたのですか、あなたがおっしゃったような方法で?」

「実に二百万ポンドです! それから」最後に支配人は、訳知り顔でひとつの推論を付け加えた。「あなたがたからお聞きした事柄を踏まえて、参考までに申し添えておきましょう。サー・ギルバート・カーステアズとジョン・パーリーは同一人物かもしれません」

第二十八章　ハザークルー館の執事

　支配人宅を辞去した僕たち三人は、みずからの性格を色濃く反映した様々な感情に心を乱されていた。神経質で小心者のポートルソープ氏は、ひどく落胆して平静を失い、ありとあらゆる種類の悪態をつき、恨み言を並べたてた。一方、世間知らずで若輩者の僕は、聞いたばかりの新事実に驚嘆しつつ、サー・ギルバート・カーステアズを騙《かた》る男を追跡して捕まえるという展開に心躍らせてもいた。しかし、リンゼー弁護士が心を乱されていたのかはわからない。彼は普段と変わらず沈着冷静で、すでに次の一手を考えていた。

「いいかね、ポートルソープ」ニューカッスル駅でチャーターした車に乗りこむなり、リンゼー弁護士は言った。「速やかな行動が求められている。待ったなしだ。明朝、われわれはできるだけ早くエディンバラへ行かなければならない。よって、わたしの言うとおりにしたまえ――これからまっすぐベリックへ戻って、今夜はわたしの家に泊まる。それで明日、エディンバラ行きの始発列車に乗る。そうすれば、営業開始前に銀行へたどりつけるだろう。それからもうひとつ、きみに来てほしい理由があるんだ。見せたい書類がある――今回の一件に重大な影響を及ぼす可能性があるものだ。そのうちの一通は、わたしの手帳にはさんである。どういう経緯でわたしの手もとにあるかを聞いたらびっくりするぞ。わたしの自宅にあるもう一通の書類を見たら、その倍は驚くと思うがね」

僕はそこでようやく思いだした。その朝、ダンディーから戻ってきた僕たちは、忙しさのあまり、ギャビン・スミートンから預かった手紙について話し合う機会がなかった。ここにも解明すべき謎があったのだ。しかし、ポートルソープ氏が謎解きに飽き飽きしていることや、いくらリンゼー弁護士が歓待しようと、自宅のベッドで眠ることを諦めきれずにいることは、一目瞭然だった。ゆえに、僕らと一緒にベリックに戻ることを同意させるには、根気よく説得しなければならなかった。どうにかこうにか説き伏せて、真夜中近くにベリックの駅にたどりつくと、ひとけのない通りをリンゼー弁護士の自宅目指して歩きはじめた。僕も一緒に行くことになったのは、きみの家に帰るには遅すぎるし、わが家に泊まったほうが駅に近いとリンゼー弁護士が言い張ったからだ。彼の家の近くまで来たとき――ベリック郊外のやや北寄りに建つ、瀟洒な一戸建て住宅だ――前方を歩いていた男が、やにわに振り返ってリンゼー弁護士のほうへ近づいてきた。街灯に照らされたその顔に、僕は見覚えがあった。ハザークルー館の執事だ。

リンゼー弁護士もその男を知っていた――そして、ポートルソープ氏も。ふたりはぴたりと足を止め、目の前の男をまじまじと見つめた。そして、まったく同じ言葉がふたりの口をついてでた。

「消息がわかったのか？」

僕自身も食い入るように執事を見ていた。あの晩、僕がサー・ギルバートを訪ねたとき、応対に現れた執事の態度は尊大で鼻持ちならないものだった。驚いたことに、それと同じ人物が、いま、別人のように慇懃に感じよくふるまっていた。どうやらそれは、両弁護士に接するときの彼の態度らしい。上背があって肉づきのいい、がっしりとした体格の男だった。深いしわが刻まれた締まりのない顔は、黒のコートとシルクハットのせいで、なおさら血色が悪く、青ざめて見える。しきりに手をもみ合わせ、リンゼー弁護士とポートルソープ氏を交互に見ながら話しはじめた。おもねるような物言いには思わせぶりな響きがあった。そのとき僕は、ハザークルー館のドアの前で、蔑むような口ぶりで僕を追い返そうとしたあの夜以上に、執事に対して強烈な嫌悪感を覚えた。

「いえ――あの――消息がわかったわけではございません」執事は答えた。「実を申しますと、内々にお話ししたいことがございまして、リンゼー先生。ですが、当然ながらポートルソープ先生にご同席いただくことに異存はございません。なにしろ、先生はサー・ギルバートの弁護士でいらっしゃる。恐れながら、室内《なか》に入れていただけますでしょうか、リンゼー先生。実のところ、ずっとお待ち申しあげていたのです。先生はニューカッスルへ行ったと事務所でお聞きしました。お帰りは本日の最終列車になるかもしれないと。それでお待ちしていたのです、一刻も早くお伝えしたほうがいいかと思いまして」

「さあ、入って」リンゼー弁護士は三人を招き入れ、書斎へ案内した。そしてドアを閉めると、執事に向き直った。「さて、なんだね、一刻も早く伝えたいことというのは。なんなりと気兼ねなく話したまえ。ここにいる三人は――ポートルソープ弁護士と、マネーローズ君と、それにわたし自身も含めて、事情はすべて承知している。それで――たぶん、きみは何か知っているんだろう、違うかね？」

　執事は勧められた椅子に腰をおろし、手をこすり合わせながら僕ら三人を見まわした。その顔には秘密めいた狡猾な表情がはっきりと浮かんでいた。

「さすがですね、先生」と執事は言った。低く抑えた声には含みがあった。「わたしのような立場にある者は、自然といろんな話が耳に入ってくるものでして――ときとして、好むと好まざるとにかかわらず。実はここしばらく、ずっと気にかかっていることがありましてね」

「何だね？」そうたずねたのはポートルソープ氏だった。

「悪い予感がするのです。むろんわたしが、言わば、よそ者だということを念頭に置く必要があるでしょう。サー・ギルバート・カーステアズにお仕えしてまだ九ヵ月しか経っておりません。とはいえ、わたしには目もあるし、耳もある。それで、率直に申しあげますと、サー・ギルバートは――それに奥さまも――逃げたのではないかと思います」

「逃げただと？」ポートルソープ氏が素っ頓狂な声を上げた。「何を言いだすかと思えば、ホリンズ！　まさか本気じゃないだろうな」

「逃げたのでないとしたら、わたしにはそっちのほうがずっと驚きです」ホリンズが答えた。僕はそのとき初めて執事の名前を知った。「それと、僭越ながら、ついでに申しあげておきますと、ふたりと一緒に多くのものが消えていることが判明するでしょう」

「なんだと――財産が消えたというのか？」ポートルソープ氏が噛みつきそうな勢いでたずねた。「ありえない！　そんなことをするわけがない――どう見えようと、なんと言われようと絶対にない！」

ホリンズは大きな肉づきのいい手を口に当てて咳をしたあと、静かに聞き入っているリンゼー弁護士に意味ありげな一瞥をくれた。

「たしかなことは言えないんですがね。ご存じのとおり、ハザークルー館にはちょっとしたお宝が、いわゆる先祖伝来の財産がございます。ほんとうにお宝なのかどうか、わたしにはわかりませんけれども――ダイヤモンドをちりばめた国王陛下のミニチュア像は、ジョージ三世から第二代準男爵に贈られたもの。それから、ネックレスは、こちらもダイヤがあしらわれていて、スペイン女王の持ちものだったとか。第五代準男爵がロシア皇帝から贈られた小さな絵は、値がつけられないほど貴重だそうです。そうしたものがほかにもございますよね、ポートルソープ先生。つまり、みなさん、その大切な一族の家宝がなくなっているのです。彼らが持ち去ったんですよ」

「それじゃあ、何かね、きみの知るかぎり、そうした貴重品はもうハザークルー館にはないと言うのか?」リンゼー弁護士がたずねた。

「ございません。奥さまが寝室として使われていた小さな部屋の金庫に保管されておりました。昨日、奥さまが行き先も告げずに外出されたとき――その件はすでに警察からお聞きになっていると思いますが――先を急ぐあまり、金庫に鍵をかけるのをお忘れになったのでしょう。出かける前に開けたのは間違いありません。そして、金庫のなかは、お察しのとおり、空っぽでした」

「なんということだ!」ポートルソープ氏の声はもはや悲鳴に近かった。「大変なことになった」

「夫人は自転車で出かけたそうだが、そうしたお宝を全部持っていくことは可能なのか?」リンゼー弁護士がたずねた。

「苦もないことですよ」ホリンズが請け合った。「自転車には小さな荷台がついていますから――そこに全部乗せられます。たいしてかさばるものではありません」

「夫人が自転車でどこへ行ったのか、心当たりはないのかね?」

ホリンズはにやりと笑って、座っていた椅子を少しだけ僕らのほうへ引き寄せた。

「ありませんでした――今朝方、警察署にマレー署長を訪ねたときは。ですが、いまはひとつ思い当たる場所がございます。わたしがここへ参りました理由は、まさしくそれなのですよ、リンゼー先生」

ホリンズはコートのふところから手帳を取りだすと、一枚の紙切れを抜きとった。

「今朝、マレー署長にお会いしたあと、ハザークルー館に戻ったわたしは、屋敷のなかをひととおり見てまわりました。取りたてて不審なものは見つからず、午後のかなり遅い時刻になって、ようやく寝室の金庫の異変に――先ほどお話しした品々がなくなっていることに気がついて、それで、寝室のくずかごを調べてみました。昨日の朝一番に届いた手紙を、奥さまが破いて捨てるのを目にしたものですから。くずかごにはまだゴミが残っていました。で、これを見つけたわけです。ここからひとつの結論を導きだせるのではないかと――少なくとも、わたしにはたやすいことでした」

ホリンズがテーブルの上に破れた紙切れを置くと、僕たち三人はいっせいに身を乗りだした。残っているのは文章の末尾だけだったが、それでも、充分に示唆に富む内容だった。

××××××××××××××××××ただちに、人目につかぬよう
××××××××××××××××××昼食の前が最適ではないかと
××××××××××××××××××××ケルソウで
××××××××××××××××××グラスゴーのいつもの場所だ。

その手書きの文字を見て、ポートルソープ氏はぎょっとした。

「サー・ギルバートの筆跡だ！　間違いない。いったいこれをどう解釈したらいいのかね、リンゼー」

「おまえさんならどう考える？」リンゼー弁護士はホリンズに向かってたずねた。「さっき、結論を導きだしたと言ったね」

「僭越ながら、わたしの考えはこうです」執事は控えめな口調で答えた。「昨日の朝、奥さまに届いた手紙は四通。そのうち二通はロンドンからで――筆跡は女性のもの。もう一通はニューカッスルの小売業者から。そして四通目は、書留の封筒に入っていました。宛名はタイプされたもので、消印はエディンバラ。よって、その書留封筒に入っていたのが、この手紙に違いありません、リンゼー先生。差出人は、言うまでもなく、サー・ギルバートです。手紙の切れ端はほかにもあったのですが、小さく千切られていて繋ぎ合わせられない。それでも一応、ここにお持ちしました。そして、わたしはひとつの結論に達したわけです。サー・ギルバートが手紙で奥さまに指示を与えたにちがいない、ケルソウまで自転車で行って――奥さまの足でも容易にたどりつけます――そこから列車でグラスゴーまで来るように、と。そこで落ち合うつもりなのでしょう。グラスゴーは、ご存じのとおり、非常に都合のいい都市《まち》ですからね、行方をくらましたいと願う人間にとっては。ですから――グラスゴーの警察と連絡を取ることをお勧めします」

「サー・ギルバート・カーステアズが、最近グラスゴーを訪れたという話を聞いたことはあるかね」

熱心に耳を傾けていたリンゼー弁護士がたずねた。

「三週間ほど前に一度」

「では――エディンバラへは？」

「エディンバラへは定期的に足を運んでおられました――週に一度か二度」ホリンズが答えると、リンゼー弁護士はそれ以上何も言わず、執事とポートルソープ氏をちらりと見た。「言わずもがなでございますが、みなさん」とホリンズは語を継いだ。「ここだけの話ということでお願いいたします。職務上の守秘義務というものがございますので」

きみの立場は三人とも重々承知している、とリンゼー弁護士が応じ、それから間もなくホリンズを送りだした。短い言葉を交わすふたりの低い声が玄関ホールから聞こえてきた。やがて書斎に戻ってきたリンゼー弁護士は、明らかになったばかりの事柄にはひと言も触れず、スミートンの手紙をポケットから引っぱりだした。

第二十九章　合法的取引

　まわりの耳を気にしなくて済むように、僕らは一等客室でニューカッスルからベリックへ戻ってきた。その閉ざされた空間のなかで、リンゼー弁護士はスミートンの話をポートルソープ氏に語って聞かせた。一方、ポートルソープ氏はいらだちを募らせ、いまにも癇癪を起こしそうに見えた。明らかに彼は、既成の事実をほじくり返されるのが我慢ならないタイプの人間だった。カーステアズ家の相続問題に疑念が生じるたびに、目に見えて機嫌が悪くなった。サー・ギルバートの相続手続きを一手に引き受けたのはポートルソープ氏だから、当然と言えば当然だろう。彼の話では、あらゆる手続きが法律に則って行われ、完了したという。

　ホリンズが去ったあと、リンゼー弁護士がギャビン・スミートン氏から預かった手紙を差しだし、その手書きの文字をよく見るように促したときも、腹の虫がおさまらないポートルソープ氏は、極めて不適切な反応を示した。苦虫を嚙み潰したような顔で手紙を一瞥すると、乱暴に脇へ押しやって、苦虫を吐きだすように言った。

「で？　なんのことだかさっぱりわからんね」

「短気は損気だぞ、ポートルソープ」リンゼー弁護士はデスクの引きだしの鍵を開けた。「これから見せる署名と比べてみれば、たぶん、きみもぴんとくるだろう。これは――」と言って、ギルバースウェイトの遺言書を取りだし、ポートルソープ氏の前に置いた。「ベリックにやってきた例の男の遺言書だ。目下、われわれを悩ませている怪事件の発端となった人物でもある。それを踏まえたうえで、この遺言書の証人は誰だと思う？　ほら、これを見たまえ」

ポートルソープ氏は渋々ながら遺言書を見た。そして次の瞬間、不機嫌な顔が驚愕の表情に変わった。

「なんと！　マイケル・カーステアズじゃないか」

「そうなんだ。では次に、マイケル・カーステアズの署名と、その手紙の筆跡を照らし合わせてみたまえ。おいで、ヒュー。きみも見てごらん。どうだい、目を凝らしたり、慎重に見比べたりする必要もない。筆跡の専門家による鑑定も、顕微鏡も不要だ。その署名とこの手紙は、同一人物によって書かれたものである。有り金全部賭けてもいい」

スミートンの手紙と、ギルバースウェイトの遺言に記された証人の署名を見比べた僕は、リンゼー弁護士と意見を同じくすることに、いささかのためらいも感じなかった。その手書きの文字は、奇怪とは言わないまでも、独特の癖があった——おかしな具合に歪んでいるものもあれば、まるで矢印のような形のものもある。そんな文字を書く人間がこの世にふたりいるとは思えない。もっと言えばそれは、手本や常識にとらわれない人物が自己流で身につけた書き方のように思われた。筆跡に見られる強烈な個性は、その人の人生や思想にも表れているだろう。ともかく、際立った類似点があることは否定できないし、ポートルソープ氏でさえ、共通する特徴が——紛れもなく——あることを認めざるを得なかった。彼は怒りやいらだちをかなぐり捨てて、にわかに興味を示すと同時に、深刻な顔つきになった。

「なんとも奇妙な、容易ならざる事態だぞ、リンゼー！　わたしはーーそうとも、わたしはきみの意見に喜んで賛同するよ。それで、この筆跡の一致をどう解釈するのかね？」

「端的に言えば、マイケル・カーステアズとマーティン・スミートンは同一人物である、厳密には、同一人物であったと言うべきかな。そういうことだよ、ポートルソープ」

「とすると、ダンディーにいるその青年は、マイケル・カーステアズの息子ということかね？」

「十中八九間違いないだろう。きみの推測どおりさ！」

「しかし――マイケル・カーステアズは生涯独り身を通したんだぞ」

リンゼー弁護士は遺言書と手紙を手に取り、デスクの引きだしにしまって厳重に鍵をかけた。

「それはどうかな」ポートルソープ氏の指摘を軽く受け流した。「マイケル・カーステアズが変わり者だったことは誰の目にも明らかだ。独自の生き方を貫きとおして――」

「サー・アレクサンダーが亡くなる前に、マイケルの死亡証明書を送ってきたハバナの弁護士が明言しているんだよ、マイケルは生涯、妻を娶らなかったと」ポートルソープ氏が口をはさんだ。「結婚していたら、弁護士は知っているに決まってるさ」

「それなら、わたしだって明言するよ。わたしが集めたマイケル・カーステアズに関する情報には、弁護士の知らないことが多数あるとね。たとえ、その弁護士がマイケルの臨終《ダイイング・ベッド》に立ち会ったのだとしても」リンゼー弁護士が反論した。「だが、まあ、じきにわかるさ。ベッドと言えば、きみたちを寝床へ案内して、今夜は休むとしよう。もう夜中の一時だ。明日はまた六時きっかりに起きなきゃならん。明日の予定を言っておくぞ、ポートルソープ。時間を節約するために、ここで食べるのはコーヒーとパンのみ。朝食はエディンバラで。八時半には向こうに着くはずだ。さっそく寝室に案内しよう」

　リンゼー弁護士は僕らを二階へ連れていった。彼とポートルソープ氏はすでに寝る前の一杯《ナイト・キャップ》を飲んでいた。年長の客を先に案内したあと、リンゼー弁護士は目覚まし時計を手に僕の部屋へやってきて、ベッドの枕元に腰かけた。

「なあ、ヒュー、おまえさんには一時間早起きしてもらわなきゃならない。目覚ましを五時にセットしておいた。目が覚めたら身支度をして、マレー署長のところへ行ってくれ——寝ていたらベッドから引っぱりだして構わん。それで、今夜、あのホリンズという男から聞いた事柄を報告して、サー・ギルバート・カーステアズの捜索を行うようグラスゴー警察へ要請させるんだ。われわれがエディンバラへ行くことと、その理由も伝えてくれ。必要なら、昼前にわたしから署長に電話をかけて、おたがいの情報を交換してもいい。グラスゴー警察には必ず連絡を入れさせるんだ。カーステアズ夫人の行き先は間違いなくそこだし、サー・ギルバートはきっと妻に会いに来るはずだ。海運局などへの問い合わせも始めさせること。以上だ——その前に少し眠るといい」

　翌朝、僕は五時半過ぎにマレー署長を叩き起こし、グラスゴー警察に捜索を要請すべき理由をよく説いて聞かせた——あとでわかることだが、それは僕らが犯した最大のミスであり、そのせいで大変なまわり道を強いられることになる。六時十五分過ぎに、リンゼー弁護士とポートルソープ氏と僕は、コーヒーを飲みながら眠い目をしょぼつかせていた。しかし、たとえ早朝だろうと頭の切れるリンゼー弁護士は、ベリックを発つ前にギャビン・スミートン宛てに電報を打つことを思いついた——今日じゅうにエディンバラでお目にかかりたい。狙いはポートルソープ氏にスミートンを引き合わせることだった。リンゼー弁護士が家政婦に託したこの電報は、郵便局が開きしだい送られることになった。その後、僕らは列車に乗り、八時半過ぎにエディンバラ・ウェイバリー駅で朝食にありついた。そして、エディンバラの時計が十回目の鐘を鳴り響かせるのと同時に、スコットランド・アメリカ銀行に足を踏み入れた。

支配人はただちに僕らを奥の部屋へ案内すると、戸惑いを隠しきれない表情でリンゼー弁護士とポートルソープ弁護士を見た――ふたりの顔からただならぬ気配を感じとったのかもしれない。かくいう僕も、謎に満ちた不穏な空気が、目の不自由な人にも見えるくらいはっきりと、頭のてっぺんからつま先までまとわりついている気がした。リンゼー弁護士が訪問の目的を余すところなく簡潔に説明すると、支配人の驚きはいっそう深まったようだ。

「ベリックで奇妙な事件が続いていることは、むろん、新聞で読んでおります」リンゼー弁護士がポートルソープ弁護士の補足を交えながら説明を終えると、支配人が言った。「サー・ギルバート・カーステアズとジョン・パーリー氏について、当方が存じあげていることをお知りになりたいのですね。それでしたら、ひと言でお答えできます。おふたりの名誉を汚すような出来事はいっさいございません。われわれの知るかぎり、どちらも信頼の置ける立派な紳士です」

「では、ジョン・パーリー氏は実在するのですか？」リンゼー弁護士は驚きを隠さなかった。

支配人もまた明らかに驚いていた。リンゼー弁護士の反応が予想外だったのだろう。

「ジョン・パーリー氏はこの都市《まち》で株の仲買人をしている、非常に名の知れたお方です。事実、サー・ギルバート・カーステアズにパーリー氏を紹介したのは、われわれ――厳密に言えば、このわたくしなのです」支配人は片方の弁護士からもう片方の弁護士へと視線を移した。「始めからお話ししたほうがよさそうですね。と言っても、こみ入った事情などひとつもない、ありきたりな話ですが。

サー・ギルバート・カーステアズが当行に来店されて、身分を明かされたのは数ヵ月前。わたくしがお話をうかがったところ、カーステアズ家の土地の大部分を売却し、その利益でアメリカの証券を購入したいとおっしゃられた。なんでも、アメリカ暮らしが長く、イギリスよりも肌に合うそうで――つまり、アメリカへ戻る決意をすでに固めておられたようです。ハザークルー館はときおり帰る場所として所有したままで。ここエディンバラの仲買人を紹介してほしいと頼まれました。アメリカの最高クラスの投資に精通している人物を。それで、迷うことなくジョン・パーリー氏を紹介しました。わたくしが知っていることは、これですべてです」

「もうひとつあるでしょう」リンゼー弁護士が言った。「パーリー氏とサー・ギルバート・カーステアズのあいだで多額の金が動いていたことはご存じですよね。われわれは知っています、ゆうべニューカッスルで聞きましたから」

「おっしゃるとおりです。これ以上わたくしから申しあげることはございません。ですが、多額の金がサー・ギルバート・カーステアズから当銀行のパーリー氏の口座に振りこまれていたことを否定はしません。パーリー氏がサー・ギルバート・カーステアズの希望どおり投資をしているのでしょう――実際、投資していることは間違いない。なんでしたら、パーリー氏本人を訪ねてみてはいかがですか」

それを機に僕らは銀行をあとにした。リンゼー弁護士はいささか面食らっているように見えた。一方、ポートルソープ氏は銀行を出るなり、勝ち誇ったような、少し意地の悪そうな顔でリンゼー弁護士を振り返った。

「ほらみろ。だから言ったじゃないか。やましいことなどひとつもないんだよ、なあ、リンゼー。アメリカの株式投資の件には、正直言って驚いた。しかし結局のところ、サー・ギルバート・カーステアズには、自分の財産を好きなように使う権利があるんだ。とんだ骨折り損のくたびれもうけだよ――誰に頼まれたわけでもないのに。パーリー氏に会いに行く意味があるとは思えない。われわれは人様の問題に嘴《くちばし》をはさんでいるだけだ。何度も言うが、サー・ギルバートが自分の土地をどうしようと、他人がとやかく言うことではない」

「聞き分けの悪い男だな、ポートルソープ」リンゼー弁護士が反論した。「わたしが疑問に思っているのは、その土地がほんとうに彼のものなのか、ということだ。これからパーリーに会いに行く。たとえきみが行かなくても――来なけりゃきみは、救いようのない愚か者だ」

ポートルソープ氏は抗議したが、結局は僕らのあとについてきた。ほどなくジョン・パーリー氏の事務所に到着した。パーリー氏は寡黙で物事に動じないタイプらしく、僕らの不意の来訪にも驚いた様子を見せなかった。しかし実際には、銀行の支配人から電話で事情を聞いていたことを、パーリー氏はすぐに明らかにした。

「そういうことなら、さっそく質問を」リンゼー弁護士が切りだした。「答えていただけると確信しております。サー・ギルバート・カーステアズに最後にお会いになったのはいつですか」

パーリー氏は素早くデスクの上のスケジュール帳を開き、目を走らせて「三日前です」と即答した。

「水曜日の十一時にお会いしております」

第三十章　カーステアズ家のモットー

リンゼー弁護士は、この明快な答えを聞いてしばし考えこんだ。そして、何かを思いだそうとするかのように僕をちらりと見た。

「例のヨットの件があった翌朝ということか」

僕より先にパーリー氏が答えた。

「おっしゃるとおり」彼の口調は落ちつき払っていた。「もちろん、そのときは知りませんでしたが、あとになって何度も新聞で取りあげられていましたからね。サー・ギルバートがヨットでベリックを発った翌朝、わたしは彼に会ったのです」

「ヨットのことを何か言っていませんでしたか」

「いいえ、ひと言も。普段どおり列車で来たものと思っていました。ここにいた時間は十分にも満たない。いったい何があったのか、わたしには見当もつきません」

「話を先に進める前に、サー・ギルバートが訪ねてきた理由をお聞かせねがえませんか。ちなみに、ポートルソープ氏が彼の弁護士であることはご存じですね。こうした質問をするのは、わたしだけでなく、彼のためでもあるんですよ」

「べつに隠しだてする理由はありません。どこから見ても合法的なビジネスの件で訪ねてきたのですよ。わたしが預かっていた仮株券を取りに——その仮株券は、言うまでもなくサー・ギルバート本人のものです」

「彼はそれを持ち帰ったのですか」

「当然でしょう。そのために来たのですから」

「行き先について何か言っていませんでしたか。例えば、しばらく家を離れるとか」

「いいえ、まったく。ビジネスの話しかしませんでした。さっきも言ったように、ここには十分もいなかったので」

リンゼー弁護士の驚きがいっそう増しているのは、僕の目には明らかだった。この三十分のあいだに判明した何かに驚いているらしい。それなりに鋭い観察眼を持つポートルソープ氏は、リンゼー弁護士のこの変化に気がつくと、大急ぎで形勢の逆転を図ろうとした。

「リンゼー弁護士は」とポートルソープ氏が言った。「サー・ギルバート・カーステアズの失踪時の状況が極めて特殊なもので、いささか気が動転しているのです。ついでに言えば、サー・ギルバート・カーステアズの妹君、ラルストン夫人もそうだ。何度も言って聞かせているんですがね、サー・ギルバート本人に訊けば、みずからの行動について筋の通った説明をしてくれるかもしれない——きっとしてくれるはずだ、と。おい、ちょっと待ちたまえ、リンゼー」いらいらしはじめたリンゼー弁護士を見て、「いまはわたしの番だと思うがね」と機先を制したあと、改めてパーリー氏に向き直った。「あなたとサー・ギルバートの取引は、終始一貫して合法だったのですよね。そして、わたしが思うに、ごく普通の取引だった」

「極めて合法的な、ごく普通の取引ですよ」パーリー氏は即答した。「わたしのことを彼に紹介したのは、スコットランド・アメリカ銀行の支配人です。世界最大のアメリカ市場で、わたしが大規模なビジネスを展開していることは、支配人に訊いていただければわかります。サー・ギルバートからは、イギリスの所有地の大半を処分するから、その売却益をアメリカの株式に投資したいと言われました。将来的に生活の基盤をアメリカに移したいそうで。サー・ギルバートも夫人もハザークルー館を気にかける様子はなかった。もっとも、屋敷とその土地は残すと言っていましたが。ときおり渡される多額の現金を、わたしは彼の指示に従って投資し、取引が成立するごとにその有価証券を彼に渡していました。そして――わたしが知っていることはこれで全部です」

ポートルソープ氏が再び口を開く前に、リンゼー弁護士は言葉を発した。

「お訊きしたいことが二点あります。反対する者は、よもやいないでしょう。ひとつは――サー・ギルバート・カーステアズから渡された金は、すべて投資に使ったということですね？」

「ええ――ほぼ全額。口座には雀の涙ほどしか残っていません」

「では、もうひとつ。サー・ギルバートが現在手にしているアメリカの有価証券はすべて、いつでも、どこの市場でも現金に換えられる種類のものなのでしょうね？」

「そういうことになりますね」パーリー氏が認めた。「ええ、たしかにそうです」

「わたしからは以上です」リンゼー弁護士はそそくさと席を立ち、ついてくるようにと僕に目配せした。「ご協力感謝します」

別れの挨拶もそこそこに、リンゼー弁護士は通りへ飛びだした。僕は彼のあとに続き、数分遅れてポートルソープ氏が追いかけてきた。たちまちふたりのあいだで激しい言い争いが始まり、ホテルの喫煙室の静かな一角へ三人そろって追いやられるまで続いた。そこはスミートン氏と待ち合わせたホテルだった。なかに入ると、再び議論はヒートアップした。少なくとも、リンゼー弁護士の勢いが衰えることはなかった。僕はと言えば、激論を交わすふたりの前に座り、ポケットに両手を突っこんで、あたかも判事であり裁判官でもあるかのように、それぞれの主張に耳を傾けていた。

当然ながら、彼らの意見は真っ向から対立していた。正反対の立場から問題を読み解き、ふたりの視点が交わることは決してない。ポートルソープ氏は騒ぎを最小限にとどめようと躍起になり、リンゼー弁護士は打てる手はすべて打つべきだと言って聞かなかった。きみが求めていた情報は、とりあえず手に入ったじゃないか、とポートルソープ氏は言った。エディンバラへ来たのはまったくの無駄足だったというのが、口には出さずとも彼の本音であることは明らかだった。だから一刻も早く地元へ帰って自分の仕事に戻ろう、よそさまの問題をあれこれ詮索するのはもうよさないか、とポートルソープ氏はだめを押すように付け加えた。サー・ギルバート・カーステアズは、サー・ギルバート・カーステアズ以外の何者でもない、したがってラルストン夫人とリンゼー弁護士の疑念は完全な見当違いである、ポートルソープ氏はかたくなにそう信じていた。サー・ギルバートと、ベリックで起きた謎めいた出来事や殺人事件のあいだには、いかなる接点も見当たらないし、そもそも接点があると考えること自体が馬鹿げている。ヨットの件については、少なくとも不可解な出来事であることを彼も認めた。しかし、とポートルソープ氏は申し訳なさそうに僕をちらりと見て、こう言い添えた。サー・ギルバートの言い分を聞く前に判断をくだすことはできない、と。

「あの男の身柄を確保できれば、その言い分とやらを法廷で好きなだけ聞けるさ」リンゼー弁護士は舌鋒鋭く言い返した。「その事なかれ主義を改めないかぎり、真相にはたどりつけないぞ。いいかげんに目を覚ましたらどうだ、ポートルソープ。公正な立場に立って一連の出来事を眺めてみたまえ。

その男はカーステアズ家の財産を手に入れるや、ハザークルー館を除くほぼすべての土地を売り払い、時を移さず、その売却益を――二百万ポンド余りの金を――外国の株式につぎこんだ。パーリー氏によれば、手に入れた株券は好きなときに好きな市場で換金可能だという。翻って、その男の立場を危うくする事態が――どんな事態かはまだわからないが――出来《しゅったい》した。そこにフィリップスとギルバースウェイトが一枚嚙んでいるのは間違いないし、のちに、クローンが加わったのも明らかである。あの男はたまたま知ってしまったのだ、決定的な事実を。それでサー・ギルバートを名乗るペテン師は、クローンを殺害し、マネーローズを溺死させようとした。で、その後、何が起きたのか。おそらくマネーローズを置き去りにしたあと、サー・ギルバートを騙る男は、ヨットでスコットランド沿岸のどこかに立ち寄り、そこでヨットを漂流させたか、もしくは、こっちのほうが可能性は高そうだが、ラーゴの例のロバートソンという漁師に金を渡して、でたらめな話をさせたのかもしれない。翌朝、エディンバラへ移動して、残りの株券をすべて回収すると、ただちに妻との待ち合わせ場所へ向かった。ゆうべ執事のホリンズから聞いた話が真実なら――疑う理由はひとつもないが――夫人は高価な財宝を持ち去った。どこからどう見てもペテン師の仕業だ。あの男は、機を見て土地を売り払い、不正に得た金をわがものにするべく行方をくらました。そういうことなんだよ、ポートルソープ。わたしの常識に照らした見地から断固として主張するぞ」

「それなら、わたしとしても常識的見地に立って言わせてもらうが、理にかなった妥当な説明がなされる可能性は充分にある」ポートルソープ氏が反駁した。「たしかにきみは憶測をめぐらすのが得意だが、根拠が希薄なんだよ。のっけから自分の意見を押しつけようとするのは悪い癖だ。それに、わたしは謎解きやら推理やらにうつつを抜かすのは好きじゃない。きみが論理的な思考の持ち主なら

――」

こうした水かけ論が一時間余りも続いた。実際、永遠に続いていたかもしれない。正午きっかりに、ギャビン・スミートン氏が姿を現さなければ。彼を見たとたん、ふたりの弁護士はぴたりと言い争いをやめ、今度は例の手紙と遺言書の筆跡が酷似している件について白熱した議論を交わしはじめた。もっとも、白熱していたのはリンゼー弁護士とポートルソープ氏だけで、長年謎に包まれていた父親が、実はマイケル・カーステアズかもしれないと聞かされたギャビン・スミートン氏は、明らかに面食らっていた。

「自分が何を言っているのかわかっているのか、リンゼー」ポートルソープ氏が食ってかかった。「きみの説が正しいとすれば、この青年の父親は――マーティン・スミートンの名で知られていた人物は――実際には、亡きマイケル・カーステアズ、すなわち亡きサー・アレクサンダーの長男ということになるんだぞ。まったく、きみは筋金入りの頑固者だ。そこまで言うなら、よほど確信があるんだろうな」

「あるとも。それはもう紛れもない事実だよ、ポートルソープ」

「それが事実だとしたら？　ここにいるスミートン氏が亡きマイケル・カーステアズの嫡出子だとしたら、彼の名前はスミートンではなくカーステアズであり、準男爵の真の継承者ということだ。そして、祖父のサー・アレクサンダーは遺言を作成せずに逝去されたから、法律上、一族の資産はすべて彼のものになる。ちゃんとそこまで考えているのか？」

「馬鹿にするのもたいがいにしろ。三十六時間前からずっと考えているさ」

「ふん――そこまで言うなら証明してみたまえ」ポートルソープ氏は不満げにつぶやいた。キャビン・スミートン氏が現れてからというもの、ポートルソープ氏は品定めするような鋭い目つきで彼を見ていた。と思いきや、藪から棒に驚きの声を上げた。「たしかに、きみはカーステアズ家の一族によく似たところがあるな。いやはや、こんな奇妙なことがあるとは！」

スミートンはポケットに手を入れると、小さな包みを取りだして包装をはがしはじめた。

「手がかりになるかもしれないと思って持ってきました。ゆうべ、あれこれ考えているときに思いだしたんですよ。ワトソン夫妻から聞いた話では、わたしが初めて彼らのもとへ来たとき、首から下げていたそうです。小さな金のオーナメントで、モットーのようなものが刻まれている。遠い昔にしまいこんだままになっていました」

彼が包みから取りだしたのは、すり減った金の鎖と、その先に揺れるハート型のペンダントだった。ペンダントを裏返すと、そこに文字が刻まれていた。

「これがそのモットーです。『為せば成る』と書かれています。誰のものでしょう」

「なんと！」ポートルソープ氏が驚きの声を上げた。「カーステアズ家のモットーだよ。間違いない。何百年も前から受け継がれてきたものだ。リンゼー、こいつは途方もない事態だぞ。きみの推理には一理あることを認めねばなるまい。とすると、われわれがすべきことは――」

しかし、ポートルソープ氏がすべきことを述べる前に、気勢をそがれる事態が生じた。そのせいで僕は、この話し合いの行方に興味を失ったばかりか、カーステアズやスミートンにまつわる謎も頭から吹き飛んでしまった。ホテルのボーイが電報を手にやってきて、マネーローズさまはいらっしゃいますかとたずねた。僕は戸惑いながら電報を受けとり、封を切った。言い知れぬ不吉な予感に、胸をざわつかせながら。そして気がつくと、僕のまわりで部屋がぐるぐる回っていた。だが、電報の文字ははっきりと読みとることができた。

至急帰宅せよ。メイシー・ダンロップが行方不明。昨夜、忽然と姿を消して以来、足どりつかめず。

マレー

僕はその紙片をほかの三人が囲むテーブルの上に投げだした。頭に血がのぼり、恐慌をきたした僕は、誰かが何か言う前に部屋を飛びだして、ホテルから通りに出ると、駅へ向かって一目散に駆けだした。

第三十一章　消えた足どり

マレー署長からの電報は、その朝の出来事を僕の頭から一掃した。カーステアズ家の問題も、靄《もや》のようにそれらを覆っている謎も、マレー署長から届いた不安を煽るだけの悪い知らせに比べれば、僕にはどうでもいいことだった。もっと詳しい情報を得るためなら、なんだって差しだしただろう。しかしマレー署長は、いますぐ家に帰らないと心配で気が狂いそうになる程度の情報しか与えてくれなかった。メイシーとは、彼女が僕の母親と一緒にひと足早くダンディーを発ったとき以来会っていない。あのあと僕は、警察やらラルストン夫人やらポートルソープ氏の対応に追われ、最初はニューカッスルへ、次はエディンバラへと飛びまわっていたから、ひとっ走りして様子を見に行く時間すらなかった。僕の不安を否応なくかきたてたのは、もちろん、マレー署長が用いた〝忽然と〟という言葉だった。どうしてメイシーは〝忽然と〟姿を消さなければならなかったのか。外出した理由はなんだ？　いったいどこへ行ったのだろう。なんの手がかりも残さずに。この予想だにしなかった事態を招いた原因はなんだ？　いったいなぜ――。

しかし、いくら考えても埒が明かない。いま必要なのは行動だ。最初に見かけたポーターに次のベリック行きの列車をたずねていると、後ろからギャビン・スミートン氏に腕をつかまれた。

「あと十分ほどで発車する列車があるんだ、マネーローズ」スミートン氏の口調は冷静だった。「あっちだ。わたしも一緒に――というか、全員で行くことになった。リンゼー弁護士の考えでね。ここでの用はもう済んだから」

振り返ると、ふたりの弁護士がこちらへ駆けてくるところだった。リンゼー弁護士はマレー署長の電報を握りしめている。四人そろってベリック行きの列車へ向かって歩きはじめると、リンゼー弁護士が僕を脇へ引っぱった。

「きみはどう思う、ヒュー。あのお嬢さんがなぜ失踪したのか、心当たりはないのかね」

「見当もつきません。だけど、この一連の事件と関係があるなら、リンゼーさん、一刻も早く捜しださないと！　彼女を連れ去った人間を僕は絶対に許さない――連れ去られたとしか思えませんよね？町を離れるんじゃなかった」

「そうか、わかった。すぐに戻れるさ」リンゼー弁護士はなぐさめるように言った。「いい知らせが届いていることを祈ろう。それにしても、マレーの電報はどうしてあんなに短いんだ。やたらと不安を煽るのは間違っている。あの男、口数が多いくせに大事なことは言わないんだから」

僕らはベリック行きの急行列車で帰途に着いた。列車に乗っていたのはさほど長い時間ではないが、僕には永遠のように感じられ、そのあいだ、誰かに話しかけられても一度も口を開かなかった。列車がベリックの駅に到着したとき、巡査部長とアンドリュー・ダンロップがホームで待っていた。その姿を見た僕は、生きた心地がしなかった。悪い知らせを聞いた人間は、もっと悪い知らせが届くのをつねに恐れているものだ。だから僕は、彼らが駅まで何かを伝えに来たのではないかとびくびくしていた。そんな僕の胸の内を察したリンゼー弁護士は、ふたりに向かって単刀直入にたずねた。

「何かわかったのかね、行方不明のお嬢さんについて。マレーの電報に書いてあった以上のことが明らかになったのか？　もしそうなら早く聞かせてくれ。この青年は心配で気が狂いそうなんだ」

チザムは首を横に振り、アンドリュー・ダンロップは探るような目つきで僕を見た。

「新たにわかったことは何もない」答えたのはアンドリューだった。「きみのほうこそ、何か心当たりがあるんじゃないのか、ヒュー」僕を見据える目が鋭さを増した。

「僕がですか、ダンロップさん？」驚いて訊き返した。「どうして僕にそんな質問を？　心当たりなんてあるはずないでしょう」

「そうとはかぎらないだろう。きみは自分の母親とわたしの娘をダンディーまで呼びつけた。とくに用もないのに――と、わたしは聞いているぞ。そして――」

「ちゃんとした理由があったんです」リンゼー弁護士が割って入った。「彼の判断は正しかった。目下の問題は、お嬢さんの居場所を突きとめることですよ、ダンロップさん。この際、腹を割って話そうじゃありませんか。そうすれば、おたがいに現状を把握できる」

アンドリュー・ダンロップが僕に満足していないことは前から知っていたが、その理由がいまわかった。極度の倹約家であるアンドリューは、あっちで一ペニー、こっちで一ペニーと小銭を貯めこみ、蓄えた金で特別なものを買うわけでもない。だから、僕が理由もなく――と彼は思っている――娘をダンディーまで呼びつけたことに腹を立てているのだ。おまけに、娘が父親の許可なく行方をくらましたものだから――その点について僕に非がないことは明らかだが――なおさら鬱憤がたまっているのだろう。そんなわけで、彼はリンゼー弁護士と冷静に渡り合うことも、礼儀にかなった態度を取ることもできなかった。

「ええ、結構ですとも」と彼は言った。「おかしな事件が続いているが、娘を巻きこむのはやめていただきたい、リンゼーさん。われわれとは関係のないことで、こんなふうに振りまわされるのは――」

リンゼー弁護士はときおりひどく気が短くなる。いま、彼の堪忍袋の緒は切れかけていた。いらだたしげなうなり声を上げて身体の向きを変えると、かたわらのチザムの襟首をむんずとつかんだ。

「いいかげんにしろ、ダンロップ」リンゼー弁護士は肩ごしにアンドリューを怒鳴りつけた。「くだらんことをべらべらと！　さあ、巡査部長！　彼女に何があったのか教えてくれ」

僕の未来の義父は、苦虫を嚙み潰したような顔で背を向けたが、代わりにチザムが慌てて弁明した。

「気が立っているんですよ」遠ざかっていくアンドリューの後姿を、チザムはあごで示した。「あなたがたが到着するまで、頭から決めつけていたんだ。あなたとヒューが例の怪事件がらみで、またしても娘をどこかへ連れ去ったにちがいない、と――それ以外の理由は思い浮かばなくて。本音を言うと、わたし自身も疑っていたんです。でも、そうじゃないとわかった。何事もなければいいのですが、その気の毒なお嬢さんの身に。なにしろ――」

「いいかげんにしないか」たまらず僕は声を荒げた。「前置きはもういいから、早く本題に入ってください」

「いま話そうとしていたんだよ、ヒュー」チザムは落ちついていた。「きみが焦る気持ちもわかる。いいか、こういうことなんだ。アンドリュー・ダンロップさんには牧羊農家に嫁いだ妹がいる。牧場はコールズマウス山の麓、ミンドラムとカーク・イェットホルムのあいだに――」

「知ってますよ。ヘゼルトン夫人でしょう。で、どうしたんです？」

「そう、ヘゼルトン夫人だ。きみの言うとおりさ。それでだね、ゆうべ――七時くらいにダンロップさんの家に電報が届いた。ヘゼルトン夫人が病気で容体が思わしくないので、ミス・ダンロップに来てほしいという。彼女はすぐに出発した。自転車に乗って、ひとりきりで。そして、目的地にたどりつくことはなかった」

「どうしてわかるんだね?」リンゼー弁護士がたずねた。

「今朝九時ころ、ヘゼルトン家の息子が、夜半に母親が息を引きとったことをダンロップさんに伝えに来たからです。当然、ダンロップさんは、娘は臨終に間に合っただろうかとたずねた。しかし、ヘゼルトン家の人々は彼女を見ていないという。というわけで——お話しできることはこれで全部です、リンゼーさん」

いますぐ自転車に飛び乗ってヘゼルトンさんの農場へ行く——という考えを僕は実行に移そうとした。その矢先に、リンゼー弁護士に肘をつかまれた。

「焦るな、ヒュー。作戦を立てるんだ。彼女が行くはずだった農場までの距離はどのくらいある?」

「十七マイルです」僕は即答した。

「その農場を知っているのか?　どの道を通るかも?」

「彼女と一緒に行ったことがあるんです、リンゼーさん——何度も、数えきれないくらい。あの道のことなら隅々まで知り尽くしています」

「では、こうしよう。きみは町で一番の車を借りて農場へ向かう。彼女が通ったはずの道で、しらみ潰しに聞きこみをするんだ。なんの手がかりも残っていないということはあるまい。彼女が出かけたときは、まだ陽が出ていたんだから。徹底的な捜索と聞きこみを行うこと——そうすれば必ず何か出てくるはずだ」リンゼー弁護士は、近くで話を聞いていたスミートン氏を振り返った。「一緒に行ってください。きっと力になってもらえるはずだ。彼には行動をともにする人が必要なんです」

　スミートン氏と僕は駅舎の外へ飛びだした。操車場に停まっていた数少ない車から、一番状態のよさそうなものを選びだし、その車に乗りこんだとき、チザムがやってきた。

「捜査中の警官がいるから、ひと声かけたほうがいいぞ、ヒュー。頭数は多くないが、きみが求めている情報を知らせておいても害はあるまい。ついでに、しっかり目と耳を開いて捜索するよう発破をかけてくれ」

「了解、そうしますよ、チザム。あなたこそ目と耳をしっかり開けていてくださいよ。最初に有力な情報を寄せてくれた人に、謝礼として僕から十ポンド払います、それも現金で。できるだけたくさんの人に広めてください。アンドリュー・ダンロップに無駄遣いと思われたって構うもんか！」

　その後、僕らは出発した。スミートン氏は僕の気を紛らせようとしたのか、メイシーがヘゼルトンの農場へ行くのに通ったと思われる道について、あれこれと質問をした。それはもちろん、いま僕らが向かっている道なのだが。メイシーはベリックとケルソウを結ぶ幹線道路を進み、ミンドラム・ミルを経由してコーンヒルで南へ折れ、もしも、その道のどこかで姿を消したのだとしたら、チェビオット丘陵の北側に広がる荒野に入りこんだのだろう、僕はそう説明した。

「道沿いには集落とか村のようなものが当然あるんだろう？」

「ひとけのない寂れた道なんですよ、スミートンさん。僕はあの道のことならなんでも知っています。民家がないわけじゃないけど、道路からはだいぶ離れているし、ぽつんぽつんと点在している程度で、集落と呼ぶようなものじゃない。まだ明るい夏の夜に、あの道で何かが起こるとは僕には到底思えないんですよ。誘拐が横行していた時代ならまだしも。それにメイシー・ダンロップは脅されて、黙って従うタイプじゃない！　彼女のことを知っていたら、あなたもそう思うはずです。彼女の失踪は、カーステアズ家の問題と関係があるんじゃないか。あの得体の知れない凶悪な一連の事件と。カーステアズなんて名前、一生聞きたくなかった」

「ああ。気持ちはわかる。だが――じきに決着がつくさ。それにしても不可解な事件だ。実に不可解だよ、まったく」

僕は返事をしなかった。カーステアズ家がらみの事件にほとほと嫌気がさしていた。食べているときも、飲んでいるときも、目を覚ましているときも、眠っているときも、四六時中、殺人犯やペテン師と一緒にいる気がした。彼らのことを考えすぎてうんざりしていた。メイシーを見つけだすことに集中しろ、と僕は自分に言い聞かせた。そして、こんな悪辣な事件とは金輪際関わるまいと心に決めた。

だが、その後の長時間にわたる捜索は空振りに終わり、手がかりすら得られないまま夜を迎えた。リンゼー弁護士は引き続き車での捜索を命じ、費用の心配はいらないと言ってくれた。僕らは捜索範囲を広げて駆けずりまわったものの、目ぼしい収穫はなかった。メイシーは一度だけ目撃されていた。ベリックと隣接するイースト・オード村で、道路沿いに建つ自宅の庭で作業をしていた男が彼女を見かけたという――それが唯一の情報だった。ミンドラムとイェットホルムスのあいだ、ボウモント川沿いに走るひときわ寂れた道を重点的に捜索したが、成果は得られなかった。そして陽が暮れるころ、僕らは疲労困憊して帰途に着いた。そのときの僕は、なんとか生きて帰ろうと北海を泳いでいたときよりも、深い絶望感に襲われていた。

「認めざるを得ませんね、スミートンさん」その日の捜索を打ちきると決めたとき、僕は言った。

「彼女は犯罪に巻きこまれた。ノーサンバーランドの警官を総動員して――」

「ああ。間違いなくこれは警察の領分だよ、マネーローズ君。ベリックに戻って、大規模な捜索を実施すべきだとマレー署長に訴えよう」

町に戻ると、まずはリンゼー弁護士の自宅へ向かった。僕らの車を見るなり、彼は玄関から飛びだしてきて、僕らを書斎に招き入れた。部屋には先客がいた。フィリップスの検死審問でギルバースウェイトにまつわる証言をしたリドレー司祭だった。

第三十二章　因果

リンゼー弁護士の顔をひと目見ただけで、僕らに伝えたいニュースがあるとわかった。しかし、そのときの僕が聞きたいニュースはひとつしかなかったし、リンゼー弁護士がどんな情報を得たにせよ、僕が求めているものでないことはすぐに明らかになった。きみたちの留守中に、メイシー・ダンロップに関する新たな情報は入っていない、彼がそう言うなり、僕はまわれ右をして部屋から出ていこうとした。くたくたに疲れていたが、町での聞きこみをひとりで始めるつもりだった。しかしドアに達する前に、リンゼー弁護士に腕をつかまれた。

「おいで、ヒュー。こっちへ来て座りなさい。きみとスミートンさんのために温かい食事を用意してあるんだ」有無を言わせぬ口調で言った。「現時点できみにできることはない。警察と協力して思いつくかぎりの手はすべて打った。捜査員が草の根を分けて捜しているところだ。だからきみはその椅子に座って、食事をとりたまえ。腹に何か入れれば元気も出るだろう」僕らが食べはじめたのを見て、リンゼー弁護士は話を再開した。「スミートンさん、新たな事実が判明しました。ほかの誰よりもあなたの人生に影響を与えるであろう事実が。ここにいるリドレー司祭が、マイケル・カーステアズに関するあるものを発見したのです。この発見によって事態の成り行きは一変する。マイケル・カーステアズが紛れもなくあなたの父親であることを——すなわち、あなたがマーティン・スミートンという名前で認識していた人物の正体はマイケル・カーステアズであったことをわれわれが証明すれば――必ず証明してみせますが――なおのこと、この発見が与える影響は計り知れません」

スミートンは椅子に座ったまま身体をひねってリドレー司祭を見た。リンゼー弁護士とともに先に夕食を済ませたリドレー司祭は、部屋の隅の暖炉の前に座って、ダンディーから来たその青年をあからさまな好奇の目で見ていた。

「あなたのことはお聞きしています」スミートン氏が言った。「フィリップスの検死審問で証言されましたね。たしか、ギルバースウェイトがあなたの教区簿冊を調べに来たとか」

「おっしゃるとおり」応じたのはリンゼー弁護士だった。「もっけの幸いでしたよ、ギルバースウェイトがリドレー司祭の教会を訪ねたのは。おかげで、ふたつの事柄の関連性が明らかになった。リドレー司祭がギルバースウェイトの行動を追跡調査し、そして――手短に言えば――マイケル・カーステアズの婚姻記録を発見した。彼は生涯未婚を通したと考えられていたが。リドレー司祭がこのニュースを知らせに来る前に、ポートルソープをニューカッスルへ帰したことが悔やまれるよ」

疲労困憊し、メイシーの身を案じて胸が張り裂けそうになりながらも、僕は話に聞き入っていた。リンゼー弁護士と僕はその問題について話し合っていたし、謎に包まれたマーティン・スミートンという男が、若いころにハザークルー館から出奔したマイケル・カーステアズである可能性は高いと承知していた。もしマイケルの結婚が立証され、ギャビン・スミートンが嫡出子だと証明されたら――。しかし、僕は物思いを中断して、リドレー司祭の話に耳を傾けた。

「今回の一件は、わたしが感謝される筋合いのものではございません、スミートンさん」司祭はそう切りだした。「フィリップスの検死審問のあと、当然ながら、わたしのまわりはその話題で持ちきりになりました。ギルバースウェイトが教区簿冊のなかに探していた人物を思いめぐらせたりして。あの男がツィード川の両岸で大量の簿冊を調べていたことも、いまはわかっています。そして物の道理として——明確な対象を明確な方法で探した場合——いったん探しだしたものを見つけるのはたやすいことです。それはさておき、事のしだいをご説明しましょう。いまから三十年ほど前、チェビオット丘陵のひときわ寂れた地域に古い教区教会があって、徐々に廃れていく村の祭事を執り行っていました。いまもウォルホルムという地名は残っています。現在では家が一軒か二軒あるきりで、信徒はほとんどいないし、教会の建物自体も廃屋同然だったから、その古い教区は消滅して、フェルサイドという隣の教区に吸収されました。そのフェルサイドの教区司祭であり、わたしの友人でもあるロングフィールドが、ウォルホルムの古い簿冊を保管している。フィリップスの検死審問や、わたしの証言を新聞で読んだ彼は、その簿冊のことを思いだして調べてみることにした——三十年間一度も開けたことのない棚から引っぱりだして。マイケル・カーステアズとメアリー・スミートンなる女性との婚姻記録はすぐに見つかりました。ライセンス（登記所に割高な料金を支払って、比較的短期間で結婚許可を得るための方法。現在は廃止されている）による結婚で、式を執り行ったのはウォルホルム最後の教区牧師です——実のところ、その古い教会で行われた最後の結婚式でもありました。おそらくそれは」リドレー司祭は慎重に言葉を継いだ。「いわゆる〝駆け落ち婚〟と呼ばれるものだった。そう考える理由があります。第一に、ライセンスという方法を選んだこと。第二に、その教会がどこよりも寂れた、世間から隔絶された場所であったこと。当時でさえ、ふたりの結婚を知っていたのは、式を執り行った牧師と立ち合い人だけでしょう。むろん彼らは固く口止めされ、おそらくその約束を守りとおした。しかし、古い簿冊に記録が残っていました」

スミートンと僕はテーブルの上に身を乗りだして、リドレー司祭が差しだした一枚の紙を見た。そしてスミートンが――彼が受けた衝撃は計り知れない――ひとつだけ質問をした。

「メアリー・スミートンについて何かわかりませんか」

「ロングフィールド司祭はその点についても調べていました。近所の老人数名にひそかに話を聞いたところ、結婚式の立ち合い人はふたりとも亡くなっていた――何年も前に。だが、メアリー・スミートンを覚えている人がいました。メアリーは非常に美しい娘さんで、地元の人間ではなく、チェビオット丘陵の農場へ出稼ぎに来ていたとか。記録の日付を確認したところ、彼女は結婚式の直後に下宿先を出たようです」

スミートンは終始変わらぬ落ちついた態度でリンゼー弁護士を振り返った。

「どう思われますか?」

「状況は極めて明白です」リンゼー弁護士の口調は自信にあふれていた。「マイケル・カーステアズはその娘と恋に落ちてひそかに結婚した。リドレー司祭のおっしゃるとおり、ライセンスによる結婚だったことを考えれば、おそらく、いや、間違いなく、司祭と立ち合い人を除けば誰も知らなかったはずだ。マイケルと妻は式の直後にアメリカへ渡り、そしてマイケルは自身の都合で、本来の姓を捨てて、妻の名字を名乗ることにした」リンゼー弁護士は膝をぴしゃりと叩いて、断固たる口調で話を締めくくった。「自信を持って言いきれますよ。あなたはその婚姻によってもたらされた子であり、ほんとうの名前はギャビン・カーステアズであり、準男爵の後継者であり、そしてハザークルー館の真の当主である――謹んで証明させていただきますよ」

「それは心強い」スミートンは依然として冷静そのものだった。「しかし――その前にすべきことがたくさんありますよね、リンゼーさん。例えば、現在の当主、というか当主を名乗っている男はいったい何者なのか」

「警察には強く言ってあるんですよ、八方手を尽くしてあの男を捕まえるようにと」リンゼー弁護士が答えた。「マレー署長は、ゆうべ執事のホリンズから聞いた話を、今朝一番にグラスゴー警察に残らず伝えただけでなく、この事件に詳しい捜査員を現地に送りこみ、ロンドン当局に電報で応援も要請した。さっそくニューカスルからふたりの捜査員が到着したらしい――というわけで、警察としてもできることはすべてやっている。それと、ヒュー、この捜査はきみのためでもあるんだ」藪から棒に僕を振り返って言った。「警察がほかの案件にかかずらっているように見えても、結局は、きみの問題を解決することになるんだよ。こんなことを言うと残酷に聞こえるかもしれないし、具体的な証拠があるわけでもない。ただ、そんな気がしてならないんだ。メイシー・ダンロップの失踪は、一連の悪逆無道な事件と繋がっている――それがわたしの本音だ」

僕は料理の皿を押しやって立ちあがった。僕自身、一日じゅう案じていたことだが、あえて口に出さずにいたのだ。

「つまりあなたは、彼女が何者かの手に落ちたと考えているのですね、リンゼーさん。いったい誰が？　なんのために？」

「裏で誰かが何かを企んでいるのさ」リンゼー弁護士は首を横に振りながら言った。「わたしの勘が外れているといいが、ヒュー」

矢も楯もたまらず、僕は部屋を飛びだした。今度は誰も引き止めなかった。顔を見て、止めても無駄だと悟ったのだろう。リンゼー弁護士の家を出ると、無意識のうちに町を突っきって自宅へ向かっていた。握ったこぶしの爪を手のひらに食いこませ、食いしばった歯の隙間からサー・ギルバート・

カーステアズを口汚く罵りながら歩いた。その悪魔じみた男の名前は、ギルバート・カーステアズではないかもしれないが。彼を罵り、自分自身を罵った。ギルバースウェイトの使いとして出かけたあの晩に、交差点であの男を目撃したことを僕が隠したりしなければ、こんなことにならなかったのだ。

スミートンと僕がリンゼー弁護士の家を訪ねたとき、すでに陽は傾いていたから、町にたどりついたころには夜の帳がおりていた。星のない蒸し暑い夜だった。低く垂れこめた黒雲が、雷雨の到来を予感させた。わが家は街灯の光が届かない薄暗い一角に建っている。僕は何かできることはないかと自問しながら――メイシーの消息が判明するまで眠るわけにはいかない――薄暗がりのなかを進んだ。そのとき、ひとりの男が路地から飛びだしてきて、僕の肘に手をかけた。隣家の窓明かりに照らされて立っているのは、この近辺で庭仕事などを生業としているスコットという男だった。

「しっ！　お静かに頼みますよ、ヒューの旦那」スコットは僕を路地に引っぱりこんだ。「ずっと帰りを待ってたんだ。折り入って話したいことがあるもんで――ふたりきりで」

「なんだい？」

「あんたが十ポンドを――しかも現金で――払う用意があると聞いたんだ。あんたの婚約者について有力な情報を提供したやつに」スコットは性急に続けた。「ほんとなのか？」

「心当たりがあるのかい？　彼女の手がかりをくれたら、その噂はほんとうだとすぐにわかるよ」

「本気なんだな？」スコットは再び僕の腕をつかんで答えを迫った。「決定的な情報でなくても、俺がなんらかの手がかりを提供したら、同等の価値があると見なしてくれるんだよな、ヒューの旦那。何かにつながるヒントがそこに含まれていたら。そういうことだろう？」

「ああ、そのとおりさ。何か知っているなら、スコット、もったいぶらないで教えてくれないか。その話をもとに彼女の居場所を突きとめられたら、十ポンドはきみのものだ」

「よし、わかった。確かめておきたかったんだ。なにせ、俺は貧乏人だし、知ってのとおり、食わせなきゃならない家族もいる。うっかり口を滑らせて、幼い子どもを抱えて路頭に迷うはめになったら目も当てられない。実を言うと、いま俺はあそこのハザークルー館で働いているんだ。常雇いだし、給料もいい。そいつを失うようなまねはしたくない」

「じゃあ、話というのは、ハザークルー館に関することなのか」僕はにわかに勢いづいた。「なあ、頼むから話してくれ。いったい何を知っている？」

「誰にも言わないと誓えるかい？　いまもこの先もずっと」スコットは念を押した。

「ああ、誓うとも！」僕はいらだって声を荒げた。「絶対に誰にも言わないよ」

「いいだろう」スコットは声を落とし、僕のほうへさらに顔を近づけた。「断っておくが、たしかなことじゃないんだ。俺が与えられるのはヒントだけだ。だけど、もしも俺があんただったら、ハザークルー館の旧館部分をこっそり調べるだろうね――俺なら絶対にそうする。行けばわかるが、いまはもう使われていなくて、近づく者もめったにいない場所だ。なのに、ヒューの旦那、誰が何をしているのか知らないが、いまはそこに人がいるんだ」

「旧館か！　塔のあるところかい？」

「ああ、そうとも。こっそり忍びこむことができたら――」

僕は彼の腕をつかんだ。強く握った僕の手は、多くのことを語っていたかもしれない。

「また明日、ふたりで会おう、スコット。いまの話が少しでも役に立ったら、十ポンドはきみのものだ」

僕は言うと同時に身を翻し、小走りにわが家へ向かった。

第三十三章　古い塔

　僕が戸口から駆けこむと、母は居間のいつもの場所で、いつもの安楽椅子に腰かけ、いつものように編み物をしていた。突然現れた僕に驚いて顔を上げたものの、手を休めることなく編み棒をせっせと動かしつづけている。まるで全世界が、みずからの編み目のように整然と、規則正しく動きつづけているかのように。

「おや、ようやくご帰還かい？」棘のある物言いだった。母はときおりそういう口の利き方をする。

「帰り道を忘れたんじゃないかと言われたわ、おまえの不可解な行動を知った人たちから。どうしてゆうべのうちに、今夜は家には帰らないと連絡をよこさなかったの？　おまえがもう町に戻っていることを、よそさまから聞かされたんだよ」

「勘弁してよ、母さん。事情を知っているのに、どうしてそんなことを訊くのさ。リンゼーさんと僕がニューカッスルから戻ったのは真夜中だった。それでリンゼーさんの家に泊めてもらって、今朝一番の列車でもう一度エディンバラへ行ってきたんだよ」

「あら、そう。リンゼーさんがあっちでお金をばらまきたいのなら、好きにすればいい」母は辛辣に言った。「だけど、おまえにはそろそろ普段の生活に戻ってもらわないと。今度はどこへ行くつもり？　オーブンに温かい夕食が入っているのよ！」

「食事はリンゼーさんの家で済ませてきた」奥から自転車を引っぱりだしながら答えた。「出かけなきゃならないんだ、止めたって無駄だよ。帰りがいつになるかもわからない。メイシーが行方知れずだっていうのに、ベッドでのうのうと眠っていられると思うかい？」

「おまえがしゃしゃり出たってなんの役にも立たないよ、ヒュー。警察が見つけられずにいるんだもの。チザムっていう警官が、夕方ここへ寄っていったけど、まだメイシーの足どりはつかめていないそうじゃないか」

「チザムがここへ？　そんなことを言うために？」

「ああ、それだけのためにさ。そう言えば、今日、ちょうど昼食の時分に、クローンの家政婦をしていたっていう、アイルランド人の女がおまえを訪ねてきたよ」

「え？　ナンス・マグワイアが？　どんな用件で？」

「おまえに用があったんだよ。このところ訪ねてくるのは歓迎したい人たちばかりだね。警察官に、殺人犯に、アイルランド人――」

「僕を訪ねてきた理由を言ってなかったのかい？」

「早々にお引きとりいただいたからね。あたしがあの手の人とわが家の玄関先で長話をすると思うかい？」

「母さん、僕なら悪魔とだって話すよ、メイシーの手がかりを得られるなら」いったん立ち去りかけた僕は、戸口でくるりと振り返ると、鋭い言葉を浴びせかけた。「母さんもアンドリュー・ダンロップも最低だ」

母が何か言い返す前に、玄関のドアがふたりを隔てていた。僕は自転車を押して通りに出ると、サドルにまたがり、ペダルに足を乗せたところで、ふとためらった。ナンス・マグワイアは僕になんの用があったのだろう。メイシーのことで何か知っているんじゃないか。わざわざ僕を訪ねてくるなんて余程のことだ。話を聞きに行ったほうがいいのでは。だが、すぐに思い直した。仮に彼女が何か知っているとしたら――その可能性はきわめて低いが――警察に通報するはずだ。それに、スコットから寄せられた情報の真偽を一刻も早く確かめたかった。迷いを振りきると、ハザークルー館目指してペダルを踏みこんだ。

古い橋を渡ったとき、嵐の到来を告げるくぐもった雷鳴が聞こえ、次の瞬間、稲妻が夜空を切り裂いた。昨夜、ベリックからミンドラムへ向かったはずのメイシーを見かけたのは、イースト・オード村の男ひとりだけだった。そのことに驚き、不審に思っていた僕は、突如としてあることを思いだし、いままで忘れていたことを激しく悔やんだ。近道があるのだ。ハザークルー館の敷地を突っきる、通行権（他人の所有地などを通行する権利）のある道を通れば、少なくとも三マイルは短縮できる。一刻も早く叔母のもとへ駆けつけたいメイシーが、一番の近道を選ぶのは当然のことだ。ようやく僕は腑に落ちた。メイシーはハザークルー館の敷地に入りこみ――それきり出てきていないのだ！

恐怖で吐き気がした。僕の恋人はサー・ギルバート・カーステアズを名乗る男に――血も涙もない悪党だと僕が身をもって知っている男に――捕らわれている。そう思うと、震えが止まらなくなった。しかも、彼女はすでに二十四時間もあの男の支配下にあるのだ。たったひとりで、身を守るすべもなく。僕は全身の力が抜けて気を失いそうだった。心も身体も疲弊し、弱っている。それでも、白旗を揚げるつもりは微塵もなかった。その場所に行かなければという思いに駆りたてられていた。僕自身とメイシーのために決着をつけなければという思いもあった。メイシーの身に何が起きたのか、僕は理解しはじめていた。ハザークルー館の敷地のどこかで、彼女は何かに、あるいは何者かに、ことによるとサー・ギルバートだとすれば、当然ながら、彼の居場所を知った人間をそのまま帰しはしないだろう。サー・ギルバートだとすれば、当然ながら、彼の居場所を知った人間をそのまま帰しはしないだろう。しかし、もしも彼がハザークルー館にいるなら、執事のホリンズが昨夜——いや、ホリンズがリンゼー弁護士の応接室に腰を落ちつけたのは真夜中過ぎだから、正確には今朝のまだ夜が明けぬうちに——僕らに語って聞かせた話はどうなる？あの話はほんとうなのだろうかという疑念が頭をよぎった。ひょっとすると、何か狙いがあって、でたらめを吹きこんだのではないか。それを否定する証拠として、もちろん手紙の切れ端がある。だが、それもまた計画の一部で、僕らの目をあざむくための小道具だとしたら、その隙に悪党どもは——ホリンズに嘘八百を並べさせておいて——まったくべつのどこかへ逃げたのではないのか。もしそうだとしたら、彼らの目論みはみごとに的中した。僕らはまんまと術中にはまって、全神経をグラスゴーに集中してしまった。ほかの場所にはいっさい注意を払っていない。僕の知るかぎり、ハザークルー館も完全にノーマークだ。サー・ギルバートが戻ってくるとは誰も予想していなかった。

　とはいえ、これはすべて憶測にすぎない。いま最も重要なのは、一刻も早くハザークルー館にたどりつき、スコットから得た手がかりを頼りに、あの広大な屋敷の旧館を調べることだ。屋敷まで行くのは苦もないことだ。だが、敷地内のことはほとんど知らない。なにしろ、あの夜、サー・ギルバート・カーステアズを訪ねるまで一度も足を踏み入れたことがなかったのだ。敷地をぐるりと囲む生け垣や雑木林から忍びこむ方法はわかっていた。昼間でも誰にも見つからずに侵入する自信がある。そして、いまは月のない闇夜だ。ボーダー橋を渡りおえるとすぐに明かりを消した。暗がりのなかを走る僕が、敵かもしれない誰かの目にとまる恐れはない。ハザークルー館の敷地にたどりつく手前で自転車を降り、それを道路脇の下生えのなかに隠した。そしてのち、メイシーが通ったにちがいない通行権のある私道へは行かずに、フェンスを乗り越えて、若葉の茂る松林のなかを屋敷目指して進んだ。僕の方向感覚は間違っていなかった。足音をひそめ、柔らかい松の枝をかき分けて前進すると、やがて広々とした庭園に出た。その瞬間、夜空を切り裂く強烈な稲光が、目の前の高台にそびえたつ豪邸を照らしだし、四百メートルほど先に小塔と切妻がくっきりと浮かびあがって見えた。稲光が現れたのと同じ速さで夜空に消えると、再びあたりは漆黒の闇に包まれた。そのなかにぽつんとひとつ、窓明かりらしきものが見えた。僕はその光を頼りに、さえぎるものがない場所を、素早く、静かに進んだ。もし誰かが見張りに立っていたら、もう一度稲妻が光ったとき、屋敷に近づく姿を捕らえられる恐れがないわけではないが。

再び雷が落ちる前に、僕はハザークルー館が建つ高台の麓にたどりついた。だが、次の瞬間、目のくらむような稲光が閃き、直後に頭上で雷が轟いた。その束の間の明るさのなかで、目的地である旧館の近くにいることがわかった。そして僕の立っている場所とその旧館のあいだには、身を隠すものがいっさいないこともわかった。生け垣も、林も、木立もない。短く刈りこまれた芝生があるだけだ。再び訪れた暗闇のなかを手探りしながら足を急がせた。すると間もなく、伸ばした手が石造りの建物にぶつかった。時を同じくして滝のような雨が降りはじめた。どんなに激しい雨に打たれてずぶ濡れになろうと、それ以上に僕の意気を挫く何かが、胸のうちに芽生えたのもこの瞬間《とき》だった——圧倒的な無力感。いま僕は、衝動的に行動した結果として、巨大な灰色の石造りの建物のかたわらにいる。かつて何人《なんぴと》たりとも侵入を許さず、いまも威容を誇る建物のかたわらに。なかへ入りこむ方法も、のぞきこむすべもわからない。それが可能だとしたらの話だが。いまになって僕は、その建物を隅々まで捜索する権限を持った警官隊を同伴しなかったことを悔やんでいた。たとえ十人がかりでも、長い時間を要する大仕事になっただろう。それを自分ひとりの手でやろうとするなんて。僕はみずからの軽はずみな行動を苦い気持ちで顧みた。

土砂降りの雨を避けるのと同時に身を隠すために、僕は壁にぴたりと身を寄せていた。そのとき、降りしきる雨の音に混じって、べつの音が聞こえることに気がついた。雨音と同じく間断のないその音は、機械のモーター音のようだった。耳をそばだてないと聞こえないくらいかすかな低い音だが、たしかに聞こえる——間違いない。そして唐突に、それがなんの音かわかった。当時はまだ耳慣れない音、自動車のエンジン音だ。だが、車が動いているわけではない。ボイラーか、コンデンサーか、もしくは呼び名はわからないが、蒸気自動車の内燃機関の音だ。しかもそれは、さほど遠くない場所から聞こえる。僕が身をひそめている壁沿いを右手に進んだあたりだ。にわかに僕の好奇心に火がついた。こんな場所へ、こんな夜更けに自動車で乗りつけて、何をするつもりなのか。じきに真夜中に達しようという時刻に、廃屋同然の建物のすぐそばで。もはや土砂降りの雨を春のにわか雨程度にしか感じなくなった僕は、音のするほうへ壁沿いにゆっくりと忍び足で進みはじめた。

ハザークルー館の居住可能な部分は、僕がたどりついた旧館から離れた場所にあると言えば、当時の状況をより理解してもらえるだろう。その建物の総面積は、新旧を合わせると、とてつもなく広大だ。新館と旧館を隔てる翼棟は老朽化がひどく、うっそうと茂る蔦に覆われて久しい。旧館に話を戻すと、建物の一角に巨大な四角い塔がある。いま僕は、その壁の一辺を忍び足で進んでいるところだった。かすかな振動音が徐々に大きくなっていく。やがて塔にたどりついた。奥まった通用口に車が一台、いますぐ走りだせる状態で停まっていた。

手探りで通用口の端にたどりつくと、車のヘッドライトに照らされないよう用心しながらあたりを見まわした。しかしヘッドライトは点灯しておらず、蒸気機関の駆動音と、降りしきる雨の音しか聞こえなかった。そのとき、みたび稲妻が走り、目の前の光景を白々と照らしだした。アーチ型の天井と堅牢な壁から成る通用口。その奥の暗がりに重厚な石造りの建物が見える。アーチ型の天井の下に停められた真新しい小さな車は、見た目と同様に性能もすばらしいにちがいない。出発する準備が整っていることは、車のことをよく知らない僕にもわかった。稲光が夜空に吸いこまれる前に、僕の目を捕らえたものがもうひとつあった。車の左側の壁、なかば開いた扉の向こうに、螺旋階段ののぼり口が見えた。

再びあたりは濃さを増した漆黒の闇に包まれ、古い塔の上空で雷鳴が轟いた。僕は開いた扉へ向かって壁沿いにそろそろと進んだ。扉の内側か、階段か、あるいは上階の部屋から、何か聞こえないかと耳をそばだてながら。僕の指が戸口に触れ、雷鳴が低いうなり声に変わったとき、何者かが背後から僕の襟首をつかみ、硬くて冷たい筒状のものを右のこめかみに強く押しつけた。一秒の半分にも満たない一瞬の出来事だった。だが、何が起きたかは、自分の目で見たかのようにはっきりとわかった。尋常でない力の持ち主が、片手で僕の襟首をつかみ、もう片方でリボルバーの狙いを僕の頭に定めているのだ。

第三十四章　取引

人は窮地に陥ったとき、突如として感覚が研ぎ澄まされ、新たな知覚を得るものなのかもしれない。いずれにせよ、まるで姿を見たかのように、僕には襲撃者の正体がわかっていた。執事のホリンズだ。雷鳴が不満げなつぶやきとなって消えたとき、ホリンズが言った。それがもし別人の声だったら、僕は天地がひっくり返るほど驚いただろう。

「そのドアから入って、階段を上がれ、マネーローズ。早くしろ。脳みそをまき散らされたくなかったら。ほら、さっさと歩かんか！」

ホリンズはそう命じながら、リボルバーの銃口を僕のこめかみから後頭部へ移動させた。そのあいだも僕の髪に強く銃口を押しつけていたのは、銃の存在を再認識させるためにほかならない。あれ以来、僕はしばしば思いだしたものだ。いまにも銃弾が発射されるのではないかと思っていたことや、強がりや見栄ではなく事実として、恐怖よりも好奇心が勝《まさ》っていたことを。だが、僕にも自己防衛本能は備わっているし、むざむざと殺されるわけにはいかない。それで、ホリンズの命令に従うことにした。屈強な腕とリボルバーに急かされて、よろけながら戸口をくぐり、階段に足を乗せたところで躊躇した。使い古された階段は、擦り減って中央がえぐれていた。ホリンズが僕の背中を押した。

「さっさとのぼれ。前へ進むんだ！　両手を前に出して、手がドアに触れたら押して開けろ」

ホリンズは依然として片手で僕の襟首を――息が詰まるほど強く――つかみ、もう一方でリボルバーを後頭部のくぼみに押しつけていた。その体勢で僕らは階段をのぼった。そんな絶体絶命の窮地にあって、僕が階段の段数を数えていたのは、気持ちを落ちつけようとしていたからにちがいない。二十二段をのぼりきると、そこに扉があった。堅牢なオーク材に鉄の鋲を打ちつけた重厚な扉は、少し開いていた。手で押すと、暗くてなかの様子は見えないが、長く閉めきっていたようなかび臭いにおいが漂ってきた。

「待て」とホリンズが言った。「動くな――いったん止まれ――そのままでいろ。指一本でも動かしてみろ、マネーローズ、脳みそをぶっ飛ばしてやる。おまえが死のうと誰も困らんだろうが――それでも、わたしにはまだ使い道がある」

ホリンズは襟首から手を離したものの、なおも僕の頭にリボルバーを突きつけ、その手をゆるめることはなかった。不意に、背後でパチンという音が聞こえ、僕らが立っている場所が明るくなった。ぼんやりとした弱い光ではあるが、独房を思わせる部屋の内部を見てとることができた。四方の壁は当然ながら石造りで、家具らしいものはほとんどない。部屋の片隅に、壊れた古いテーブルと三本脚のスツールが二脚あるきりだ。ホリンズが僕から離した手で懐中電灯を点灯したのだ。青白い光のなか、ホリンズは僕の頭からリボルバーを離して脇へ移動した。銃で狙いを定めたまま、遠いほうのスツールに座るように身ぶりで示した。僕が機械的に指示に従うと、ホリンズはテーブルを少し引き寄せて、もうひとつのスツールに腰かけた。テーブルの端に肘を置き、僕の鼻先から数インチのところで銃を構えた。

「さて、少し話そうじゃないか、マネーローズ」ホリンズが穏やかに言った。「嵐が来ようと来まいと、わたしは出かけなきゃならん。野暮用でね。実際、おまえがのこのこやってきて、あちこち嗅ぎまわったりしなければ、とっくに出かけていたはずなんだ。だが、わたしはおまえを殺したくない。そうせざる得ない場合を除いて。命が惜しければ、いまからする質問に素直に答えることだ。嘘はなしだぞ。おまえのほかにも誰か来ているのか、この近辺に」

「ほかにはいません、僕の知るかぎり」

「ひとりで来たのか」

「ひとりきりで来ました」

「目的はなんだ?」ホリンズは語気を強めた。

「ミス・ダンロップの手がかりを得られるんじゃないかと思って」

「どうしてここに来れば、ミス・ダンロップのことがわかると思ったんだ——こんな廃屋同然の建物に」ホリンズの顔には、偽りのない好奇心が表れていた。「さあ、正直に話すんだ、マネーローズ。おまえさんのためを思って言ってるんだぞ」

「彼女はゆうべから行方がわからなくて。それで、ふと思いついたんです、彼女は近道をするために、この敷地のなかを通ったのかもしれない、その途中でサー・ギルバートかあなたと出くわして——そして、捕らえられたのかもしれない、と。彼女が目にしたことを口外しないように。これが嘘偽りのない事実ですよ、ホリンズさん」

彼の目はリボルバーの銃口と同様に、ひたと僕の顔をとらえていた。その目つきから彼が僕の話を信じたことがわかった。

「なるほど。そういうことなら、話はわかった。しかし——その考えを自分ひとりの胸に秘めていたのかね?」

「ええ、そうです」

「誰にも言わずに?」ホリンズは念を押した。

「誰にも言わずに、ですよ! 僕がここにいることは、男も女も子どもも、誰も知りません」

ホリンズが銃をおろすことを期待したが、依然として銃口は僕の鼻先に向けられたままで、警戒をゆるめる気はなさそうだった。一瞬の沈黙をとらえて、僕は質問をした。

「僕にほんとうのことを話しても害はないでしょう、ホリンズさん。ミス・ダンロップのことで何か知りませんか。彼女は無事ですか。あなただって若い女性とお付き合いしたことがありますよね。いま僕がどんな気持ちでいるかわかるでしょう?」

ホリンズは真剣に、思いやりすら感じさせる面持ちで、深くうなずいた。

「たしかに。おまえの気持ちは痛いほどわかる、マネーローズ。わたしは情けのわかる男だ。だからいまここで教えてやろう。あの娘は無事だ。差し迫った身の危険もない——さあ、これで安心したかね。だが、おまえ自身の安全は保障できんぞ」ホリンズの目には、まだ思いやりのかけらが残っていた。「わたしは情に厚い男だ、マネーローズ。さもなければ、いまこの瞬間、おまえの脳みそは本来の場所に収まっていなかっただろう」

「どのみち、僕が反撃に出るチャンスは万にひとつもなさそうだけど」そう言って笑った自分に、僕自身が驚いていた。「たとえペンナイフを持っていたとしても、こうやって頭に狙いを定められているんですからね」

「そうとも。しかし、そのよく動く舌は引っこめといたほうがいいぞ。そうすれば、この先も使うことができるかもしれん。だが、まあ、いいさ――わたしはおまえを傷つけたくない。だから、もう少し質問に答えてもらおう。警察は何をやってる？」

「どこの警察ですか」

「どこもかしこも、全部さ！　この期に及んで屁理屈をこねるな。知らないふりをしたって無駄だぞ、おまえが事情に通じていることはわかっているんだ」

「警察はあなたの証言に基づいて行動していますよ。グラスゴーでサー・ギルバートと夫人を捜索している――僕らを騙したんでしょう、ホリンズさん」

「しかたなかったのさ。ああ、たしかにわたしはリンゼーに嘘をついた。あの男はまるで福音書を手に入れたみたいに、そいつをそっくり鵜呑みにした。おまえたち全員がそうだ。時間稼ぎだったのさ、マネーローズ。時間を稼ぐ必要があったんだよ」

「ということは――彼らはグラスゴーにはいないんだね？」

ホリンズは大きな頭をゆっくりと左右に振り、唇の端に笑みのようなものを浮かべた。

「グラスゴーにも、その近辺にもいやしないさ」ホリンズはためらうことなく答えた。「だが、イングランドは至るところに警官がいるし、その点はスコットランドも同じだ。彼らから事情を訊くのは難しいだろう。手遅れだよ、マネーローズ。警察の手には負えんさ」

ホリンズは含み笑いをした。その笑いに勇気を得て、僕は正面を切ってホリンズに挑みかかった――あくまでも言葉の上での話だが。

「じゃあ、僕が何をしようと痛くも痒くもないでしょう、ホリンズさん。もう手遅れだと言うんだから」

ホリンズは訝しげな顔で僕を見た。冗談か本気か判断しかねているように。いっとき僕を凝視したあと、かぶりを振った。

「わたしはここを出ていく――何があろうと。サー・ギルバートの真新しい車が、準備万端の状態でわたしを待っている。言ったとおり、たとえ嵐が来ようと、わたしは行かねばならんのだ。よって、選択肢はふたつにひとつ。マネーローズ――おまえをこの床の上に寝かせて、脳みそを顔の上にまき散らすか、それとも、おまえを信じるかだ」

僕らはたっぷり一分ほど無言のまま見つめ合った。テーブルの上に置いた懐中電灯の青白い光が、たがいの顔を不気味に照らしていた。ふたりのあいだには相変わらずリボルバーもあった。黒いひとつ目が油断なく僕を睨みつけている。

「あなたにはどちらでも同じことなら、ホリンズさん」しびれを切らして僕は言った。「僕を信じてもらえませんか。僕の脳みその出来はわからないけど、本来の方法で使わせてください。あなたが再三言うような誤った方法ではなく。黙っていろと言うなら――」

「取引しよう」ホリンズは話をさえぎった。「かわいい恋人に会いたいんだろう、マネーローズ。彼女に危害が加えられていないことを、無事に元気でいることを確かめたいんだな?」

「ええ、そのとおりです」僕は勢いこんで言った。「チャンスをください、ホリンズさん」

「ならば、誓ってもらおう。たとえ何があろうと、どんな事態が出来しようとも、今夜わたしを見たことを警察に言わないと。わたしのことを訊かれても、白《しら》を切りとおすと約束しろ」ホリンズは僕の目をひたと見据えて言った。「十二時間あれば――いや、六時間あれば――わたしは安泰だ、マネーローズ。口をつぐんでいられるかね?」

「彼女はどこにいるんです？」

「三分以内に会えるさ。おまえが誓いさえすれば。見たところ、おまえは正直者のようだ。ふたりとも朝までこの場にとどまること、そのあとは口を閉ざしていること。どうだ、約束できるかね？」

「彼女は近くにいるんですか」

「われわれの頭の上さ」ホリンズは平然と言った。「おまえさんが約束すると誓えば――」

「誓うと言ってるでしょう、ホリンズさん」僕はたまらず声を荒げた。「なんでも言うとおりにするし、誰にもひと言たりとも言いません。六時間だろうと、十二時間だろうと、千時間だろうと黙っていますよ。僕はあなたの秘密を絶対に漏らさない。約束どおり彼女を無事に返してくれさえすれば――いますぐに！」

ホリンズは空いているほうの手を後ろへ引いて、僕から目を離すことなく銃で狙いを定めたまま、ふたりのあいだのテーブルの引きだしから鍵を取りだし、僕のほうへ押しやった。

「おまえの後ろ、向こうの隅にドアがあって、足もとにランタンが置いてある。マッチは自分で持っているだろう。で、そのドアを開けると、小塔へ上がる階段がある。おまえの恋人はそこだよ。心配いらん、ぴんぴんしてるさ。だから、ほら、早く行ってやれ、マネーローズ。そしたらわたしも行くとしよう」

ホリンズは防水コートのポケットにリボルバーをしまうと、隅のドアを手で示し、さっきのぼってきた階段のほうへ足を向けた。そして、手にした懐中電灯のスイッチを切った。僕は慌ててマッチ箱を取りだし、一本擦って火をつけると、ホリンズに教えられたランタンを探して足もとを見まわした。揺れ動く弱々しい明かりのなかで、ホリンズの大きな黒い人影がドアの向こうへ姿を消すのが見えた。

僕がランタンのほうへ足を踏みだした拍子に、火が消えて再びあたりは闇に包まれた。べつのマッチを手探りしていると、階段を降りていくホリンズの重い足音が聞こえてきた――と、不意に、もみ合うような物音が聞こえ、次の瞬間、ホリンズが甲高い悲鳴を上げた。その後、重いものが転げ落ちる音と、何者かが足早に立ち去る音が聞こえてきた。それから、苦しげなうめき声。僕は口から心臓が飛びだしそうだった。ぶるぶる震える手でかろうじてマッチを擦り、その火をランタンのろうそくに移すと、恐る恐るホリンズのあとを追いかけた。彼は階段の隅に倒れていた。喉にぱっくりと開いた穴から赤黒い血を流しながら。助けを求めるように伸ばした両手が、がくりと落ちて、たくましい胸の上で動かなくなった。ランタンを近づけてみると、彼はなんとも奇妙な、困惑したような顔で僕を見あげていた。そして、僕の目の前で事切れた。

第三十五章　略奪品

　僕は恐怖であとずさった。古い階段のかび臭い壁に背中を押しつけ、突然マラリアを発症したみたいにぶるぶると震えていた。実を言えば、もみ合う音を聞く前から僕の手足は震えていた。理由はいくつかある——リボルバーの狙いが僕の鼻先から外され安堵したこと、メイシーがすぐ近くにいるとわかったこと、そして、胸が張り裂けそうな不安な一日を過ごして神経がすり減っていたこと——しかし、いまや手足の震えは、まっすぐに立っていられないほど激しさを増していた。自分の歯がカチカチ鳴り、心臓が早鐘を打つ音を聞きながら、僕の目は、急速に土気色に変わっていくホリンズの顔に釘づけになっていた。完全に死んでいるとわかっているのに、僕は彼の名を呼んだ。彼の名を呼ぶ自分の声に怖気《おぞけ》を震った。

「ホリンズさん！　ホリンズさん！」

　次の瞬間、全身の毛が逆立った。あたかも僕の呼びかけに応えるかのように——もちろん、それは死後硬直によるものなのだが——死人の唇がわずかに開き、僕に笑いかけたのだ。残っていたわずかな平常心がふっ飛び、僕は悲鳴を上げて部屋に駆け戻ろうとした。だが、死体に背を向けたとき、階段の下で物音がした。目玉灯《ブルズアイ・ランプ》のまばゆい光が見え、通用口からチザムの声が聞こえてきた。

「おーい！」チザムはこちらに向かって呼びかけた。「誰かいるのか？」

僕は答えを返したとき、詰めていた息が一気に噴きだしたような気がした。

「ああ、いるとも！」僕は声を張りあげた。「こっちだ。僕はここにいる――人が殺されたんだ」

驚き、慌てるチザムの叫び声が聞こえてきた。同行者らしい誰かに話しかけるくぐもった声、そして力強い足音が聞こえ、チザムが戸口から顔をのぞかせた。手に持ったランプを掲げると、その光がホリンズの姿を照らし、チザムはぎょっとしてあとずさった。

「おいおい。いったい何があったんだ？　その男、死んでいるじゃないか！」

「間違いなく死んでいますよ、チザム」僕は落ちつきを取り戻しつつあった。「今度もまた、殺しです。だけど、誰が殺ったのかは神様しかわからない。僕はこの男にここで捕まって――ほんの十分前のことです――頭に銃を突きつけられた。それから僕らはどうにか折り合いをつけて、彼は僕を解放した。その後、彼が階段を降りはじめてすぐに、もみ合うような音がして、階段を転げ落ちる音とうめき声が聞こえてきた。それで様子を見に行ったら――この有様だ。そして何者かが走り去った。外で誰か見かけませんでしたか？」

「一インチ先だって見えやしないよ、こんな闇夜じゃ」チザムは死んだ男の上にかがみこんだ。「いま来たばかりなんだ――母屋からまわってきたところさ。きみはこんなところで何をしているんだ？」

「ミス・ダンロップの手がかりを探しに来たんですよ。彼が言うには――こんなことが起こる前に言ったんですよ――彼女はこの上の塔にいて、無事だと。いまから行ってきます、チザム。彼女はひょっとして何か知っているかも――」

チザムのほかにもうひとり警察官が来ていた。彼らは死体の脇を通って階段をのぼり、僕のあとから狭い部屋に足を踏み入れると、興味深そうに室内を見まわした。声をひそめて話し合う彼らを残して、僕はホリンズに教えられたドアを開けた。彼が言っていたとおり、階段があった。分厚い壁の奥に伸びる長い階段をのぼりきると、べつのドアに行きついた。鍵穴にささったままの鍵をまわし、ドアを開けると、そこにメイシーがいた。僕は彼女を抱きしめ、矢継ぎ早に質問をしながら、ランプで顔を照らして無事を確認した。

「大丈夫かい？　怪我は？　さぞかし恐ろしい思いをしただろうね。どうしてこんなことになったんだ？」言葉が次から次へとあふれてきた。「ああ、メイシー、一日じゅうきみを探しまわっていたんだよ。そしたら――」

興奮し、まくしたてていた僕は、不意にめまいに襲われた。彼女がそばにいなかったら、倒れて気を失っていただろう。異変に気づいたメイシーは、先ほどまで彼女が座っていたソファに僕を連れていくと、水の入ったグラスを僕の口もとへ近づけ、優しく介抱してくれた。僕のほうが彼女をいたわるべきなのに――彼女の姿を見たとたん、全身から力が抜けた僕は、彼女の手にしがみついて、無事を確かめることしかできなかった。

「さあ、ほら、もう大丈夫よ、ヒュー」彼女はそう囁きかけながら、悪夢から目覚めた子どもをあやすように僕の腕を優しく叩いた。「あたしはどこもなんともないわ。この暗い穴蔵みたいな場所で待つことにうんざりしていただけ。見てのとおり、食べものも飲みものも明かりもあったのよ。彼らはあたしをここへ閉じこめるとき、危害は加えないと約束したの。でも、ああ、あれからずいぶん長い時間が経った気がするわ」

「彼らって誰のことだい？」僕は身を乗りだしてたずねた。「きみを監禁したのは誰なんだ？」

「サー・ギルバートと彼の執事――ホリンズよ。ゆうべ、近道をしようと敷地のなかを通ったとき、古い建物の角でふたりとばったり出くわして、引き止められたわ。このまま行かせるわけにはいかないって。あたしをここへ閉じこめたのよ、あとで必ず出してやるからと約束して」

「サー・ギルバートだって！　ほんとうに間違いなくサー・ギルバートだったのかい？」

「もちろんよ、間違えっこないわ。ほかに誰がいると言うの？　それに、彼らはあたしに姿を見られて、そのことを口外されるのを恐れていたわ。危険を冒すわけにはいかないとサー・ギルバート自身が言ったのよ」

「そのあと、彼を見かけなかったかい？　ここへ顔を出したことは？」

「ないわ――ゆうべが最後よ。ホリンズにも今朝会ったきり。食事を運んできたときに。とても食べる気にはなれなかったけど」彼女は笑いながらテーブルの上のものを手で示した。「そのとき、ホリンズが言ったのよ。今夜、真夜中ころに、鍵を開ける音が聞こえるはずだから、そしたら出ていって構わない、ただし、歩いて帰ってもらうって。あまり早くベリックに戻ってほしくなかったのね」

「なるほど」僕はうなずいた。「そういうことか。事情がわかってきたよ。だけど、メイシー、きみは聞き分けのいい女性だから、僕の言うとおりにしてくれるね？　僕が迎えに来るまで、この場を動かないこと。階下《した》でまた恐ろしいことが起きたんだ。サー・ギルバートの行方はわからない。でも、ホリンズが殺されてここの階段に倒れている。殺された場面は見ていないけど、彼が息を引きとるのをこの目で見たんだ」

メイシーは身震いをして、僕の手をさらに強く握りしめた。

「ヒュー、あなたひとりじゃないのよね」不安をあらわにして言った。「危ない目に遭ったりしないわよね」

　ちょうどそのとき、塔の階段ののぼり口からチザムの声が聞こえてきた。ミス・ダンロップは無事かとたずねている。僕に促されて、メイシーが返事をした。

「それはよかった！　ところで、ヒューに階下《した》へ降りてくるように言ってくれませんか。あなたはそこに残ったほうがいい、ミス・ダンロップ。見るにたえない光景を目にすることになる」階段を降りていくと、さっそくチザムにたずねられた。「誰の仕業か心当たりはないのか？　きみはこの男と一緒にいたんだろう」

「言ったでしょう、知ってるのは神様だけだって。ホリンズは入り口に停めてある車でどこかへ行くところだった。邪魔立てしないと約束しろ、さもなければ命はないと僕をさんざん脅しつけたあと、彼は階段を降りて車へ向かった。そして殺された。だけど、重大な事実がひとつ――ミス・ダンロップによれば、昨夜、サー・ギルバートはここにいた。彼女をあそこへ閉じこめたのは、サー・ギルバートとホリンズだった――彼女に姿を見られたふたりは、口外されることを恐れて、彼女をここに監禁したそうです」

「じゃあ、グラスゴーの話は全部でたらめなのか？　あの話はすべて、ここでくたばっている男から聞いたものだ。あれは作り話だってことなのか、ヒュー？」

「何もかも仕組まれたことだったんですよ、チザム。死体をここへ運んで、彼の身に何が起きたか調べたほうがいいのでは？　ところで、あなたはどうしてここへ？　新しい手がかりでも見つかったんですか？」

「何か情報を得られるんじゃないかと思って屋敷を訪ねただけさ。帰りがけに、このへんをぐるっとまわって壁の近くを通りかかったとき、車のエンジン音が聞こえた。そして、きみの小さな明かりが見えたんだ。それはそうと、きみの言うとおりだ。ホトケさんをここへ運んで、手がかりがないか調べてみよう」チザムは相棒の警察官を振り返って言った。「ひとっ走りして、車からヘッドランプを取ってきてくれ。あれがあれば、作業がしやすくなるだろう。こいつはサー・ギルバートの仕業だと思うかい、ヒュー」ふたりきりになるとチザムは声を落として言った。「もしも彼がこの近くにいて、ホリンズは彼の手先だとしたら――？」

「いや、僕に訊かないでください。現時点で僕らにわかることは、人が殺されたことだけです。誰が殺ったにせよ、まだ遠くへは逃げていないでしょう。だけど、外は真っ暗だし、穴とか物陰とか身を隠す場所はたくさんある。迷路みたいなウサギの巣のなかを探すようなものだ。町から応援を呼ばないと」

「ああ、たしかにそうだ。だが、その前に自分たちの目で状況を確認しておこう。手がかりを得られるかもしれない」

ヘッドランプを取りに行った警察官が戻ってくると、三人で死体を部屋に運びこみ、テーブルの上に横たえた。ついさっきホリンズと僕が向かい合っていたテーブルの上に――もはや自分の身に起きたこととは思えなかった。さっそくチザムはホリンズのポケットの中身を調べはじめた。めぼしい収穫はなく、ベストの内ポケットから、分厚い札束と金貨で膨らんだ財布が見つかっただけだった。

チザムが調べるあいだ、何も言わずにランプでテーブルを照らしていた警察官が、あごで階段を示した。

「下の車のなかに箱がいくつかありました。どれもきちんと荷造りされ、荷札を貼ってある――なかを確かめる価値があるかもしれません、巡査部長。あと、荷造りに使われたと思われる道具も」

「ここへ運ぼう。きみはここに残るんだ、ヒュー。くれぐれも、あのお嬢さんを連れてこないように、ここにホトケさんがあるうちは。何かで覆ってしまうという手もあるな」真剣な面持ちでうなずきながら、チザムは言った。「男が見ても、気分のいいものじゃない」

部屋の壁には虫に食われた古い布が何枚かかけてあった。僕はそれを一枚取って、ホリンズの亡骸の上にかけた。この男はどんな秘密を抱えたままあの世へ旅立ったのだろう、そして死に際の、あの奇妙な、困惑したような表情はなんだったのか、と思いめぐらせながら。僕は階段を駆けあがってメイシーのもとへ戻り、もう少し辛抱するようにと言って聞かせた。少しのあいだ、彼女と静かに言葉を交わしたあと、チザムに呼ばれて階下《した》へ降りた。箱は四つあった。頑丈な造りの真新しい木箱で、鉄の金具で角を固定し、しっかりとネジで留めてある。持ちあげて重さを確かめてみるようチザムに勧められたとき、ギルバースウェイトのオーク材の衣裳箱が脳裏をよぎった。

「さて、中身はなんだと思う、ヒュー君？　わたしの考えを言おうか。世のなかに重い金属はいろいろがあるが――たしか、金《きん》は最も重いもののひとつじゃなかったかな。まさか鉛が入ってるってことはないだろう。これを見てみたまえ」

チザムは箱のふたに貼りつけられた荷札を示した。力強い肉太の活字体が並んでいる。

ジョン・ハリソン、蒸気船〈アエロライト号〉乗客
ニューカッスル発ハンブルク行き

荷札の記載内容が四枚とも同じことを確認したとき、階下の階段から複数の声が聞こえてきた。そのうちのひとつ、階上《うえ》に誰かいるのかと叫んでいるのは、マレー署長の声だった。

第三十六章　金貨

マレー署長率いる一団が階段をのぼって、狭い部屋へ押しよせてきた。彼らの目には一様に驚愕の色が浮かんでいた。リンゼー弁護士、ギャビン・スミートン、警察官が一、二名、それに見知らぬ男がふたり。好奇心に駆られてよくよく見ると、そのうちのひとりに見覚えがあった。カーターの裁判を傍聴に来ていた、物静かで、訳知り顔の老人だ。審議の行方に並々ならぬ関心を示していたことを僕は思いだした。彼とその隣にいるもうひとりの男は、事情を説明するチザムと僕の話に熱心に聞き入っていたが、マレー署長が僕らを質問攻めにするあいだ、ふたりとも言葉をはさまなかった。ただ一度――問答が続いている最中に――見覚えのないほうの男が、ホリンズの上にかけられた布を持ちあげて、遺体の顔に鋭い一瞥をくれただけだった。

リンゼー弁護士は僕を部屋の隅へ連れていき、裁判所で見かけた覚えのある老人を示して、僕に耳打ちをした。

「あの紳士がわかるかね？　エルフィンストーンといって、死んだサー・アレクサンダー・カーステアズの元執事だ。ずいぶん前に引退して、いまはアニックの外れに住んでいる。だが、今回の事件によって再び表舞台へ引っぱりだされた――ある目的のために」

「法廷で見かけましたよ、リンゼーさん、カーターが被告人席に立たされたときに」

「そうなんだ。あの日、彼が胸に秘めていたことをわたしに打ち明けてくれていたら！」リンゼー弁護士は小声で嘆いた。「だが、彼は非常に用心深い、石橋を何度も叩いてから渡る男だ。そのうえ、ひそかに事を運びたがる。彼がマレーのもとを訪ねて、わたしを呼びだしたのは、今夜遅く——きみが帰った一時間後のことだ。一緒にいるあの男はロンドンから来た刑事だ。びっくりするぞ。新事実が判明したんだ。大筋、わたしが予想していたとおりだが。あの嵐がなければ、一時間早くここへ到着していただろう。そして——いや、嵐も去ったことだし、ヒュー、メイシー・ダンロップをここから連れださないと。階上《うえ》へ行こう。彼女のところへ案内してくれ。それが最優先で、ほかの問題はそのあとだ」

死体と木箱のまわりに集まっている人々をその場に残し、僕はリンゼー弁護士の先に立って階段をのぼり、メイシーが監禁され、長く不安な時間を過ごした小塔へ彼を連れていった。リンゼー弁護士は彼女に短い慰めの言葉をかけたあと、家に帰ってゆっくり休むように言って聞かせた。

「警察官が家まで安全に送り届けてくれるよう、マレー署長に頼んでおこう——ヒューはまだ現場にとどまらなければならないが」

しかし、これを聞いたメイシーは、にわかに顔を曇らせて不満をあらわにした。

「あたしは一歩も動きません、リンゼーさん」彼女はきっぱりと言った。「この事件がすっかり解決するまで、もう二度とヒューから目を離さないと約束してくださらないかぎり。この数日で、彼はもう二度も命を奪われかけたんですよ。三度目の正直ということわざもあるし——彼の場合だって、三度目はないと言いきれないでしょう。だから、あたしは彼から離れたくありません。一緒にいれば——」

「そうか、わかった」リンゼー弁護士は話をさえぎって、励ますように彼女の腕を叩いた。「ここにはいま半ダースを超える関係者が来ている。安全には充分に留意すると約束するよ、ヒューにも、ほかの人たちにも危険が及ぶことがないように。だから、お嬢さん、アンドリューの待つ家へ送り届けさせてくれないか。そして、きみの身に起きたことをお父さんに話してくれたまえ。きみの父上は立派な方だが、娘が行方知れずになった責任は、どんな形であれ、われわれにあると思いこんでいるんだ。ところで、サー・ギルバートを見ていないというのはたしかなんだね？ 彼がホリンズとふたりできみを監禁したあと」リンゼー弁護士は階段を降りたところで、不意に思いだしたようにたずねた。

「どこかから声が聞こえてくることもなかった？」

「姿を見たのも声を聞いたのも一度きりです。ホリンズを見たのも今朝が最後で――」

メイシーは、階下の部屋に横たえられた動かぬ人を見るなり、悲鳴を上げて僕の腕にしがみついた。僕らは彼女を急かして死体の横を通りすぎ、通用口へ続く階段を降りた。追いかけてきたマレー署長は、彼女にいくつか質問をしたあと、部下のひとりに車で自宅へ送り届けるよう指示した。その前に、メイシーは僕を暗がりに連れていくと、僕の腕をつかんだ手にぎゅっと力を込めた。

「約束してくれるわよね、ヒュー、もう二度とひとりで無鉄砲な行動を取ったりしないって」彼女は真剣な面持ちで言った。「あたしたち、死んでいたっておかしくないのよ。こんな思いをするのはもうたくさん。いつどこから何が襲ってくるかわからないみたい……」

メイシーは震えはじめた。僕らを包む漆黒の闇を見つめながら。実際、その夜の闇は夏だというのにかつて見たことがないほど深く濃かった。彼女は僕の手をさらにきつく握った。

「あの恐ろしい悪党は、もうこの近くにはいないとどうして言えるの？」消え入りそうな声でつぶやいた。「ホリンズを殺したのも、あの男に決まってる。ヨットであなたを殺そうとしたなら、きっとまた殺そうとするわ」

「そんな機会はないよ、この期に及んで僕を襲うなんて。心配しなくて大丈夫さ。階下《うえ》には、あのとおり大勢の人がいることだし。だから、家にお帰り、メイシー。ベッドに入ってゆっくり休むといい。朝までには僕も家に戻って、きみと一緒に朝食を食べるから。たぶん、この事件はもうじき決着がつくよ」

「あの男が生きているあいだは終わらないわ。だから、もっとずっとあなたと一緒にいたかった。せめて夜が明けるまで」

それでも、彼女は説得に応じて車に乗った。僕は同行する警察官に、アンドリュー・ダンロップの家に無事に送り届けるまで彼女から目を離さないようにと念を押した。彼らの車が走り去ると、リンゼー弁護士と僕は建物のなかへ引き返した。マレー署長はひと足先に戻っていた。署長の監督のもと、チザムは木箱の金具のネジを外しにかかった。僕らはまわりを取り囲み、固唾を呑んで見守っていた。生真面目な職人の仕事なのかネジが固く締められていたため、思いのほか手こずり、時間がかかった。チザムがひとつ目のふたを開けたとき、四つの木箱は特注品だとわかった。年季の入った堅牢な木材を使用し、内側は亜鉛板で補強され、分厚いフェルト生地が貼ってある。その場にいる全員が瞬時に見てとったとおり、木箱の中身はあふれんばかりの金貨だった。筒状に包装され、丁寧に並べられていた。ランプの光に照らされて燃えるように赤く輝いている。僕には、ぎらぎらと光る金貨が、悪意と嘲りと殺意に満ちた無数の悪魔の目玉のように見えた。

ひとつだけほかより軽い箱があった。中身は金貨ではなく、昨夜遅くにホリンズが僕らに嘘を吹きこんだとき、話題にのぼった例のお宝だった。カーステアズ家の歴代の準男爵が王家から授かった賜りものは、丁寧に梱包され、箱に詰められていた。リンゼー弁護士は意味ありげな目つきで僕とマレー署長を見た。

「ホリンズは狡知にたけた男だった。いま、われわれの後ろに横たわっているその男は」彼は独り言のようにつぶやいた。「カーステアズ夫人と彼女の自転車の話で、まんまとわれわれの目を欺き――だが、忘れるところだった」不意に話を中断して、僕を部屋の隅へ連れていくと、声を落として言った。「今夜、きみとスミートンがわたしの家を出たあと、新たにわかったことがある。警察が突きとめたのさ――その点は褒めてやらないとな。何もかも嘘だった――まるっきり出鱈目だったんだよ、ホリンズがわれわれに語って聞かせたことは。あれは全部、追っ手の目をくらますための作り話だった。エディンバラからの書留郵便の話を覚えているかね？　ゆうべ警察が当の郵便局に問い合わせたら、書留が投函された記録はひとつもなかった。カーステアズ夫人は自転車で出かけたとホリンズは言っただろう？　警察が捜査した結果、夫人は自転車で外出していないことが判明した――彼女はすでに屋敷にいなかったんだ。その朝早くに家を出て、朝食前にビール駅から南行きの列車に乗った。少なくとも、ベールで顔を隠した夫人と人相風体が一致する女が乗ったそうだ。いまごろ、ロンドンかどこか安全な場所に身を隠していることだろう」

「だけど、彼は――サー・ギルバートか誰かわからないけど――あの男は、どこへ行ったんですか、リンゼーさん」

「うむ、問題はそれだ。事件の全貌は明らかになりつつある。あの男はエディンバラへ行ったのではないかとわたしは見ている。海できみを始末したあと、まんまと目論みどおりに運んだと思いこみ、翌朝にはエディンバラへ到着していた。ラーゴの港で例のロバートソンという漁師の手を借りて。あの漁師はわれわれや警察に嘘の証言をしたんだ。その後、サー・ギルバートは仲買人のパーリー氏を訪ね、残りの証券を回収したのち、ホリンズの手引きによってここへ戻ってきた。廃屋同然のこの塔に身を隠していたにちがいない。金貨を運びだす準備が整うまでのあいだ。当然ながら、ホリンズは最初からぐるだった。問題は、誰がホリンズを殺したのかだ。そして一連の事件の首謀者は——もうひとりの男は——どこへ行ったのか」

「え？ ホリンズを殺したのは、あの男ではないと考えているのですか？」

「あの男の仕業だと考えるようなら、わたしも焼きがまわったということだ。よく考えてみたまえ。逃亡の手はずが万事整ったところで、共犯者の喉にナイフを突き立てたりするかね？ 答えはノーだ。わたしには彼らの計画がわかる。それはよくできた計画だった。ホリンズはその木箱を数時間以内にニューカッスルへ運ぶことになっていた。荷物に不審な点はないし、ホリンズはどんな質問にも答えられたはずだ。ホリンズも荷物と一緒にハンブルクへ渡る予定だったのだろう。サー・ギルバートと名乗る男に関しては、あそこにいるエルフィンストーン氏から話が聞けるだろう。だが、わたしが思うに、メイシーがゆうべから丸一日声すら聞いていないとすれば、あの男は昨夜のうちに妻のあとを追ったのではないか——例の証券をたずさえて」

「じゃあ、誰がホリンズを殺したんです？」僕は啞然としてたずねた。「ほかにもまだ誰かいるのですか」

「その質問に答えられるといいんだがね、ヒュー」リンゼー弁護士は首を横に振りながら言った。「答えに近づいていることはたしかだが、この道にはまだ続きがあるようだ。ゴールにたどりつく前に、もうひとつかふたつ思いも寄らぬ曲がり角があるだろう。だが、とりあえず、マレー署長が目下の仕事を終えたようだ」

　マレー署長はすべての木箱の検分を終え、チザムがふたを閉じるのを手伝っていた。作業をしながら、ロンドンの刑事を加えた三人で、声をひそめて何やら相談している。一方、エルフィンストーン氏とギャビン・スミートン氏はドアの近くに立って、こちらも小声で言葉を交わしていた。やがて、マレー署長が僕らのほうを振り返った。

「とりあえず、ここでの捜査は終了しました、リンゼーさん。この場所は明日の朝まで鍵をかけて封鎖し、建物の入り口に見張りを配置する。しかし、次に打つべき手立てとなると――なんでもいいから思い当たるふしはないのかね、マネーローズ、ホリンズを襲った犯人について。何か見たとか聞いたとか――ひとつくらいあるだろう」

「僕が聞いた物音に関しては、先ほどお話ししたとおりです、マレー署長。見たものに関しては答えようがありません。ホリンズが襲われたのは、そのドアの向こうの階段の途中で、そのとき僕はこっちの隅で、小塔へ続くドアの鍵を開けようとしていたのですから」

「大きな謎がまた増えたわけか」マレー署長がぼやいた。「何をどう考えたらいいのかさっぱりわからん。もうお手上げだ。ひとつだけたしかなのは、この敷地内と近隣一帯の捜索は、陽が昇るまで待たねばならないことだ。だが、母屋に立ち寄ることはできる」

　マレー署長は全員を部屋から出すと、みずからドアに鍵をかけた。死んだ男と金貨の詰まった木箱をなかに残して。そして、古い塔の通用口に巡査をひとり立たせたあと、屋敷の居住部分へ先頭を切って歩きはじめた。母屋には煌々と明かりが灯され、ふたりの警察官が入り口の前に立っていた。彼らの後ろの玄関ホールでは、慌てて身支度をしたらしい大勢の使用人たちが、不安と好奇心の入り混じった顔を寄せ合っていた。

第三十七章　暗い淀み

一行とともに屋敷に足を踏み入れたとき、僕はふたつの事柄に感銘を受けた。ひとつは、僕の隣にいるギャビン・スミートンが、九分九厘間違いなく、この屋敷の真の当主であり、由緒ある爵位の真の継承者であると同時に、こんな風変わりな形で、みずからの合法的な権利を手に入れようとしていること。そしてもうひとつは、前回この屋敷を訪ねたときから――たった数日前のことなのに――状況ががらりと変わったこと。あのとき、ホリンズは僕を疎んじて追い払おうとしたが、サー・ギルバートになりすましていたあの男は、やけに友好的だった。そしていま、ホリンズは廃墟のなかで死の眠りにつき、もうひとりの男は逃亡者となった――彼はいまどこにいるのだろう。

マレー署長は、その疑問を解くために、僕らをそこへ連れてきたのだった。さっそく彼は家じゅうの使用人を一堂に集め、ロンドンから駆けつけた捜査官の助けを借りて、この家の主人と奥方および執事の最近の行動について、入念な聞きとり調査を開始した。ところがリンゼー弁護士は、エルフィンストーン氏とギャビン・スミートン氏と僕を隣の部屋へ招き入れ、全員そろうとドアを閉めた。

「警察の仕事は警察にまかせるとしよう」リンゼー弁護士は手近なテーブルと椅子を示し、座るよう促した。「使用人からたいした情報は得られないでしょう。ですから、そのあいだに、謎の解明に繋がるにちがいないあなたの話を聞かせていただきたい、エルフィンストーンさん。実は、ある考えが浮かんだところだったのですよ、あなたとマレー署長がわが家を訪ねてきたとき。それに、このふたりもあなたの話を聞きたいはずだ。そのうちひとりは、あなたが想像されるよりもずっと、あるいは、つい最近まで本人が自覚していたよりもずっと、この件に関心を持っている」

電灯に照らされた明るい部屋で、僕はハザークルー館の元執事を改めて観察した。年齢は六十から七十。目つきの鋭い、かくしゃくたる老人。口数が少ない、根っからの観察者。多くを語らずとも、思慮に富んだ印象を与えるタイプだ。彼は重ねた両手をテーブルの上に置き、期待のこもった眼差しを注ぐ僕らをちらりと見て微笑んだ。いまから語って聞かせる話の重要性を理解している微笑みだった。

「結構。お話ししましょう、リンゼーさん」エルフィンストーン氏が応じた。「あなたが何か思いつかれたのなら、事件は解決したも同然と思いますが。わたしの導きだした結論と、そう考えるに至った経緯をお話しします。むろん、ご存じないでしょうが——あなたがベリックで開業されたのは、わたしが引退したあとですから——わたしは若い時分からハザークルー館と関わりを持っておりました。十五年前に執事の職を辞して、アニックの近くにささやかな終《つい》の棲家を得て、そこへ移り住むまでの長きにわたって。当然ながら、坊ちゃまたちのことはよく存じております。マイケルとギルバート。どちらも旦那さまと折り合いが悪く、顔を合わせれば喧嘩ばかり。旦那さまはふたりに多額の金を与え、坊ちゃまたちはその金でそれぞれの人生を歩みはじめた。以来、坊ちゃまたちが戻ってきたという話を聞いたことはないし、お姿を見かけたこともない。ただ一度きりを除いて——その件はのちほどお話しします。歳月《とき》は流れ、先ほど申しあげたとおり、わたしは執事の職を退き、やがてサー・アレクサンダーも逝去された。そして、長男のマイケルさまは西インド諸島で亡くなられ、ギルバートさまが爵位と資産を相続されたと聞きました。ギルバートさまに会いに行こうかと何度か思ったのですが、年齢《とし》を重ねるほどに、わが家の炉端から離れがたくなるもので。結局、ベリックへ来ることはなかった。ギルバートさまの噂を聞くこともめったになく、坊ちゃまのほうから会いにいらっしゃることも当然なかった。そうこうするうち、現在の危機的と呼ぶべき状況の発端に出くわすことになる。その発端はひとりの男によって、この春、ベリックにもたらされた」

「ギルバースウェイトのことですね？」リンゼー弁護士がたずねた。

「いかにも。もっとも、それがあの男の名前だと知ったのはあとのことですが」エルフィンストーンは意味ありげな笑みを浮かべた。「名前は知りませんでした。わたしが知っているのはこういうことです。そのギルバースウェイトという男が、頓死する数日か、せいぜい一週間ほど前に、わが家を訪ねてきた——死亡記事の人相書きを読んで、同一人物だと確信しました。いかにも私立探偵らしい含みのある態度や物言いで。死んだマイケル・カーステアズについて知っていることを教えてほしいという。もっとも、その男がほんとうに知りたがっていたのは、マイケルがイングランドを離れる前に結婚していたかと、もしも結婚していたなら相手はどこの誰か、ということだった。当然ながら、わたしは何も知らないし、向こうが名乗ろうとしないので、にべもなく追い返してやりました。次にわたしの耳に入ってきたのは、ジョン・フィリップスが殺害されたというニュースだった。最初はその事件と、不審な男が訪ねてきたことを結びつけて考えることはありませんでした。それでも、検死審問やリドレー司祭の証言は新聞で読んでいたし、不可解な事件が続いていることを認識してもいた。しかし、まさかこんなことになるとは。ゆえにわたしは何もせず、何も言いませんでした。その時点で自分にすべきことや、言うべきことがあるとは思わなかった。のちに、警察に届けでようと思い直したわけですが、きっかけは、新聞でクローンが殺された記事を読んだことでした。そのとき、この事件は見た目以上に根が深いとわかった。カーターという男がクローン殺しの容疑者として逮捕されたと聞いて、わたしはベリックへ出向き、裁判を傍聴した。治安判事の前に立たされたカーターが、何を語るのかを聞くために。法廷では静かに座っていから、存在に気づかれなかったかもしれません」

「気づきましたとも！」僕はすかさず応じた。「あなたのことははっきりと覚えていますよ、エルフィンストーンさん」

「ほう！」彼は口もとをゆるめて言った。「きみかね、あの男が危ない橋を渡ってでも始末しようとした若者は。よくぞ無事に帰ってきましたな。そうとも、わたしはあの場にいた。そして、わたしの隣に座っていた男は、その場にいる全員を知っていた。間もなく審理が始まるという時分に、法廷に現れたひとりの男がベンチに腰をおろすのを見て、わたしの隣の男が言った。サー・ギルバート・カーステアズが来たぞ、と。大変なことになったとわたしは悟りました。しかも、そのことに気づいている人間は、わたし以外にいない。隣の男が示した人物は、サー・ギルバート・カーステアズではないし、カーステアズ家の人間でもない。だが、わたしはその男を知っていました」

「彼を知っている？」リンゼー弁護士が驚きの声を上げた。「なんと！　そんな重大な情報を得るのは初めてです。あの男は何者なんですか、エルフィンストーンさん」

「まあ、そう焦らずに。話は少し遡ります。裁判の件はしばし脇に置いてください。あれは——どのくらい前だったか、正確なことは覚えていませんが、執事を辞めた直後に私用でロンドンを訪れたときのことです。ある朝、リージェント・ストリートのロウワー・エンドを歩いているとき、ギルバート・カーステアズにばったり出くわした。坊ちゃまが家を出て以来の再会でした。彼は迷わずわたしの腕を取ると、ジャーミン・ストリートにある自宅へ行こうと言いだした。すぐ近くだからと有無を言わせず、わたしの腕を引っぱって。行ってみると、部屋のなかはトランクやら箱やらで足の踏み場もなかった。なんでも、友人とふたりで、中央アメリカのある場所へ採集探検旅行のようなものに出かけるとか。具体的に何をするのかはわからないが、大冒険であることは間違いない。博物学の標本を山のように持ち帰って、ひと儲けするという思惑もあったようです。坊ちゃまが興奮した面持ちで語っている最中に、ひとりの男が現れて、わたしは彼に紹介されました。その男こそが、みなさん、ベリックの法廷のベンチに座っていた、サー・ギルバート・カーステアズを名乗る人物だったのです。むろん、彼は変わっていました。わたしがジャーミン・ストリートでその男とサー・ギルバートに会ったのは十五年も前ですから、長い歳月が与えた影響を考慮すべきだとしても、それ以上に彼は変わっていた。けれど、わたしはひと目でわかりました。彼が右手でひげを触るのを見た瞬間、疑念は吹き飛びました。手の指が――まんなかの二本が欠けていたのです。サー・ギルバート・カーステアズからその男を紹介されたときの記憶がよみがえりました。そういうわけで、わたしはあの日、あの法廷に座っていたとき、ベンチで審議に耳を傾けているその男がペテン師であることを知っていたのです。

僕らはみなテーブルに身を乗りだして聞き入っていた。全員が抱いていた疑問をリンゼー弁護士が口にした。

「その男の名前は?」

「ジャーミン・ストリートであの朝、わたしが教えられた名前はミーキン、ドクター・ミーキンです。

ご存じのとおり、サー・ギルバート・カーステアズ自身も医師で――少なくとも免許は持っていました――その男はサー・ギルバートの友人だった。しかし、わかっているのはそれだけです。ふたりとも旅の準備で大わらわでした。なにせ、その日の夜にサウサンプトンへ発つと言うんですから。わたしは早々に辞去しました。お察しのとおり、それきり彼らの消息を聞くことはなかった。ここで話は先日の裁判に戻ります。わたしは意図的に法廷の隅に座り、審理が終わるまで目立たぬようじっとしていました。それなのに、法廷からあらかた人がいなくなったとき、ベンチのあの男がわたしに目をとめて――」

「そうか！」と叫んだのは、リンゼー弁護士だった。「なるほど、もうひとつ理由があったのか。わたしが証拠として提出したピッケルだけじゃなかったのだ。そうか、彼はあなたに目をとめたのですね、エルフィンストーンさん――」

「そして」エルフィンストーン氏は話を続けた。「なんとも形容できない怪訝な表情を浮かべて、彼はもう一度わたしを見た。今度は、まじまじと。わたしは気づいていないふりをしました。目の端で様子をうかがいながら。やがて彼はわたしに背を向けて法廷から出ていった。しかし、どこかで見た顔だと思ったのは間違いありません。いま思い返してみると、坊ちゃまがわたしをあの男に紹介したとき、わたしとハザークルー館の関係に言及せず、ただの古い友人としか言わなかった。だからミーキンはこの町へ来たとき、よもやわたしと出くわすとは思わなかったのでしょう。あの男は動揺していました――狼狽していたと言ってもいい。わたしの顔に見覚えがあるのに、誰か思いだせないからでしょう。とすると、自分はどう行動すべきか、わたしは考えました。わたしは急《せ》いて事を成すタイプではないし、これが悪質きわまりない犯罪行為であることもわかっていた。ことによると、二件の殺人事件とも関わりがあるかもしれない。法廷を出て、昼食をとりながら考えました。その結果、警察よりもあなたの事務所へ行くべきだと判断するに至ったのです、リンゼーさん。ところが事務所は鍵がかかっていて、その日はついに戻ってこなかった。途方に暮れているとき、ひとりの親戚が頭に浮かびました。隣の部屋でマレー署長と一緒にいる人物、ロンドン警視庁犯罪捜査課《スコットランドヤード》の高官である彼に会いに行こうと思いたち、一番早い南行きの特急に飛び乗って、ロンドンへ向かいました。なぜか？　彼ならミーキンの素性を突きとめられるかもしれないと思ったからです」

「なるほど！」リンゼー弁護士はしきりにうなずいて見せた。「あなたの判断は正しかった。ご明察ですな。それで、何かわかりましたか？」

「ジャーミン・ストリートで会う以前のことはわかりました。医師登録簿をたどったところ、その時点で記録が途切れていたのです。名前はフランシス・ミーキン。その名義で様々な医療情報誌を手に入れていました。坊ちゃまとはロンドンで同じ病院に勤めていたことがあって、ジャーミン・ストリートの部屋をふたりでシェアしていました。当時彼らの身のまわりの世話をしていた男が、思いがけず簡単に見つかりましてね。探検旅行の準備をしていたことを覚えていました。彼らはそれきり戻らなかったそうです――少なくとも、ジャーミン・ストリートには。ふたりがよく出入りしていた場所も当たってみたのですが、その後の消息を知る者はいなかった。そこまで調べた時点で、昨夜、警察に届けでたというわけです、リンゼーさん。何が起きたかは明白です――サー・ギルバートはその男と一緒にいるあいだにお亡くなりになり、その男は亡きサー・ギルバートの証明書や手紙をその後も所持していた。そして歳月《とき》が流れ、カーステアズ家の相続問題について聞き知っていた男は、千載一遇のチャンスがめぐってくると、われこそがギルバート・カーステアズであると弁護士に名乗りでた。

これほど明白な事実がありましょうか」

「たしかに」リンゼー弁護士が同意した。「あなたが集めた情報に照らせば、疑問を差しはさむ余地のない単純明快な事件だ。ありきたりな詐欺の手口でもある。しかし、ギルバースウェイトと、フィリップ殺しと、ミーキンなる人物にはどのような関係があるのでしょう」

「わたしの考えをお聞かせしましょうか。むろん、新聞の記事にはすべて目を通していますし、ゆうべあなたを訪ねる前に、マレー署長から詳しい事情も聞きました。リドレー司祭の発見については、あなたが話してくださった。ですから、このお若い紳士がサー・マイケル・カーステアズのご子息であり、カーステアズ家の爵位と財産を継ぐ真の相続人であることに、もはやわたしは毛筋ほどの疑念も抱いておりません。筋道を立ててご説明しましょう。わたしが記憶している坊ちゃまは、思春期から青年時代にかけて間近で見てきましたが、危ういほどに急進的な思想の持ち主でした。偏屈で、気難しいところもあって――他人には充分にお優しい方でしたが。例えば、爵位や称号といったものを毛嫌いしていました。誰もが等しく機会を与えられ、自力で身を立てるべきだというのが、坊ちゃまの持論で。これはあくまでもわたしの想像ですが、身分違いの娘とひそかに結婚した坊ちゃまは、アメリカへ移り住み、そこでみずからの信条を実行に移したのではないでしょうか。わが子が父親の出自からなんの恩恵も受けないことを坊ちゃまは望んでいた。息子のために潤沢な資金を用意し、最高のスタートを切らせたことはたしかだが、みずからの力で人生を切り開き、成功を収めてほしいと考えていた。ギャビン・スミートン氏の養育方法がその証しです。しかしいまは、解明されていない謎の部分に話を戻すべきですな。坊ちゃまは各地を転々とするうちに、風変わりな連中と知り合ったのでしょう。ギルバースウェイトと、いまだ素性のわからない殺された男、フィリップスもそのひとりだった。ギルバースウェイトの遺言書に、ふたりが証人として署名していたことを考えれば、三人はいっとき親密な関係にあったと考えて間違いない。そして、たぶん――いかにもありそうな話ですが――坊ちゃまは身の上話をしたおりに、みずからの秘密をふたりに打ち明けたのでしょう。坊ちゃまが亡くなられたあと、彼らはその秘密を詳しく調べてみようと思い立ち――おそらく、準男爵の座に収まっている男から金を脅しとってやろうと決めた。よもや、恐喝相手がサー・ギルバート・カーステアズの偽者だとは思いもせずに。つまりこういうことです。探していた証拠を――サー・マイケルの婚姻記録を発見したギルバースウェイトとフィリップスが次にすることと言えば、サー・ギルバートを――彼らが本物だと思っていた偽のサー・ギルバートを訪ねて証拠を突きつけ、恐喝することしかない。黙っていて欲しければ金を払え、さもなければ、真の相続人である甥っ子の存在を暴露するぞ、と。当の甥っ子であるギャビン・スミートン氏のことは、すでに知っていたにちがいない。ただ、フィリップス殺しに関しては――なんというか、すっかり謎が解けたと言い難いものがありますな。あの夜、フィリップスはサー・ギルバートと――すなわち、ミーキンと会う約束をしていて、そのミーキンに殺害された可能性はあります。クローン殺しについては、本人の欲深さと愚かさが災いしたと言って構わないでしょう。彼は不用意にミーキンに声をかけ、知っていることを話し、しっぺ返しを食らった」

「フィリップス殺しについては、べつの筋書きも考えられますよ」ギャビン・スミートン氏が言った。「あなたのお話によると、エルフィンストーンさん、そのミーキンなる男は海外への渡航経験が豊富のようだ――それはフィリップスにも当てはまる。あの晩、ふたりが会ったとき、ミーキンはフィリップスに正体を見破られたのではないでしょうか。つまり、ミーキンにはフィリップスを殺害する二重の動機があったのでは？」

「なるほど！」リンゼー弁護士が感嘆の声を上げた。「すばらしい推理だ。たぶんそれが正解でしょう。しかし」彼は不意に立ちあがると、ドアに足を向けた。「世界じゅうの推理を集めても、ミーキンを捕まえる助けにはならない。マレー署長のところへ戻るとしよう。何か収穫があるといいが」

収穫はなかった。偽カーステアズ夫妻の部屋に、行き先を知る手がかりはひとつもなかったし、使用人たちはすでに警察が把握している以上のことを知らなかった。サー・ギルバートは、あの朝、カーターの裁判を傍聴しに出かけて以来、誰にも目撃されていなかった。そしてカーステアズ夫人は、その二日後の朝に人知れず家を出たきりだ。大勢の使用人の誰ひとりとして、この屋敷の主人とその奥方について何も答えられず、ホリンズに関して言えば、この二日間、あの男がとった不審な行動について――屋敷にいないことが多かったという事実を除いて――関知する者はひとりもいなかった。今回の一件で、あの執事がどのような役割を担っていたにせよ、うまく立ちまわっていたことはたしかだ。

そうなると、もはや捜索の範囲を広げる以外に方法はなさそうだった。ミーキンと妻は二手に分かれて逃亡し、ヨーロッパ大陸のどこかでホリンズと合流するはずだったというのが警察の読みだった。とりあえず、僕らはベリックへ戻るべくハザークルー館をあとにした。屋敷を出るとき、リンゼー弁護士がギャビン・スミートンを振り返って、いたずらっぽい笑みを浮かべた。

「次にあなたがこの屋敷に足を踏み入れるときは、サー・ギャビン・カーステアズとしてでしょうね。その日が早く来ることを祈っていますよ」

「その前に、片づけなければならない問題が山ほどありますよ、リンゼーさん」未来の当主が答えた。

「気を抜くのはまだ早いでしょう」

たしかに気を抜くのはまだ早かった——少なくとも、僕に関するかぎりは。スミートン氏のその最後の言葉は、メイシーが車で走り去る前に残した言葉と同じく、予言だったのかもしれないと思うことがある。僕を除く人々——リンゼー弁護士とマレー署長の一行は、夜更けに手配できた乗りものでベリックから駆けつけたのだった。その乗りものが待機している近くの小屋へ、彼らは足早に向かった。僕も一緒に乗って帰るよう強く勧められたが、買ったばかりの自転車が心配だった。森の外れの深い下生えのなかに厳重に隠してきたが、枝葉の奥まで吹きこむ激しい雨はサドルを水びたしにするだけでなく、自転車を錆びつかせる恐れがある。僕は自転車を取りに森へ向かい、ほかの人々は車でベリックへ帰っていった——つまり僕とリンゼー弁護士は、あれほど固く交わしたメイシーとの約束を破ってしまった。また僕はひとりになった。さらなる危険が待ち受けているとは思いもせずに。

しかも、僕を待ち受けていたのは単なる危険ではなく、生死に関わる絶体絶命の危機だった。僕らがハザークルー館を去る前に、すでに夜が明けていた。嵐が去ったあとの朝は、空気が澄んで清々しかった。時刻は午前四時。地平線に顔を出したばかりの太陽が、モミや松の枝葉についた雨粒を、ダイヤモンドのようにきらきらと輝かせている。森の奥へと分け入りながら、僕は家に帰って着がえたあと、アンドリュー・ダンロップのところへ報告に行くことしか考えていなかった。下生えを通る小道を踏み越えたとき、男の頭が少し離れた藪のなかからゆっくりと現れた。とっさに僕は、踏みだした足を引っこめ、息を殺して男の様子を観察した。運よく——あるいは運悪くと言うべきか、男は僕とはべつの方向を見ていたし、こちらへ目を向けることさえなかった。やがて、男が僕のほうへ首をひねったとき、先ほど話題にのぼっていた人物——いまはドクター・ミーキンとして認識されているサー・ギルバートの偽者だとわかった。ホリンズを探しているのだ。ホリンズが古い塔のなかで骸《むくろ》となって横たわっていることを、彼は知らないのだ。僕は瞬時にそう悟った。

すなわち、ホリンズの喉にナイフを突き立てたのは、彼ではない！

僕は安全な場所からミーキンを観察していた。藪から姿を現したミーキンは、小道を越え、僕が通ってきた帯状に広がる森を突っきって、屋敷を囲む広大な庭園を見渡した。僕はその様子を木々や藪の合間からそっとうかがっていた。四十ヤード以上離れていたが、緊張と不安でこわばった表情を見てとることができた。不測の事態が発生した――ホリンズと車が待ち合わせ場所に現れなかった。それでミーキンは、何が起きたのか確かめに来たのだ。彼は意を決して歩きだした――森の外縁を進み、正面に建つ塔へ行くつもりのようだが、塔の手前には身を隠す場所のない開けた空間が広がっている――すると突然、彼は踵《きびす》を返し、森へ入っていった。

僕は細心の注意を払ってあとをつけた。子どものころレッド・インディアンズを遊び場にしていた僕は、森のなかで行動する技術については少しばかり自信があった。茂みから茂みへと身を隠し、足音を立てないよう用心しながら尾行した。ミーキンはひたすら歩きつづけた。ハザークルー館からどんどん遠ざかり、ティル川とツィード川の合流地点の方角へ進んでいく。ついにはカーステアズ家の敷地を出て、ティル川の近くまでやってきた。最終的にたどりついたのは、ティル川沿いのまばらな雑木林だった。クローンの死体が発見された現場の近く、しかも川をはさんだ向こう側には、僕がフィリップスの死体と出くわしたあの土手がある。そのとき不意に、彼がここへ来た理由がわかった。前方の岸辺に古いボートが係留されている。ミーキンはその船でふたつの川を渡り、ツィード川の北岸に上陸するつもりだ。国境を越えてスコットランドへ逃れようというのだ。

そこで事態が暗転した。木から木へと身を隠し、慎重に川辺へ近づいていた僕は、地面を這うキイチゴの低木に足をとられ、茂みのなかに頭から突っこんでしまった。僕が立ちあがるよりも早く、ミーキンが駆け戻ってきた。怒りと驚きで顔から血の気が引き、手にはリボルバーが握られている。追跡者が僕だとわかると、リボルバーを持った手を伸ばして僕に狙いを定めた。

「失せろ」ミーキンは仁王立ちになって僕に命じた。

「いやだ」

「一ヤードでも近づいてみろ、マネーローズ。頭を吹っ飛ばしてやる。本気だぞ。さっさと失せろ」

「一歩も近づきませんよ」僕はその場に踏みとどまって言い返した。「だけど、立ち去るつもりもない。あなたが動けば、僕はあとを追いかける。ここでまた見失うわけにはいかないんだ、ミーキンさん」

ミーキンはぎょっとして周囲を見まわした。同行者がいると思ったのだろう。そして、藪から棒にたずねた。「ホリンズはどこだ？　知らないとは言わせないぞ」

「死にました。彼は死んだんですよ、ミーキンさん。フィリップスやクローンと同じように。警察はあなたを探しています。あたり一帯を隈なく。だからそんな物騒なものはティル川に捨てて、僕と一緒に来たほうが身のためです。今回はそう簡単には逃げられませんよ。ヨットで僕を置き去りにしたときのようには」

次の瞬間、彼は僕に向かって発砲した。十二ヤードか、せいぜい十五ヤードの距離から。殺すつもりだったのか、単に怪我をさせるつもりだったのかはわからない。銃弾は僕の左脚、膝の下を貫通した。気がつくと僕は手足を投げだして倒れていた。痛みを感じるよりも早く、あおむけに倒れた僕の目に飛びこんできたのは、殺人未遂犯に襲いかかる復讐者の姿だった。ミーキンが発砲し、僕が倒れた刹那、ひとりの女がかたわらの茂みから飛びだしてきた。ナイフの刃がきらりと光り、うめき声とも悲鳴ともつかない叫び声を上げてミーキンもまた倒れた。彼を襲ったのは、アイルランド人の家政婦、ナンス・マグワイアだった。ホリンズを殺害したのは彼女だと、とっさに僕は悟った。

彼女はミーキンを殺したわけではなかった。重傷を負ったらしくミーキンは、手負いの獣のように立ちあがるのがやっとだった。ミーキンは罠にかかった野獣さながらに吠え、素手で対抗しようとした。容赦なく女は再びナイフを振りおろした。ミーキンはたまらず膝をついたが、もう一度立ちあがった。そこへさらに……。ナンス・マグワイアがみたびナイフを振りあげたとき、僕は恐ろしさのあまり目を閉じた。

だが、目をつぶったところで恐怖から逃れられるわけではない。僕が目を開けたとき、ミーキンは身をよじってわめきながら、死にもの狂いで闘っていた。もう勘弁してやってくれと僕は叫んだ。ミーキンがじきに死ぬことはわかっていた。彼女をミーキンから引き離すべく、ふたりのほうへ這い進もうとしたが、撃たれた膝に激痛が走り、僕は気を失いかけた。彼女はそのへんの切株か石ころほどにも僕を気にかけていなかった。もだえ苦しむミーキンの襟首をむんずとつかみ、赤子の腕をひねるように易々と川岸を引きずっていった。そのままティル川に膝まで入ると、ミーキンを水中に沈め、完全に動かなくなるまで押さえつけていた。

僕は恐怖におののいた。力なくその場に横たわり、肘で身体を支えて呆然と見ていた。断固たる決意と慎重さで彼女は仕事をやり遂げた。完全なる静寂が僕らを包み、ときおり川辺に寄せるさざ波の音がかすかに聞こえるだけだった。それが復讐であることはわかっていた。そのとき、僕は極度の虚脱状態に陥っていた。ただじっと横たわって見ていることしかできなかった——憑かれたように見入っていた。だが、それも終わった。彼女は死体から手を離し、それがハンノキの下の暗い淀みに浮かびあがるのをしばし眺めていた。濡れた身体を犬のように揺すったあと、川辺に上がり、無言で僕を見おろした。

「クローンのかたきを打ったんだね」僕は声を絞りだした。

「やつらがあの人を殺したんだ」妙にさばさばした口調でナンス・マグワイアは言った。「死体はおまわりに見つけさせりゃいいさ。あの人の亡骸を見つけた場所で。あんたの怪我はたいしたことないよ——それに誰か来たようだね」

そう言うと、彼女はくるりと背を向けて林のなかへ姿を消した。彼女が示したほうへ僕は身体をひねった。ひとりの猟場番人がやってくるのが見えた。銃を小脇に抱えて、調子外れな口笛を吹いている。

僕は頭にこびりついて離れないその朝の記憶と、少し不自由になった片脚を手に入れた。そして二年前、商用でイギリスのとある町を訪れたとき、帰化外国人が暮らす貧民街で、背の高い痩せこけたアイルランド女と出くわした。僕が足を引きずっていることに気がつくと、女は顔をさっと上げて僕に鋭い一瞥をくれた。僕も同様の鋭い一瞥を返した。そうやって僕らが交わした視線には、たがいへの理解と共感があったのかもしれない。一瞬ののち、僕らは何事もなかったかのようにそれぞれの道を歩きつづけた。

訳者あとがき

本書『亡者の金』は一九二〇年にアメリカのクノップ社より刊行されたJ・S・フレッチャー著 *Dead Men's Money* の全訳です。

Dead Men's Money
(*1920,ALFRED A. KNOPF,INC*)

イギリスの小説家であるフレッチャーは、詩、神学、伝記、歴史など、広範な分野にわたる著述活動のかたわら、長短合わせて百作を超えるミステリを発表しています。日本推理小説界の大家、松本清張いわく「(イギリスにおける推理小説)黄金時代の口火を切った作家」であるにもかかわらず、日本での知名度は低く、新訳の長編が刊行されるのは「ライチェスタ事件」(『探偵小説全集19』森下雨村訳/春陽堂/一九三〇年)以来、実に八十六年ぶり。九十年以上前に英語圏で出版され、数多くの稀書珍書を世に送りだしてきた〈論創海外ミステリ〉として、このたび日の目を見ることとなった本書は、読者の意表を突くエンターテイメント作品であることは間違いありません。

物語は主人公のヒュー青年が、十年前、二十一歳のときに巻きこまれた「悪逆無道な事件」を回想する形で始まります。当時、弁護士事務所で働いていたヒューは、母親が営む下宿屋に滞在中の怪しげな片目の老人から、病気の自分に代わって友人に会いに行ってほしいと頼まれます。待ち合わせは深夜十一時、場所は人里離れた河口近くの廃墟。不審に思いつつも、謝礼の金に釣られてヒューが指定された場所へ行ってみると、そこには……。

題名（*Dead Men's Money*――直訳すると「死んだ男たちの金」）どおり、本書に登場する死んだ男たちは、金額に差こそあれ、大金を所持しているか、大金を手に入れるべく悪知恵を働かせる連中ばかり。世間知らずで少々（いや、多分に）お人好しすぎるヒューが、そんな狡猾な策士たちに翻弄され、命に関わる災難に見舞われながらも、事件の真相に近づいていくのが本書の読みどころと言えるでしょう。

舞台となるベリック・アポン・ツィードは、北海に面したイングランド最北端の町で、〝アポン・ツィード〟とは〝ツィード川沿いの〟という意味。かつてはスコットランド領の港町として栄え、その後、四百年以上にわたってイングランドとのあいだで熾烈な領土争いが繰り広げられました。本書に登場する城壁《タウン・ウォール》はこの戦いから町を守るべく建造されたもの。一四八二年以降イングランドの領土となったベリックは、いまはノーサンバーランド州の造船と漁港の町として知られていますが、イングランドに帰属して五百年以上経ってなおスコットランドの影響を強く受けていると言われています。合理的で、ときに〝ケチ〟と揶揄されるスコットランド人の気質は、本書の無駄遣いが大嫌いなふたり――ヒューの母親やメイシーの父親――のキャラクターに投影されているのかもしれません。

歴史や地誌の研究家でもあったフレッチャーは、物語の舞台をロンドン以外のイギリスの田舎町に設定することも多く、その描写力はミステリ作品のなかで群を抜いていると評され、物語の「背景には、彼自身よく知っている場所をとりあげ、綿密な描写をしていることも、彼の作品の実在性を強める原因ともなっている」と松本清張も評価しています。

前述のとおり、本書はアメリカのクノップ社から刊行された*Dead Men's Money*を底本としていますが、イギリスではその前年の一九一九年にアレン&アンウィン社から*Droonin' Watter*という書名で刊行されています。スコットランド語（スコッツ語）で「溺れる」という意味のこの題名は、本書の山場のひとつ、ヒューが大海に置き去りにされるシーンや、ティル川での衝撃的な結末を連想させます。

なお、本文中のシェイクスピア作『十二夜』の引用は、複数の訳書を参考に本書の内容に沿って訳出しました。また、本稿のフレッチャー論、ならびにベリックとスコットランドの歴史や風俗については、以下の資料を参考にさせていただきました。

『世界推理小説大系11　フレッチャー・ベントリー』（東都書房／一九六二年）所収の松本清張による「解説」

定松正・蛭川久康ほか編著『風土記イギリス～自然と文化の諸相』（新人物往来社／二〇〇九年）

高橋哲雄『スコットランド 歴史を歩く』（岩波新書／二〇〇四年）

Twentieth Century Crime and Mystery Writers. 3rd ed.（St. James Press/1991）

ほぼ半世紀ぶりのJ・S・フレッチャー

横井　司（ミステリ評論家）

第一次世界大戦の終了と前後して、海外ミステリが短編中心から長編中心の時代に移り、アガサ・クリスティーやF・W・クロフツなどの登場を皮切りに、謎解きと犯人探しの興味を中心とする、いわゆる本格ものの分野で優れた作家を多く輩出したことは、海外ミステリ・ファンにはよく知られていよう。ハワード・ヘイクラフトの史書『娯楽としての殺人』（一九四二）にならって、第一次大戦後から第二次大戦開戦までの時期は、黄金時代と呼ぶことが浸透している。この大戦間は、主にイギリスのミステリにおける傾向が注目され、本格ミステリの黄金時代と目されることが多く、江戸川乱歩の時代別ベスト10においてあげられている作品が、ジョルジュ・シムノンなどを除き、ほぼ本格もので占められていることも、本格もの中心の印象を強めているように思われる。もちろん、本格もの以外の作品も多く書かれていた。ミステリのジャンル意識が流動的で、まだ正統的な史観が確立共有されていない時期であったこともあり、太平洋戦争前の日本においては、いわゆる黄金時代の作品が、本格もの非本格ものを問わずに紹介されていた。それは現代の状況となんら変わりないわけだが、そうした中、戦前の読者を魅了し、精力的に紹介されていながら、戦後になってぱたりと紹介が止ってしまった作家も多く存在する。歴史的に重要な位置を占める作家であっても、それから逃れることはできなかった。今回、その翻訳長編が最後に刊行されてからは五十年以上が過ぎ、最後に本邦初訳長編が出てからだと九十年近い時間が経ったJ・S・フレッチャーもまた、そうした忘れられた作家の一人である。

ジョゼフ・スミス・フレッチャーは一八六三年二月七日、イギリスはヨークシャー州で非国教会派の牧師の息子として生まれた。幼い頃に両親を失い、祖母の手で育てられたフレッチャーは、十八歳のときに二冊の詩集を刊行し、ロンドンの南部に移り住んで、ジャーナリストとしてのキャリアを始めた。歴史研究書やロマンス小説などの発表を経て、二十九歳のときに三巻ものの歴史小説を上梓。最初のミステリ作品は一八八九年の *Andrewlina* で、以後、九十冊近くのミステリを刊行しているが、フレッチャーの名前を高めたのは、『ミドル・テンプルの殺人』*The Middle Temple Murder*（一九一九）であった。というのもアメリカのウッドロウ・ウィルソン大統領が愛読書として同書をあげたからであった。ミステリ作家としてのフレッチャーは、イギリスにおいてはエドガー・ウォーレスと比肩される存在であったが、ウィルソン大統領が名前をあげてからはアメリカでも刊行されるようになり、洛陽の紙価を嵩からしめたというのが、フレッチャーが紹介されるときに必ず紹介されるエピソードである。以後、一九三五年一月三十日に亡くなるまでミステリを書き続けた他、詩、神学、地誌、歴史小説、ロマンス小説、田園小説、古代研究など、広い分野にわたる著作をものした。

ヘイクラフトは『娯楽としての殺人』において「これほどの量の言葉やプロットを生みだしたのにもかかわらず、彼は真に重要な探偵はひとりもつくらなかった」と書いてから、「もし強いていうなら、最上の作品が書きつくされてしまったあとの、晩年の数年に書かれた一連の低次な冒険の主人公であるロジャー・キャンバウェルがあげられるかもしれない」と補足している（引用は林峻一郎訳、国書刊行会、一九九二から)。ただし *Twentieith-Century Crime and Mystery Writers* のリストによれば、フレッチャーはこの他にも、チャールスワース部長刑事、リチャード・ゴールバーン、スカラッティ警部といったキャラクターを創造しているようだ。また、『クイーンの定員』にあげられた『アーチャー・ドウの冒険』*The Adventure of Archer Dawe, Sleuth-Hound*(一九〇九)や『犯罪研究家、ポール・キャンペンヘイ』*Paul Campenhaye, Specialist in Criminology*(一九一八)といった短編集をまとめていることも付け加えておく。

ヘイクラフトはまた同書においてフレッチャーについて「多作のために、結果はその場かぎりの不揃いなものになったことは、いうまでもない」が「ゆたかに織りなされたイギリスの風景のなかで、古代に関する知識を反映させるとき、特に真実の才能を発揮する」といい、「しばしば注意ぶかく精巧に組みたてられた叙述をボール紙人形で埋めてしまい、良心的な探偵行為のかわりに、つまらないたんなるメロドラマをもちこみがちなのが難点である」と評している。それでもその小説は「この形式が現代の大流行をもつにいたるために大きな役割をはたした」し、「そのころ探偵小説とあいまいによばれていたもののなかでは反対する余地なく偉大な名前だった」ので「彼の名前は探偵文学の真剣な研究者にとっては、無視できない」と位置づけている。

J・S・フレッチャーは太平洋戦争前の日本において、比較的、紹介に恵まれた作家であった。まず一九二二年に、『ミドル・テンプルの殺人』が『謎の函』という邦題で、博文館から出ていた『傑作探偵叢書』第3巻として、森下雨村によって訳された。同訳はその後、『スパルゴの冒険』と改題され、やはり博文館の『世界探偵小説全集』第15巻に収められ、さらに元題に戻されて、同社の『名作探偵』第2巻として再刊された。続いて一九二三年に、『戦慄の都』*The Ransom for London*(一九一四）が小西書店の『探偵文芸叢書』第4巻として、朝倉英彦によって訳された。同書は版元を変えて何度も再刊され、『秘密の鍵』という別題の刊本も含めると、都合四回にわたって刊行されている。最後の刊本は戦後すぐに、治誠社出版部から上梓された。一九二六年には、『チャリング・クロス事件』*The Charling Cross Mystery*（一九二〇）が「悪銭」という邦題で水谷規矩男によって『新青年』に連載され、これはのちに訳者名を和気律次郎に改めて「チャリング・クロス事件」と改題して、平凡社から刊行されていた『探偵小説全集』第10巻に収められた。同作品は『刺青夫人』という邦題で、林広次によって訳され、一九二七年に波屋書房の『世界探偵文芸叢書』第3巻としても刊行されている。『世界探偵文芸叢書』にはもう一冊、『弁護士町の殺人』*The Bedford Mystery*（一九二五）が、高橋誠之訳で同年に刊行された。『新青年』には一九二八年になって「楽園《パラダイス》事件」*The Paradise Mystery*（一九二〇）が森下雨村訳で連載され、こちらはアメリカ版のタイトルに基づいて『ライチェスタ事件』と改題され、春陽堂の『探偵小説全集』第19巻に収められた。そして一九二八年に、平凡社の『世界大衆文学全集』第8巻に『ダイアモンド』*The Diamonds*（一九〇四）と『カートライト事件』*The Cartwright Gardens Murder*（一九二四）が森下雨村訳で収められている。

一九二〇年代に集中的に紹介されてのちは、ミステリ読者の関心が別な方向に移ったのか、長編の翻訳は途絶えてしまう。戦後は、『戦慄の都』が再刊されたのを除けば、一九六二年になって『ミドル・テンプルの殺人』が井上一夫によって新訳されて、東都書房の『世界推理小説大系』第11巻に収められたくらいであった。

一九二〇年代に精力的にフレッチャーを紹介した森下雨村は、英文学者の井上十吉から『ミドル・テンプルの殺人』を勧められて、「早速読んでみると確に面白い。それも今まで読みつけた推理や分析づくめで少々肩のこる部類の作とはちがつて、いかにも楽々と読めて、しかも何処までも本格的な探偵小説であるのが嬉しくて、それから急に倫敦の古本屋へ註文してその作品を蒐めにかゝるといふほどフレッチヤ贔屓になつたものである」と回想している（「フレッチヤ氏とその作品」『世界探偵小説全集 第十五巻／フレッチヤ集』博文館、一九二九・八）。

それではフレッチヤの作品のどういふところが好きかといふと、一言にして尽せば、彼の作はいかにも自然である、即ち探偵小説の最大条件である筋の組立てと、その運び方が極めて自然で、少しの無理もなく、飽までも探偵小説らしい探偵小説であるといふことである。

無理がないといふことは、決して平凡といふ意味ではない。（略）事件の発端から最後の解決に至るまでの長い物語が、意外から意外へ、スリルからスリルへの連鎖であるにも拘らず、全体としてみても、部分的に見ても、筋の運びの上に、何等不自然なところはなく、読者は余りにも意外な結末に呆然としながらも、いかにもと首肯せざるを得ないであらう。

筋の組立てに無理がないといふことに関聯して思ひ合されるのは、彼の作に出て来る探偵が、ドイルのホームス《ママ》や、オルチー夫人の隅の老人のやうな超人的な名探偵ではなく、いづれも普通の人間であることである。スバ《ママ》ルゴはもとより、「ライチェスタ事件」で活躍する青年や、「チヤリングクロス事件」の主人公をはじめ、大概の作に出て来る人物が、たゞの人間で、実在の探偵にくらぶれば、その道にかけては問題にならない素人である。経験はもちろん所謂名探偵らしい推理眼と分析の頭脳ももち合さず、その代り事件に興味をもつて遮二無二必死の活動をする努力家である。つまり探偵眼といふほどのものを有たず、従つて指紋や足跡なんどには眼もくれず、ひたすらに熱と努力をもつて事件の奥に突き進んでゆく。そこが超人的探偵の活躍する探偵小説よりは読者をして親しみ深く感ぜしめる所以であらう。それと新聞記者時代のいろ〳〵な経験、及び歴史、土俗方面の該博な知識が、彼の作品に重大な援助を与へてゐることも見逃してはならぬ。その作が多く地方を舞台にしてゐるのもこれがためで、（略）それが机上の作り事でないだけに、構想と相まつて一層作品の実在性を強からしめてゐるのである。

少々長い引用になったが、フレッチャーの特徴を語り尽くして遺漏がなく、現在でも充分に通用する評であるように思われる。あえて付け加えるなら、フレッチャーの描く探偵役は単なる素人探偵ではなく、新聞記者や弁護士、医師などのように、当時としてはそれなりに社会的地位のある職業人であり、単なる熱血漢の青年ではないということだろうか。A・E・マーチは、フレッチャーの作品がアメリカに紹介されたことで「いろいろな意味で刺激的効果があった」という。フレッチャー作品に登場する探偵たちは、A・K・グリーンやM・R・ラインハート等が書いたような「『せかせかしたオールド・ミス探偵たち』とはおよそ際立った対照を示していたから」で、要するにフレッチャー作品の持つ男性的魅力がアメリカのミステリに影響を与えたということになろうか。天城一は『関西探偵作家クラブ会報』第55号（一九五二・一〇）に寄稿した「フレッチヤー論」において、フレッチャーの「精神的遺児ハードボイルド派」という言い方をしていることとも通底しているように思われる。

また、職業人探偵という意味では、いわゆる名探偵が否定された時期の日本のミステリ界におけるトレンドを先取りしていたわけで、松本清張が東都書房の『世界推理小説大系』のフレッチャー集の解説を担当するのも、そのあたりに由来すると考えられよう。

こうしたフレッチャーの作風はもちろん森下雨村に影響を与え、『丹那殺人事件』（一九三五）や、「一般大衆に喜ばれる軽い文学としての探偵小説」を提唱した「『軽い文学《ライト・リテラチウア》』の方向へ」（同）を書かせる背景になったと思われる。また、甲賀三郎の場合、長谷部史親が『欧米推理小説翻訳史』（一九九二）で「その通俗的面白さにフレッチャーと一脈通じるものがなくもない」と述べている『盗なき怪盗』（一九三二）の他に、黒白書房の『かきおろし探偵傑作叢書』第3巻として上梓した短めの長編『死化粧する女』（一九三六）なども、フレッチャー流を踏襲したのではないかと感じられる。そして、小栗虫太郎が『青い鷺』を連載するにあたってまえがきとして寄せた「『青い鷺』に就いて」（『ぷろふいる』一九三六・一〇）の中に次のような箇所があることも見逃せない。

> ル・キューのスリル、フレッチャーの「謎の函」のサスペンス――読者よ、自白したまえ。いは《ママ》ゆる本格物に比較して、そういった種類の小説がどれほど面白かったか（略）。いつかも私は、一人の探偵ファンに、本音を吐かせたことがあった。颯爽と新傾向を論じ、日本の探偵小説に論理の貧困を嘆いていたその男が、意外にも、「赤毛……」よりも「謎の函」と言ったことがある。「ほんとうを言うと、あのほうがズウッと面白いんですからね。しかし、いくら何でも、論壇の時流というものを考えますよ。いは《ママ》ゆるスリラーは、評論として取り上げるものではなく、単に読むだけで、そりゃ読めば、本格ものよりズウッと面白いですよ。」（引用は『小栗虫太郎傑作選Ⅲ』社会思想社・現代教養文庫、一九七六から）

あたかも一九三〇年代半ばにフレッチャー流が再発見された感すら覚える。

戦後になって江戸川乱歩は『幻影城』(一九五一)の冒頭に「探偵小説の定義と類別」を収め、類別の第二「非ゲーム探偵小説」の代表作家として、クロフツとともにフレッチャーの名前をあげている。そして「この型の作品は、一概には云えないけれども、トリックの独創よりはプロットの構成の面白さで優れたものが多い。クロフツはトリックにも独創があるが、フレッチャーなどは主としてプロットの曲折の妙味によって読ませる作風である。(略)トリック型は謎解き小説の条件に最もよくかなっているが、手品の不自然と子供らしさを免れず、プロット型は不自然が少く大人読者の好みに合う代りに、謎解きの論理的興味は乏しいのである」と解説している(引用は『江戸川乱歩全集』第26巻、光文社文庫、二〇〇三から)。松本清張は、先にもふれた東都書房『世界推理小説大系』の解説でこの箇所を引き、「これはまさに当を得た評言である。第二次大戦後、トリック型からプロット型に推理小説が移行している今日、この型の先駆者ともいうべきフレッチャーの最高傑作といわれる『ミドル・テンプルの殺人』は、再評価されてしかるべき作品といえる」と述べている(「解説」『世界推理小説大系 第11巻/フレッチャー・ベントリー』東都書房、一九六二・九)。

しかしながら、当時はもとより今日まで、フレッチャーの再評価はなされず、古風なリアリズム探偵小説として忘れ去られてきたのであった。

天城一は、先にあげた「フレッチヤー論」において、フレッチャーが現実的であるようにいわれがちな点について、「フレッチヤーの作品に於ける《偶然》の続発は凡て《現実的》ではない[。]至る所《偶然》に因縁浅からぬ連中がバタリバタリと顔を合せる。(略)フレッチヤーの現実主義‼はこのような非常な虚構の上の《現実》に過ぎない」といい、そして「勿論、探偵小説では不自然は免れない」としつつも、「偶然の利用もフレッチヤー程徹底すれば素晴しい。端睨を許さぬ偶然の活用は天才的であろう」と述べた上で、以下のように（一九五二年当時の）現代本格へ苦言を呈している。

現在の日本の本格派は余りにも反フレッツチヤー的であり過る。ヴン・ダインに源を発する反偶然派の論理一貫主義は、彼のその作品共々、余りにも動きの取れぬものになり過てはいないだろうか？本格派ながらカーの作品には偶然の利用が巧に行われているのを見るとき、我々も今少し偶然を活用するフレッツチヤーの手法に学ぶべきではないだろうか？（もつとも、カーの作品の偶然性の利用はカーの作品のある程度の弱点となつていることもあるが）。

引用の冒頭の一文は、一九二九年に森下雨村が「フレッチヤ氏とその作品」で書いていたことを彷彿させて興味深い。

ちなみに同エッセイの冒頭で天城は、H・ダグラス・トムスンがフレッチャーに対して「『現実派』の尊称を奉つた」と書いているが、これは天城の誤解である。正しくは「三人の傑出せる戦慄小説作家」three outstanding masters of the thriller の一人として、エドガー・ウォーレス、A・E・W・メースンと共に『探偵作家論』（一九三一）の中で取り上げられている。

近年では『ミドル・テンプルの殺人』を原書で読んだという小森健太朗が次のように述べているのが目を引くくらいである。

これは英語で読めばけっこう巧妙なミスディレクションが犯人に関して仕掛けられているんですよ。それが日本語の訳では表現できないんですよ。主人公のフランク・スパルゴという新聞記者が事件を追っていき、フランスの新聞小説と同じく毎回毎回驚きがあって起伏があるという古い時代の伝統を受け継いでる作風です。『ミドル・テンプル』の一作は記憶に残るけれども、あとはまあ新しい時代につながらんかったなという感じの作家だと思いました。(『本格ミステリーを語ろう!［海外篇］』原書房、一九九九)

ここで小森が「フランスの新聞小説」すなわちロマン・フィユトンを引き合いに出しているのは達見である。フレッチャーの長編は、ロマン・フィユトンを簡潔にし、近代化したものだと目せるからだ。

最後に『亡者の金』について簡単にふれておく。本作品は、最初 *Droonin' Watter: A Story of Berwick and the Scottish Coast* という題で、イギリスのアレン&アンウィン社から一九一九年に刊行された。翌年、*Dead Men's Money* と改題されて、アメリカのクノップ社から再刊されている。本書の邦題はアメリカ版に拠っている(イギリス版の原題の意味は訳者あとがきを参照されたい)。

先に長々とフレッチャーの受容史を語ってきたが、これまでの評価を念頭に置きながら本作品を読めば、いちいち頷ける点が多かろうと考える次第である。これまで日本に翻訳された作品は、ロンドンなどの大都会を舞台にしたものが多かった。『ミドル・テンプルの殺人』は、ロンドンで起きた事件が地方の山荘で決着するという展開を見せるが、『亡者の金』のように、最初から最後まで地方を舞台としていることは、これまでの翻訳には見られない特徴で、「ゆたかに織りなされたイギリスの風景のなかで、古代に関する知識を反映させるとき、特に真実の才能を発揮する」というヘイクラフトの評言を検証する一編として貴重である。

主人公であるヒュー・マネーローズの母親が営んでいる下宿屋に謎の旅行者が訪れたことをきっかけとして様々な事件が起きるという展開や、ヒューには師匠筋にあたる気鋭の弁護士リンゼーがいて、彼が事件の謎解き役なのだが、物語の中心はヒューの冒険譚であること、その冒険のうちには海洋上を漂流することが含まれていることなどから、全体的にロバート・ルイス・スティーブンスンの『宝島』（一八八三）を連想させるところがある。そうした冒険小説的テイストの物語として、都会を舞台とするミステリ以外のフレッチャーの魅力を味わうことができよう。

現在の視点からすれば、犯人があまりにも早く割れてしまう点が物足りないと思われるかも知れないし、ヒューが自分の知見をリンゼーに語らないために事件の解決が遅れるというあたりは、隔靴掻痒の感に襲われるかも知れないが、本格ミステリではなく冒険小説あるいは青春小説だと思って読めば、「本格ものよりズウッと面白い」かもしれない（引用は前掲「『青い鷺』に就いて」から）。犯人を指し示す手がかりも、些細なものながらフェアで好感が持てるし、終盤の展開は意外性に満ちており、乱歩のいわゆるプロット型の好個の例といえるかもしれない。

ちなみに海外の Amazon のレビューでは総合で星四つ半の評価となっており、現代の読者を楽しませていることがうかがえる。そこではコージー・ミステリのセッティングがなされている作品として評されているのも興味深い。イギリス冒険ミステリの良質な一例あるいは祖形のひとつとしてではなく、現代コージー・ミステリの祖形として読むのも一興であろう。

〔訳者〕

水野恵（みずの・めぐみ）

翻訳家。訳書にパトリック・クェンティン『死への疾走』、アンドリュウ・ガーヴ『殺人者の湿地』（以上、論創社）、ロバート・デ・ボード『ヒキガエル君、カウンセリングを受けたまえ。』（CCC メディアハウス）、ロバート・リテル『CIA カンパニー』（共訳・柏艪舎）などがある。

亡者《もうじゃ》の金《かね》

——論創海外ミステリ 164

2016 年 1 月 20 日　初版第 1 刷印刷
2016 年 1 月 30 日　初版第 1 刷発行

著　者　J・S・フレッチャー

訳　者　水野恵

装　画　佐久間真人

装　丁　宗利淳一

発行所　論 創 社

〒101-0051 東京都千代田区神田神保町 2-23 北井ビル
電話 03-3264-5254　振替口座 00160-1-155266

印刷・製本　中央精版印刷

組版　フレックスアート

ISBN978-4-8460-1493-3